suhrkamp taschenbuch 435

Stanisław Lem, geboren am 12. 9. 1921 in Lwów, lebt heute in Kraków. Lem, der während des Krieges der Widerstandsbewegung angehörte, arbeitete bis zur Befreiung Polens als Autoschlosser. Nach dem Krieg studierte er Medizin in Kraków. Nach dem Staatsexamen war er als Assistent für Probleme der angewandten Psychologie am *Konserwatorium Naukoznawcze* tätig. Privat beschäftigte er sich mit Problemen der Kybernetik, der Mathematik und übersetzte wissenschaftliche Publikationen. 1955 wurde Lem mit dem Goldenen Verdienstkreuz, 1959 mit dem Offizierskreuz der *Polonia Restituta* ausgezeichnet und erhielt 1973 den Großen Staatspreis für Literatur der VRP. Stanisław Lem ist Gründer der polnischen astronautischen Gesellschaft und war Mitglied der polnischen Gesellschaft für Kybernetik. Seit Januar 1973 liest Lem als Dozent am Lehrstuhl für polnische Literatur der Universität Kraków. Wichtige Veröffentlichungen: *Die vollkommene Leere* (1973), *Sterntagebücher* (1973), *Robotermärchen* (1973), *Das Hohe Schloß* (1974), *Die Untersuchung* (1975), *Das Hospital der Verklärung* (1975), *Solaris* (1975), *Der futurologische Kongreß* (1976), *Der Unbesiegbare* (1976), *Summa technologiae* (1976), *Imaginäre Größe* (1976), *Der Schnupfen* (1977), *Phantastik und Futurologie I* (1977), *Mondnacht.* Hör- und Fernsehspiele (1977), *Die Maske. Herr F.* Zwei Erzählungen (1977), *Golem XIV und andere Prosa* (1978).
»Wer hat es getan?« Das ist die Frage und Movens jeglicher Detektivgeschichte und jedes Kriminalromans. Ein Verbrechen ist begangen worden, die Ordnung ist gestört. Der Kriminalroman beginnt damit, daß er Neugierde weckt und Interesse. Unser aller Sache wird verhandelt, wenn ein Mensch sich zum Outlaw macht, die ›Spielregeln‹ nicht einhält, ohne die ein Zusammenleben nicht funktioniert. Ist es also der Wunsch nach *law and order,* der die geheime Faszination des Krimis ausmacht? Oder sind es verborgene, vom Bewußtsein sonst zensierte Jagdtriebe, die uns für die Zeit der Lektüre so ergreifen, daß ringsum die Welt versinkt? Die Untersuchung wird alles ans Licht bringen. Was so unordentlich am Anfang des Romans begann, mit Verwirrung, Unsicherheit, Unklarheit über den Täter, seine Motive, die Untersuchung wird es ordnen, erklären, zum Abschluß bringen. Wir sind aufgefordert, mitzugehen, zu kombinieren – vielleicht schon im Gang der Handlung den Täter zu identifizieren: früher als der allwissende Erzähler. Jeder Leser wird zum Akteur.

Stanisław Lem
Die Untersuchung

Kriminalroman

Phantastische Bibliothek
Band 14

Suhrkamp

Titel der polnischen Originalausgabe: *Śledztwo.*
Warszawa: Wydawnictwo Ministerstwa Obrony Narodowej 1959
Aus dem Polnischen von Jens Reuter und Hans Juergen Mayer
Umschlagzeichnung von Hans Ulrich & Ute Osterwalder

suhrkamp taschenbuch 435
Dritte Auflage, 23.–37. Tausend 1979

Lizenzausgabe mit freundlicher Genehmigung des
Insel Verlags, Frankfurt am Main
Suhrkamp Taschenbuch Verlag

Druck: Ebner, Ulm · Printed in Germany
Umschlag nach Entwürfen
von Willy Fleckhaus und Rolf Staudt

Die Untersuchung

Teil I

Der altmodische Fahrstuhl mit seinen Scheiben im Jugendstilmuster schob sich langsam nach oben. In jedem Stockwerk war das gleichmäßige Ticken der Kontakte zu hören. Er hielt an. Vier Männer gingen den Korridor entlang, die Lampen brannten, obwohl es Tag war.

Eine lederbespannte Tür öffnete sich.

– Treten Sie bitte ein – sagte ein Mann, der in der Tür stand.

Gregory ging hinter dem Doktor als letzter hinein. Auch hier war es fast dunkel. Vor dem Fenster ragten die nackten Zweige eines Baumes in den Nebel.

Der Chefinspektor ging wieder an seinen hohen, schwarzen Schreibtisch, dessen Platte mit Schnitzwerk eingefaßt war. Vor sich hatte er zwei Telephone und ein flaches Mikrophon, das an die Hausanlage angeschlossen war. Auf der blankpolierten Platte lagen seine Pfeife, die Brille und ein Lederläppchen, sonst nichts. Als Gregory vor dem Schreibtisch Platz nahm, erblickte er das Gesicht der Königin Viktoria, das aus einem kleinen Porträt über dem Kopf des Chefinspektors herausschaute. Dieser sah sie der Reihe nach an, als ob er sie zählen oder sich an die Züge der Versammelten erinnern wollte. Die Seitenwand bedeckte eine große Karte Südenglands, ihr gegenüber stand ein langes, schwarzes Bücherregal.

– Meine Herren, Sie wissen sicher über diese Angelegenheit Bescheid – sagte der Inspektor –, die ich nur von den Protokollen her kenne. Deshalb möchte ich um eine kurze Rekapitulation der Fakten bitten. Vielleicht Sie zuerst, Kollege Farquart.

– Jawohl, Herr Inspektor, aber den Anfang kenne ich auch nur von den Protokollen.

– *Ganz* am Anfang gab es noch nicht einmal Protokolle – bemerkte Gregory etwas zu laut. Alle sahen ihn an. Mit übertriebener Nonchalance und energischen Bewegungen machte er sich daran, seine Taschen durchzustöbern, auf der Suche nach Zigaretten.

Farquart richtete sich in seinem Sessel auf.

– Die Sache begann mehr oder weniger Mitte November vergangenen Jahres. Vielleicht ereigneten sich die ersten Fälle schon früher, wurden aber bagatellisiert. Die erste polizeiliche Meldung erhielten wir drei Tage vor Weihnachten, aber erst sehr viel später, nämlich im Januar, ergaben sorgfältige Untersuchungen, daß sich derartige Geschichten mit Leichen schon vorher ereignet hatten. Die erste Meldung kam aus Engender. Sie trug genaugenommen halboffiziellen Charakter. Der Wärter der Leichenhalle, Plays, beschwerte sich beim Commander des örtlichen Polizeipostens, der nebenbei gesagt sein Schwager ist, daß sich irgend jemand nachts an den Leichen zu schaffen gemacht hätte.

– Zu schaffen gemacht, was soll das heißen?

Der Inspektor reinigte mit methodischer Sorgfalt seine Brille.

– Das soll heißen, daß sich die Leichen am Morgen in anderen Positionen befanden als am vorhergehenden Abend. Genaugenommen ging es nur um eine Leiche, wie es scheint, um einen Ertrunkenen, der ...

– »Wie es scheint?« – wiederholte in unverändert gleichgültigem Ton der Chefinspektor.

Farquart richtete sich noch mehr in seinem Sessel auf.

– Alle Aussagen sind nachträgliche Rekonstruktionen, denn seinerzeit hatte ihnen niemand Gewicht beigemessen – erklärte er. – Der Leichenwärter ist sich jetzt nicht mehr ganz sicher, ob es eigentlich um die Leiche dieses Ertrunkenen ging oder um eine andere. Tatsächlich ist dort ein formaler

Fehler passiert: Der Commander des Postens in Engender, Gibson, hat diese Anzeige nicht protokolliert, denn er dachte ...

– Wir wollen uns doch wohl nicht auf Einzelheiten dieser Art einlassen? – unterbrach die Stimme des Mannes, der in einem Sessel dicht am Bücherregal saß. Er nahm eine betont lässige Pose ein. Er hatte die Beine so hoch übereinandergeschlagen, daß nicht nur seine gelben Socken, sondern auch der Streifen nackter Haut über ihnen zu sehen waren.

– Ich fürchte, das ist doch notwendig – gab Farquart frostig zurück, ohne ihn anzusehen. Der Chefinspektor setzte schließlich seine Brille auf, und sein Gesicht, das bis dahin irgendwie abwesend gewirkt hatte, bekam einen freundlicheren Ausdruck.

– Die formale Seite der Untersuchung können wir uns schenken, wenigstens für jetzt. Wollen Sie jetzt, Kollege Farquart.

– Jawohl, Herr Inspektor. Die zweite Meldung bekamen wir aus Planting, acht Tage nach der ersten. Auch da ging es darum, daß sich irgend jemand nachts an einer Leiche in der Friedhofsleichenhalle zu schaffen gemacht hatte. Der Verstorbene, ein Docker namens Thicker, war seit längerer Zeit krank und für seine Familie zur Last geworden.

Farquart beobachtete Gregory aus den Augenwinkeln, der ungeduldig auf seinem Stuhl hin und her rutschte.

– Das Begräbnis sollte frühmorgens stattfinden. Als sich die Angehörigen in der Leichenhalle versammelt hatten, bemerkten sie, daß die Leiche auf dem Gesicht lag, das heißt, mit den Schultern nach oben; darüber hinaus waren die Arme ausgebreitet, was den Eindruck hervorrief, als sei der Mann ... wieder zum Leben erwacht. Das heißt, der Meinung war jedenfalls die Familie. In der Nachbarschaft begannen Gerüchte über einen angeblichen Scheintod zu kursieren; man erzählte, Thicker sei vom Scheintod erwacht und habe sich so darüber erschrocken, im Sarg zu liegen, daß er gestorben sei – diesmal allerdings endgültig.

– Das waren natürlich Märchen – fuhr Farquart fort. – Der Tod war ja durch den örtlichen Polizeiarzt zweifelsfrei festgestellt worden. Als jedoch der Klatsch in den umliegenden Orten nicht verstummen wollte, wurde man amtlicherseits darauf aufmerksam, daß die Leute über das sogenannte »Verrücken der Leichen«, zumindest aber darüber, daß man sie nach Ablauf der Nacht in veränderter Lage fand, bereits seit geraumer Zeit sprachen.

– Seit »geraumer Zeit«, was heißt das? – fragte der Inspektor.

– Das kann man nicht feststellen. Die Gerüchte betrafen Shaltam und Dipper. Anfang Januar wurde die erste einigermaßen systematische Untersuchung durch die örtlichen Polizeikräfte vorgenommen, da man die Sache noch nicht allzu ernst nahm. Die Aussagen der örtlichen Bevölkerung waren teils übertrieben, teils widersprüchlich; die Ergebnisse der Untersuchung sind eigentlich wertlos. In Shaltam ging es um die Leiche von Samuel Filthey, der an einem Herzschlag gestorben war. Er soll sich in der Weihnachtsnacht »im Sarg herumgedreht haben«. Der Totengräber, der das behauptete, ist als notorischer Säufer bekannt, niemand konnte seine Worte bestätigen. In Dipper wiederum ging es um die Leiche einer geisteskranken Frau, die man morgens auf dem Boden der Leichenhalle neben ihrem Sarg fand. Man erzählt, ihre Stieftochter habe sie aus dem Sarg geworfen, nachdem sie sich nachts in die Leichenhalle geschlichen habe, und sie habe es aus Haß getan. In all diesem Klatsch und den Gerüchten kann sich natürlich kein Mensch zurechtfinden. Bestenfalls konnte man den Namen eines angeblichen Augenzeugen herausfinden, der wiederum auf jemand anderen verwies.

– Der Fall wäre sicherlich »ad acta« gelegt worden –, Farquart sprach jetzt schneller – wenn nicht am sechzehnten Januar die Leiche eines gewissen James Trayle aus der Leichenhalle in Treakhill verschwunden wäre. Diesen Fall bearbeitete Sergeant Peel, der durch unseren CIC dazu abkommandiert war. Die Leiche wurde zwischen zwölf Uhr nachts und fünf Uhr morgens aus der Leichenhalle entwendet, als nämlich der Beerdigungsunternehmer ihr Fehlen bemerkte. Der Verstorbene war ein Mann ... ich glaube, von etwa vierzig Jahren ...

– Sind Sie nicht sicher? – fragte der Chefinspektor. Er saß mit gebeugtem Kopf da, als wollte er sich in der spiegelblank polierten Schreibtischplatte betrachten. Farquart räusperte sich.

– Ich bin sicher. Ich habe mich nur versprochen ... Also, er starb an einer Leuchtgasvergiftung. Es war ein Unglücksfall.

– Autopsie? – der Chefinspektor zog die Augenbrauen hoch. Er beugte sich zur Seite und zog am Fensterhebel, der die Luftklappe öffnete. In die abgestandene, stickige Luft des Zimmers mischte sich eine feuchte Brise.

– Eine Autopsie wurde nicht vorgenommen, aber davon, daß es ein Unglücksfall war, haben wir uns eingehend überzeugt. Sechs Tage später, am 23. Januar, ereignete sich der zweite Fall, und zwar in Spittoon. Dort verschwand die Leiche des achtundzwanzigjährigen John Stevens, der einen Tag vorher einer tödlichen Vergiftung erlegen war, als er den Kessel einer Schnapsbrennerei reinigte. Der Tod trat gegen drei Uhr nachmittags ein, die Leiche wurde in die Leichenhalle abtransportiert, wo sie der Wärter zum letztenmal gegen neun Uhr abends gesehen hat. Am nächsten Morgen war sie nicht mehr da. Auch diese Sache bearbeitete Sergeant Peel, genau wie im ersten Fall ohne jedes Ergebnis. Da wir zu dieser Zeit die Möglichkeit einer Verzahnung dieser beiden Fälle mit den vorangegangenen noch nicht ins Auge gefaßt hatten ...

– Vielleicht könnten Sie zunächst einmal auf einen Kommentar verzichten, nicht wahr? Das würde uns die Bestandsaufnahme der Tatsachen erleichtern –, bemerkte der Chefinspektor. Er lächelte Farquart freundlich zu. Seine ausgetrocknete, magere Hand legte er auf den Schreibtisch. Gregory heftete seinen Blick unwillkürlich auf diese Greisenhand, auf der sich keine Adern abzeichneten und die völlig blutleer war.

– Der dritte Fall ereignete sich in Lovering. Das ist schon im Bezirk von Groß-London – fuhr Farquart mit matter Stimme fort, so, als habe er die Lust verloren, seinen allzu lang geratenen Bericht fortzusetzen. – Die Medizinische Fakultät hat dort ihre neuen Prosektorien. Aus ihnen verschwand die Leiche des fünfzigjährigen Stewart Aloney, der an einer langwierigen Tropenkrankheit gestorben war, die er sich als Seemann während einer Reise nach Bangkok zugezogen hatte. Dieser Fall ereignete sich neun Tage nach dem zweiten Verschwinden, am zweiten Februar, das heißt, in der Nacht vom zweiten auf den dritten. Dieses Mal übernahm der Yard die Untersuchung. Leutnant Gregory leitete sie, der danach noch eine andere Sache übernahm: das Verschwinden einer Leiche aus der Leichenhalle des Vorortfriedhofs von Bromley. Das passierte am zwölften Februar; es ging um die Leiche einer Frau, die nach einer Krebsoperation gestorben war.

– Ich danke Ihnen – sagte der Chefinspektor. – Weshalb ist Sergeant Peel nicht hier?

– Er ist krank, Herr Inspektor. Er liegt im Krankenhaus – antwortete Gregory.

– So? Was fehlt ihm denn?

Der Leutnant zögerte.

– Ich bin mir nicht sicher, aber ich glaube, es ist etwas mit den Nieren.

– Herr Leutnant, würden Sie uns jetzt den Verlauf der Untersuchung zusammenfassen?

– Jawohl, Herr Inspektor.

Gregory räusperte sich und holte tief Luft. Während er die Zigarettenasche neben den Aschenbecher schnippte, sagte er mit unerwartet leiser Stimme:

– Ich habe mich nicht gerade mit Ruhm bekleckert. Die Leichen verschwanden in allen Fällen im Laufe der Nacht. Am Tatort gab es keinerlei Spuren, geschweige denn Anzeichen für einen Einbruch. Bei Leichenhallen ist das im übrigen auch überflüssig! Im allgemeinen sind sie nicht verschlossen, oder nur so, daß sie ein Kind mit einem krummen Nagel öffnen kann...

– Das Prosektorium *war* verschlossen – ließ sich zum ersten Mal der Polizeiarzt Sörensen hören. Er saß mit weit in den Nacken gebeugtem Kopf da, so daß dessen kantiges, unschönes Aussehen der Aufmerksamkeit entging. Mit dem Daumen massierte er sanft die Tränensäcke unter seinen Augen.

– Gregory dachte, daß Sörensen gut daran getan hatte, sich einen Beruf auszusuchen, bei dem er vorwiegend mit Leichen zu tun hatte. Er verbeugte sich mit übertriebener Höflichkeit vor dem Doktor.

– Sie haben mir das Wort aus dem Mund genommen, Doktor. In dem Saal, aus dem die Leiche verschwunden ist, haben wir ein geöffnetes Fenster entdeckt. Das heißt, es war angelehnt, aber nicht verschlossen, so, als sei jemand dadurch hinausgeklettert.

– Zuerst mußte er hineinklettern – warf Sörensen ungeduldig ein.

– Das ist eine glänzende Beobachtung – parierte Gregory hitzig, bereute das jedoch sofort und schielte nach dem

Chef, der stumm und unbewegt blieb, als habe er nichts gehört.

– Der Saal liegt im Parterre – fuhr der Leutnant nach einer Weile peinlichen Schweigens fort. – Am Abend war das Fenster verschlossen wie die anderen, so lauten die Aussagen des Pedells, der hartnäckig dabei blieb, daß alle Fenster verschlossen waren. Er habe das selbst überprüft, denn es sah nach Frost aus, und er fürchtete, die Heizungsrohre könnten einfrieren. Dort heizt man ohnehin nur wenig, wie das in Prosektorien nun einmal üblich ist. Professor Harvey, der Institutsleiter, hat dem Pedell das beste Zeugnis ausgestellt. Er soll ein geradezu übermäßig pedantischer Mensch sein. Man kann ihm vorbehaltlos glauben.

– Wo kann man sich in diesem Prosektorium verstecken? – fragte der Chefinspektor. Er sah die Versammelten an, als wollte er sich erneut ihrer Anwesenheit versichern.

– Also das ... ist eigentlich ausgeschlossen, Herr Inspektor. Dazu wäre die Mittäterschaft des Pedells erforderlich. Außer Sektionstischen gibt es dort keinerlei Möbel, dunkle Ecken oder Schlupfwinkel ... nur Wandschränke für die Instrumente und Kittel der Studenten, aber in denen hätte nicht einmal ein Kind Platz.

– Ist das wörtlich zu verstehen?

– Bitte?

– Also – auch kein Kind? – fragte der Inspektor ruhig.

– Na ja ... – der Leutnant runzelte die Stirn. – Ein Kind vielleicht, Herr Inspektor, aber höchstens ein sieben- oder achtjähriges.

– Haben Sie die Schränkchen ausgemessen?

– Ja – kam sofort die Antwort. – Ich habe alle ausgemessen, denn ich dachte, daß vielleicht eines größer ist als die anderen, aber nein. Keines. Außerdem gibt es dort noch Waschräume, Toiletten und Lehrsäle, im Keller den Kühlraum und die Präparatesammlung sowie im ersten Stock die Assistentenzimmer und das Arbeitszimmer des Professors. Durch all diese Räume macht der Pedell abends seine Runde, sogar ein paarmal, mit dem ihm eigenen Eifer, wenn ich mich so ausdrücken darf. Ich weiß das alles vom Professor. Niemand konnte sich dort verstecken.

– Aber wenn nun doch ein Kind . . .? – fragte der Inspektor mit suggestiver Sanftheit. Er nahm die Brille ab, als wolle er dadurch die Schärfe seines Blicks mildern. Gregory schüttelte energisch den Kopf.

– Nein, das ist unmöglich. Ein Kind hätte das Fenster nicht öffnen können. Es sind sehr große, hohe Fenster mit zwei Riegeln unten und oben, die nur durch einen Hebel seitlich am Fensterrahmen betätigt werden können. Ungefähr so wie hier – Gregory deutete auf das Fenster, von dem ein kalter Luftzug ins Zimmer strömte. – Diese Hebel gehen sehr schwer, der Pedell hat sich sogar darüber beschwert. Im übrigen habe ich es selbst ausprobiert.

– Hat er darauf hingewiesen, wie schwer sie gehen? – fragte Sörensen mit seinem geheimnisvollen Lächeln, das Gregory nicht leiden konnte. Er hätte diese Frage mit Schweigen übergangen, aber der Chefinspektor sah ihn erwartungsvoll an, also antwortete er widerwillig:

– Der Pedell hat mir davon erst erzählt, als ich in seiner Gegenwart das Fenster öffnete und schloß. Er ist nicht nur ein Pedant, sondern eine rechte Trantüte. Ein Nörgler – erklärte Gregory mit Nachdruck, wobei er wie zufällig einen Seitenblick auf Sörensen warf. Er war mit sich zufrieden. – Übrigens ist das in diesem Alter nur natürlich –, fügte er versöhnlich hinzu – wenn man an die sechzig ist und völlig verkalkt . . . – Er brach verwirrt ab. Der Inspektor war nicht jünger. Er suchte verzweifelt nach einem Ausweg, um seine letzten Worte zu überspielen, schaffte es aber nicht. Die Anwesenden verharrten in absoluter Reglosigkeit. Gregory nahm ihnen das übel. Der Inspektor setzte die Brille auf.

– Sind Sie fertig?

– Ja – Gregory zögerte – eigentlich ja. Das heißt, was diese drei Fälle anbelangt. Beim letzten habe ich der Umgebung besondere Aufmerksamkeit gewidmet, ich denke dabei vor allem an den nächtlichen Verkehr im Umkreis des Prosektoriums. Den Konstablern, die in diesem Bezirk Dienst taten, ist nichts Verdächtiges aufgefallen. Als ich die Sache übernommen hatte, habe ich mich möglichst genau über die Einzelheiten der vorherigen Fälle informiert, sowohl über Sergeant Peel als auch unmittelbar: Ich war an allen Tatorten, fand jedoch keinerlei Anhaltspunkt, keine Spur. Nichts, absolut nichts. Die Frau, die an Krebs gestorben war, verschwand unter ähnlichen Umständen aus der Leichenhalle wie dieser Arbeiter. Am Morgen, als jemand von den Angehörigen kam, war der Sarg leer.

– Tja – sagte der Chefinspektor. – Ich danke Ihnen erst einmal. Kollege Farquart, vielleicht Sie jetzt?

– Soll ich zu den folgenden Fällen übergehen? In Ordnung, Herr Inspektor.

»Er sollte in der Marine dienen, er benimmt sich wie beim morgendlichen Fahnenappell, und das sein ganzes Leben lang« – dachte Gregory. Er hätte am liebsten aufgestöhnt.

– Das nächste Verschwinden erfolgte sieben Tage später in Lewes, am neunzehnten Februar. Es ging um einen jungen Hafenarbeiter, der bei einem Autounfall ums Leben kam. Er bekam innere Blutungen, infolge eines Leberrisses. Er wurde mit Erfolg operiert, wie die Ärzte sagten ... überstand aber die Operation nicht. Seine Leiche verschwand vor Tagesanbruch. Den Zeitpunkt konnten wir mit außergewöhnlicher Genauigkeit bestimmen, weil gegen drei Uhr morgens ein gewisser Burton starb, dessen Schwester (er lebte mit seiner Schwester zusammen) sich so davor fürchtete, mit dem Verstorbenen in der Wohnung allein zu bleiben, daß sie den Beerdigungsunternehmer mitten in der Nacht heraustrommelte. Also brachte man den Toten morgens um drei in die Leichenhalle. Zwei Angestellte des Instituts legten die Leiche neben die Leiche dieses Arbeiters...

– Sie wollten doch noch etwas sagen? – ermunterte ihn der Chefinspektor.

Farquart biß sich unmerklich auf die Lippen.

– Nein... – sagte er schließlich.

Über dem Gebäude war das langgezogene, gleichmäßig anwachsende Brummen von Flugzeugmotoren zu hören. Ein unsichtbares Flugzeug flog Richtung Süden. Die Fensterscheiben hallten in leisem Unisono wider.

– Das heißt... – entschloß sich Farquart schließlich zum Reden –, als die beiden Angestellten den Sarg mit dem Verstorbenen absetzen wollten, schob einer von ihnen die Leiche dieses Arbeiters beiseite, weil sie ihm im Wege war. Ja also... er behauptet, daß die Leiche – nicht kalt war.

– Mhm – murmelte der Chefinspektor zustimmend, als ginge es um die gewöhnlichste Sache von der Welt. – Sie war nicht kalt? Wie hat er das denn beschrieben? Können Sie seine Worte wiederholen?

– Er sagte, sie sei nicht kalt gewesen – Farquart sprach widerwillig und stockend. – Das klingt idiot... das ist unsinnig, aber dieser Mann beharrte darauf, daß es so war. Er behauptet, er habe es auch seinem Kollegen gesagt, aber der kann sich an nichts erinnern. Gregory hat alle beide verhört, jeden einzeln, zweimal...

Der Chefinspektor richtete seinen Blick wortlos auf den Leutnant.

– Na ja, das ist ein Schwätzer und nicht eben der Zuverlässigste, dieser Angestellte – beeilte sich Gregory zu erklären. – Den Eindruck habe ich wenigstens davongetragen. Einer von der dummen Sorte, einer der es schrecklich gern hat, wenn sich alle Aufmerksamkeit auf ihn richtet, und der, wenn er eine Frage beantworten soll, erst einmal bei Adam und Eva anfängt. Er bestand darauf, daß es ein Scheintod war »oder noch schlimmer« – wie er sich ausdrückte. Übrigens hat mich das gewundert, denn Leute, die berufsmäßig mit Leichen umgehen, glauben eigentlich nie an Scheintod; das widerspricht ihrer Erfahrung.

– Und was sagen die Ärzte?

Gregory schwieg und überließ die Antwort Farquart, der, anscheinend unzufrieden, daß man einer Lappalie so viel Aufmerksamkeit widmete, achselzuckend sagte:

– Der Tod war einen Tag vorher eingetreten. Leichenflecken hatten sich gezeigt, Totenstarre ... er war so tot wie ein Stein.

– Noch etwas ...?

– Ja. Wie auch in den vorangegangenen Fällen ist die Leiche zum Begräbnis angezogen worden. Nur die Leiche Trayles, die in Treakhill verschwand, war unbekleidet. Der Beerdigungsunternehmer wollte sich erst am folgenden Morgen daranmachen. Das kam daher, weil die Angehörigen zunächst keinerlei Kleidung herausrücken wollten. Das heißt, sie hatten die besseren Stücke dem Toten abgenommen. Als sie schließlich andere brachten, war die Leiche nicht mehr da ...

– Und in den anderen Fällen, wie war es da?

– Die Leiche dieser Frau war auch bekleidet. Die mit der Krebsoperation.

– Wie?

– Na ... mit einem Kleid.

– Und Schuhe? – fragte der Chefinspektor so leise, daß Gregory sich nach vorn beugte.

– Die hatte sie auch an ...

– Und die übrigen?

– Die übrigen Leichen ... ja, also die hatten nichts an, aber gerade zu der Zeit (wie man annehmen kann) verschwand ein Vorhang, der eine kleine Nische hinten in der Leichenhalle abteilte. Er bestand aus einem schwarzen Tuch, an das man Metallringe genäht hatte und das an einer Gardinenstange wie eine Portiere hin- und hergezogen werden konnte. An den Ringen waren nur noch Leinwandfetzen zurückgeblieben.

– Wurde es abgerissen?

– Nein. Die Stange ist dünn und hätte einen kräftigen Ruck nicht ausgehalten. Dieser Fetzen ...

– Haben Sie versucht, diese Stange zu zerbrechen?

– Nein.

– Also, woher wissen Sie, daß sie es nicht ausgehalten hätte?

– Nur vom Ansehen ...

Der Chefinspektor stellte seine Fragen ruhig und starrte dabei auf das Glas des Bücherschranks, in dem sich das Rechteck des Fensters widerspiegelte; er tat das, als denke er dabei an etwas anderes, dennoch fielen seine Fragen schnell hintereinander, so schnell, daß Farquart mit seinen Antworten kaum nachkommen konnte.

– Gut – sagte der Chefinspektor abschließend. – Sind diese Fetzen untersucht worden?

– Jawohl. Doktor Sörensen ...

Der Arzt hörte auf, sein spitzes Kinn zu massieren.

– Die Leinwand wurde durchgerissen, besser gesagt, durchgescheuert, und das mit beträchtlicher Mühe, nicht aber abgeschnitten. Das steht fest. So als ... als habe sie jemand abgenagt. Ich habe sogar ein paar Proben genommen. Das mikroskopische Bild ist das gleiche.

In dem kurzen Schweigen, das eintrat, war in der Ferne, gedämpft durch den Nebel, ein Flugzeugmotor zu hören.

– Ist außer diesem Vorhang noch etwas verschwunden? – fragte schließlich der Inspektor.

Der Doktor sah Farquart an, der mit dem Kopf nickte.

– Ja. Eine Rolle Pflaster, eine große Rolle Pflaster, die auf einem Tischchen an der Eingangstür vergessen worden war.

– Pflaster? – der Inspektor zog die Brauen hoch.

– Man benutzt es dort, um das Kinn hochzuhalten, damit der Kiefer nicht herunterfällt – erklärte Sörensen. – Grabkosmetik – fügte er mit sardonischem Lächeln hinzu.

– Ist das alles?

– Ja.

– Gut, aber die Leiche aus dem Prosektorium? War die auch bekleidet?

– Nein. Aber diese Sache ... über diesen Fall hat Gregory bereits gesprochen ...

– Ich habe vergessen, das zu erwähnen – begann der Leutnant schnell, mit dem unguten Gefühl, daß man ihn bei einer Nachlässigkeit ertappt hatte. – Die Leiche war nicht bekleidet, aber der Pedell vermißte seit einiger Zeit einen Arztkittel und zwei Paar weiße Leinenhosen, wie sie die Studenten im Sommer tragen. Angeblich fehlten auch einige Paare Schuhzeug für die Leichen. Um ehrlich zu sein, er sagte mir, daß er diese Sachen nirgendwo auftreiben konnte und die Waschfrau der Schlamperei und sogar des Diebstahls verdächtigte.

Der Inspektor holte tief Luft und klopfte mit der Brille auf den Schreibtisch.

– Danke. Doktor Sciss, darf ich Sie jetzt bitten?

Sciss behielt seine nonchalante Pose bei. Er murmelte undeutlich vor sich hin und beendete eilig seine Notizen auf der umgeklappten Mappe, der er auf seinem spitzen, hochgezogenen Knie Halt gab.

Seinen Vogelkopf, der schon ein wenig kahl zu werden

begann, legte er auf die Seite und schloß energisch die Mappe. Er schob sie unter den Sessel, spitzte die dünnen Lippen, als wolle er pfeifen, stand auf und rieb sich die Hände mit den vorspringenden arthritischen Gelenken.

– Daß man mich zu dieser Untersuchung hinzugezogen hat, betrachte ich als nützliches Novum – sagte er mit einer hohen Stimme, die ins Falsett hinüberkippte. – Es liegt in der Natur der Sache, daß ich leicht in den Ton einer Vorlesung verfalle, was Ihnen vielleicht nicht zusagt, aber es läßt sich nicht vermeiden. Die Serie, von der hier die Rede ist, habe ich untersucht – soweit das möglich war. Die klassischen Untersuchungsmethoden – die Spurensicherung und die Suche nach Motiven – haben völlig versagt. Ich mußte also die statistische Methode anwenden. Was kann sie uns geben? Am Ort des Verbrechens kann man häufig feststellen, welche Tatsache mit ihm in Verbindung steht und welche nicht. So haben zum Beispiel die Formen von Blutflecken in der Nähe der Leiche eines Ermordeten eine Verbindung zu dem Verbrechen und können viel über seinen Verlauf aussagen. Hingegen kann man die Tatsache, ob am Mordtag Kumuluswolken oder Zirrostraten über dem Haus dahinzogen, oder aber, ob die Telephondrähte vor dem Haus aus Aluminium oder Kupfer waren, als unwesentlich außer acht lassen. Was jedoch unsere Serie anbelangt, so ist es a priori unmöglich, überhaupt festzustellen, welche Begleitumstände in Beziehung zu dem Verbrechen stehen und welche nicht.

– Wenn nur ein einziger Fall vorgekommen wäre – fuhr Sciss fort – wären wir ratlos. Glücklicherweise haben sich mehrere ereignet. Es ist klar, daß die Quantität der Gegenstände und Erscheinungen, die sich zur kritischen Zeit in der Nähe des Ortes der Ereignisse befanden, beziehungsweise, die vor sich gingen, praktisch unendlich ist. Da wir jedoch eine Serie vor uns haben, müssen wir uns hauptsächlich auf die Fakten stützen, die allen oder fast allen Fällen gemeinsam waren. Wir werden folglich nach der Methode des statistischen Vergleichs der Phänomene vorgehen. Diese Methode ist bisher so gut wie nie bei einer Untersuchung angewendet worden, und ich bin froh, sie Ihnen heute vorstellen zu können – zusammen mit ihren ersten Ergebnissen ...

Doktor Sciss, der bisher hinter seinem Sessel wie hinter einem Katheder gestanden hatte, machte auf seinen langen Beinen ein paar Schritte in Richtung auf die Tür, drehte sich unverhofft um, legte den Kopf schief und fuhr in seinem Vortrag fort, wobei er seinen Blick ins Leere richtete, ohne die vor ihm Sitzenden anzusehen:

– Also, erstens: Es gab vor dem eigentlichen Phänomen ein Stadium, das wir einmal mit dem Terminus »Phase der Ankündigung« bezeichnen wollen. Die Leichen änderten ihre Position. Die eine hat man auf den Bauch gedreht, die andere auf die Seite, die dritte wiederum fand man auf dem Boden neben dem Sarg.

Zweitens: Alle Leichen, die verschwunden sind, waren, mit einer Ausnahme, die Leichen von Männern in den besten Jahren.

Drittens: Jedesmal hat man sich, mit Ausnahme wiederum des ersten Falles, um eine Art von Bekleidung für die Toten gekümmert. Zweimal handelte es sich um einen Anzug, einmal aller Wahrscheinlichkeit nach um einen Arztkittel und weiße Hosen, ein weiteres Mal – um einen schwarzen Vorhang aus Leinwand.

Viertens: Es handelte sich immer um Leichen, an denen keine Autopsie vorgenommen worden war, die gut erhalten waren und im Rahmen des Möglichen nicht beschädigt. Auch das ist bemerkenswert.

Fünftens: Alle Fälle, erneut mit Ausnahme des ersten, spielten sich in der Leichenhalle eines kleinen Ortes ab, die in der Regel ziemlich leicht zugänglich ist. Nur das Verschwinden der Leiche aus dem Prosektorium läßt sich hiermit nicht in Einklang bringen. – Sciss wandte sich an den Inspektor:

– Ich brauche einen starken Scheinwerfer. Kann ich etwas Derartiges bekommen?

Der Inspektor schaltete das Mikrophon ein und sagte leise ein paar Worte. Darauf trat Schweigen ein, und Sciss holte aus seiner Tasche, die geräumig wie ein Blasebalg war, langsam einen mehrfach gefalteten Bogen Pauspapier hervor, der mit farbigen Zeichnungen bedeckt war. Gregory betrachtete Sciss mit einer Mischung aus Unlust und Neugier. Das hochnäsige Verhalten, das der Wissenschaftler ihnen gegenüber an den Tag legte, reizte ihn. Er drückte seine Kippe aus und bemühte sich vergeblich zu erraten, was der Bogen Pauspapier enthielt, der in Sciss' ungeschickten Händen raschelte.

Sciss legte den Bogen auf den Schreibtisch, nicht ohne ihn dabei an der Seite einzureißen, strich ihn vor der Nase des Inspektors glatt, als ob er diesen gar nicht wahrnähme, trat ans Fenster und schaute auf die Straße hinunter, wobei er gleichzeitig mit den Fingern der einen Hand das Gelenk der anderen umfaßte, so, als wolle er seinen eigenen Pulsschlag zählen.

Die Tür ging auf, ein Konstabler trat mit einem Scheinwerfer auf einem hohen Stativ ein und schloß diesen an eine Steckdose an. Sciss schaltete ihn ein, wartete einen Augenblick, bis sich die Tür hinter dem Polizisten geschlossen hatte, und richtete den starken Lichtstrahl auf eine große Karte von England. Dann deckte er die Karte mit einem Blatt Kohlepapier ab. Da sie durch das milchige Papier nicht hindurchschimmerte, machte er sich daran, den Scheinwerfer zu verrücken. Er nahm auch die Karte von der Wand (dabei geriet er auf dem Stuhl gefährlich ins

Wanken) und hängte sie am Garderobenständer auf, den er von der Ecke des Zimmers in die Mitte des Raums zerrte. Den Scheinwerfer stellte er so dahinter auf, daß sein Strahl jetzt durch die Karte und das sie bedeckende Papier hindurchschien, das er in seinen weit ausgebreiteten Händen hielt. Diese Haltung – mit ausgestreckten und erhobenen Armen – war überaus unbequem.

Sciss verrückte den Ständer noch einmal mit dem Fuß, dann kam er zur Ruhe. Während er das Pauspapier am oberen Rand festhielt, begann er zu sprechen und drehte dabei den Kopf zur Seite:

– Bitte achten Sie auf die Umgebung, in der sich unsere Vorfälle abspielten.

Die Stimme des Doktors klang noch höher als vorher, vielleicht wegen der mühsam verborgenen Anstrengung.

– Der erste Fall des Verschwindens von Leichen ereignete sich in Treakhill am sechzehnten Januar. Bitte merken Sie sich die Orte und Daten. Der zweite – am dreiundzwanzigsten Januar – in Spittoon. Der dritte in Lovering am zweiten Februar. Der vierte – in Bromley – am zwölften Februar. Am achten März in Lewes geschah der letzte Vorfall. Wenn wir als Ausgangspunkt den Ort des ersten Vorfalls ansehen und um ihn herum Kreise mit zunehmendem Radius ziehen, dann erhalten wir die Zeichnung auf meinem Blatt Pauspapier.

Ein Lichtfleck grenzte deutlich den an den Kanal grenzenden Teil Südenglands ab. Fünf konzentrische Kreise umfaßten fünf Ortschaften, die durch rote Kreuze bezeichnet waren. Das erste war im Zentrum zu sehen, die nächsten immer weiter zur Peripherie des größten Kreises hin.

Gregory wurde schläfrig, während er darauf wartete, daß Sciss, dessen Hände – hoch erhoben und den Rand des Kohlepapiers haltend – noch nicht einmal zitterten, Ermüdungsanzeichen zeigte.

– Wenn Sie es wünschen – sagte Sciss scharf – kann ich Ihnen später die Einzelheiten meiner Berechnungen vorlegen. Jetzt teile ich nur das Resultat mit. Jeder Vorfall spielte sich dergestalt ab, daß, je später er stattfand, er sich desto weiter vom Zentrum, das heißt, dem ersten Ort, entfernt befand. Darüber hinaus tritt eine zweite Regelmäßigkeit auf: Die Zeiten zwischen den einzelnen Vorkommnissen werden, vom ersten ausgehend, immer länger, wenn auch, das sei zugegeben, nicht so, daß sie in einer bestimmten Proportion stünden. Berücksichtigt man jedoch einen zusätzlichen Faktor – die Temperatur –, so zeigt sich, daß eine gewisse neue Regelmäßigkeit zum Vorschein kommt. Das Produkt nämlich aus der Zeit, die zwischen zwei Vorfällen verstreicht, und der Entfernung, die zwei aufeinanderfolgende Orte, an denen Leichen verschwunden sind, vom Zentrum trennt, wird zu einer festen Größe – wenn man es mit der Differenz der in beiden Fällen herrschenden Temperaturen multipliziert...

–Auf diese Weise – fuhr Sciss nach einer Weile fort – erhalten wir eine feste Größe von fünf bis zehn Zentimetern pro Sekunde und Temperaturgrad. Ich sage fünf bis zehn, weil der exakte Zeitpunkt des Verschwindens in keinem der Fälle festgestellt wurde. Wir haben es immer mit einer breiten, mehrstündigen Zeitspanne im Verlauf der Nacht zu tun, oder genauer: in der zweiten Nachthälfte. Wenn wir als Wert der Konstante einen Durchschnitt von sieben Zentimetern ansetzen, dann ergibt sich nach Abschluß der Berechnungen, die ich durchgeführt habe, eine interessante Sache. Die Ursache der Erscheinung, die sich gleichmäßig vom Zentrum zur Peripherie des Gebiets bewegt, liegt *nicht* in Treakhill, sondern ist in westliche Richtung verschoben, hin zu den Ortschaften Timbridge-Wells, Engender und Dipper..., das heißt dort, wo die Gerüchte über das »Berühren« der Leichen kursierten. Wenn wir uns auf ein Experiment einlassen, ein Experiment, das darin besteht, daß man ganz genau den Punkt lokalisiert, welcher das geometrische Zentrum der Erscheinungen darstellt, dann befindet man sich nicht in einer Leichenhalle, sondern achtzehn Meilen südwestlich von Shaltam – in den Sümpfen und im Ödland von Chinchess...

Inspektor Farquart, der diesen Ausführungen mit immer röter anlaufendem Nacken gelauscht hatte, hielt es nicht länger aus.

– Wollen Sie damit sagen – platzte er heraus – daß aus diesen verfluchten Sümpfen ein Gespenst aufgestiegen ist, das, durch die Luft schwebend und unsichtbar, eine Leiche nach der andern fortgeschleppt hat?!

Sciss rollte sein Papier langsam zusammen. Im Licht des Scheinwerfers, mager und schwarz sich von der grün leuchtenden Karte abhebend, war er mehr als zuvor einem Vogel ähnlich (einem Sumpfvogel – fügte Gregory im Geist hinzu). Er schob das Blatt sorgfältig in seine tiefe, scheinbar bodenlose Tasche, richtete sich auf und starrte mit rotgeflecktem Gesicht den Inspektor an.

– Ich will nichts sagen, was über die statistische Analyse hinausgeht – erklärte er. – Es gibt zum Beispiel enge Zusammenhänge zwischen Eiern, Räucherfleisch und dem Magen sowie entfernte, weniger ins Auge fallende zwischen der politischen Verfassung eines Landes und dem durchschnittlichen Heiratsalter. Immer jedoch handelt es sich um eine Korrelation, welche die Grundlage für Aussagen über Folgen und Ursachen bietet.

Mit einem großen, sorgfältig zusammengelegten Taschentuch rieb er sich feine Schweißtropfen von der Oberlippe, steckte das Tuch in die Tasche und fuhr fort:

– Diese Serie von Vorfällen ist schwer zu erklären. Es kommt darauf an, sich jeglicher Voreingenommenheit zu enthalten. Sollte ich diese bei Ihnen vorfinden, so wäre ich gezwungen, die Angelegenheit aufzugeben, ebenso wie die Zusammenarbeit mit dem Yard.

Er wartete einen Augenblick ab, als hoffte er, daß jemand den Fehdehandschuh aufnehmen würde, dann ging er an die Wand und schaltete den Scheinwerfer aus. Es wurde fast ganz dunkel. Sciss tastete mit der Hand an der Wand entlang, um den Schalter zu finden.

Das Licht der Deckenlampe veränderte das Zimmer. Es schien kleiner geworden zu sein, und der geblendete, blinzelnde Chefinspektor erinnerte Gregory an seinen alten Onkel. Sciss kehrte zur Karte zurück.

– Als ich meine Forschungen aufnahm, war seit den ersten beiden Fällen bereits so viel Zeit verflossen, oder, um nichts zu beschönigen, die Polizei hatte ihnen in ihren »Dossiers« so wenig Aufmerksamkeit geschenkt, daß eine genaue Rekonstruktion der Fakten, die es erlaubt hätte, festzustellen, was im einzelnen passiert war, Stunde um Stunde, eine Unmöglichkeit war. Ich habe mich deshalb auf die übrigen drei Vorfälle beschränkt. In allen dreien herrschte dichter Nebel – zweimal dichter und einmal ungewöhnlich dichter. Außerdem fuhren im Radius mehrerer hundert Meter diverse Autos vorüber – es waren, zugegeben, keine »verdächtigen«, aber ich weiß nicht recht, worauf sich ein solcher Verdacht hätte stützen sollen. Wohl niemand hätte sich zu einem derartigen Unternehmen in einem Auto aufgemacht mit der Aufschrift »Transport gestohlener Leichen«. Das Auto hätte eventuell in beträchtlicher Entfernung vom Ort des Diebstahls geparkt werden können. Endlich habe ich noch erfahren, daß in allen drei Fällen während der Dunkelheit (ich erinnere daran, daß das Verschwinden immer nachts vor sich ging) in der Nähe ... – Sciss machte eine kleine Pause und schloß ruhig aber nachdrücklich: – ein Haustier gesehen wurde, das man dort normalerweise nicht antrifft oder das zumindest meine Gesprächspartner nicht kannten und dort niemals gesehen hatten. Zweimal war es eine Katze und einmal ein Hund.

Ein kurzes Lachen ertönte, das sogleich in eine miserable Nachahmung von Husten überging. Sörensen lachte. Farquart hatte sich weder bewegt noch geräuspert, selbst als Sciss seine zweifelhaften Witze über die »verdächtigen« Wagen gemacht hatte.

Für den Bruchteil einer Sekunde fing Gregory den Blick auf, den der Chefinspektor auf Sörensen richtete. Er enthielt keinen Tadel, nicht einmal Strenge, lediglich eine fast körperlich spürbare Schwere.

Der Doktor hustete noch einmal, um den Anschein zu wahren, und es wurde wieder still. Sciss blickte über ihre Köpfe hinweg auf das dunkel werdende Fenster.

– Die statistische Bedeutung der letzten Beobachtung ist scheinbar gering – fuhr er fort, wobei er immer häufiger ins Falsett verfiel. – Ich habe jedoch festgestellt, daß in diesen Gegenden praktisch nie herrenlose Hunde oder Katzen herumstromern. Außerdem wurde eines dieser Tiere – nämlich der Hund – vier Tage nach dem Verschwinden der Leiche tot gefunden. Ich habe dies berücksichtigt und mir erlaubt, im letzten Fall ein Inserat aufzugeben – da war am Abend eine Katze aufgetaucht – und eine Belohnung für die Entdeckung der Leiche dieses Wesens auszusetzen. Heute früh habe ich eine Nachricht erhalten, die mich um fünfzehn Schillinge ärmer machte. Die Katze lag unter dem Schnee in einer Gruppe von Sträuchern, Schulkinder haben sie gefunden – nicht ganz zweihundert Meter von der Friedhofsleichenhalle entfernt.

Sciss trat an das Fenster und wandte dem Zimmer seinen Rücken zu, als ob er auf den Hof sehen wollte, aber dort gab es außer einer Straßenlaterne, die sich im Wind bewegte und regelmäßig zwischen den dicken Ästen eines Baumes aufblitzte, nichts zu sehen.

Er verstummte endgültig. Mit den Fingerspitzen glättete er den Saum seiner etwas zu weiten, grauen Jacke.

– Sind Sie fertig, Doktor?

Beim Klang von Sheppards Stimme drehte Sciss sich um. Ein schwaches, fast jungenhaftes Lächeln veränderte plötzlich sein Gesicht, dessen Züge unproportioniert waren – er hatte feine Wülste unter den grauen Augen und nur den Ansatz eines Kinns, so sehr war sein Kiefer nach innen gezogen.

»Er ist ganz einfach ein Junge, ein ewiger Grünschnabel... und was für ein lieber noch dazu!« – dachte Gregory erstaunt.

– Ich würde gern noch ein paar Worte sagen, aber als letzter – erklärte Sciss und kehrte auf seinen Platz zurück.

Der Inspektor setzte die Brille ab. Seine Augen wirkten müde.

– Gut. Kollege Farquart, bitte, falls Sie sich zu dieser Angelegenheit äußern wollen.

Farquart begann unlustig:

– Offen gesagt, viel ist es nicht. Ich habe in gewohnter und bewährter Weise über diese ganze »Serie« nachgedacht, wie sie Doktor Sciss nennt. Ich glaube, daß einige, wenigstens einige Gerüchte zutrafen. Vielleicht ist die Sache ganz einfach – der Täter wollte in Shaltam oder irgendwo anders eine Leiche stehlen, wurde jedoch dabei aufgescheucht. Es gelang ihm erst in Treakhill. Er war damals eben noch ein »Neuling«, deshalb verschwand der Leichnam nackt. Er hatte offensichtlich nicht daran gedacht, daß der Transport in diesem Zustand notwendigerweise auf erhebliche Schwierigkeiten stoßen würde, größere jedenfalls als bei der Beförderung nicht so ins Auge fallender bekleideter Leichen. Das veranlaßte ihn, die Taktik zu ändern und sich um Kleidung zu kümmern. Ferner war auch die Auswahl der Leiche beim erstenmal nicht »die beste« – ich denke an das, was Doktor Sciss als die Suche nach Körpern in »gutem Zustand« bezeichnet hat. Die Leichenhalle in Treakhill beherbergte noch einen anderen, jungen Verstorbenen, der weitaus besser erhalten war als der, welcher verschwand. Das wäre wohl alles ...

– Bleibt noch das Motiv der Handlung – setzte er nach einem Augenblick hinzu. – Ich sehe folgende Möglichkeiten: Leichenschändung, Wahnsinn oder die Tat eines Wissenschaftlers. Ich würde es vorziehen, daß sich Doktor Sörensen dazu äußert.

– Ich bin weder Psychologe noch Psychiater – warf der Doktor schroff ein. – Leichenschändung kann auf jeden Fall ausgeschlossen werden. Von ihr werden ausschließlich schwer geistig benachteiligte, debile Individuen befallen, Kretins, die mit Sicherheit zur Planung irgendeiner etwas komplizierteren Aktion nicht fähig sind. Das unterliegt keinem Zweifel. Des weiteren kann Wahnsinn meiner Meinung nach ausgeschlossen werden. Nichts blieb dem Zufall überlassen, er ging sogar übermäßig sorgfältig vor, kam kein einziges Mal ins Stolpern – Wahnsinnige sind im allgemeinen zu einer derartigen Logik in ihren Handlungen nicht fähig.

– Paranoia? – regte Gregory ruhig an. Der Arzt blickte ihn unwillig an. Einen Augenblick lang schien er das Wort zweifelnd auf der Zunge abzuschmecken, dann verzog er seinen schmallippigen Froschmund.

– Nein. Das heißt, es scheint mir nicht so zu sein – schwächte er seinen kategorischen Widerspruch ab. – Wahnsinn ist, bitte, keine Schublade, in der wir alle nach ihren Motiven für uns unverständlichen Taten von Menschen unterbringen können. Der Wahnsinn hat seine eigene Struktur, seine Logik des Handelns. Wenn man durchaus will, kann man die entfernte Möglichkeit nicht ausschließen, daß irgendein schwerer Psychopath, ja, ein Psychopath, gerade ein Psychopath der Täter sein könnte. Das wäre die einzige Möglichkeit...

– Ein Psychopath mit einem Hang zur Mathematik – bemerkte scheinbar unabsichtlich Sciss.

– Wie meinen Sie das?

Sörensen sah Sciss mit einem dumm-höhnischen Lächeln an, in dem etwas Beleidigendes lag. Sein Mund blieb halbgeöffnet.

– Nun, ein Psychopath, der sich ausgerechnet hat, wie lustig das sein wird, wenn das Produkt aus der Entfernung und der Zeit zwischen aufeinanderfolgenden Ereignissen, multipliziert mit der Differenz der Temperaturen, eine Konstante ergibt.

Sörensen strich sich mit einer nervösen Bewegung über die Knie, dann trommelte er mit den Fingern auf ihnen.

– Was weiß ich... Man kann verschiedene Dinge miteinander multiplizieren und dividieren, die Länge von Spazierstöcken mit der Breite von Hutkrempen, und daraus können verschiedene Konstanten oder das Gegenteil resultieren.

– Meinen Sie, daß Sie auf diese Weise die Mathematik lächerlich machen können? – setzte Sciss an. Es war offensichtlich, daß ihm eine noch schärfere Erwiderung auf der Zunge lag.

– Entschuldigen Sie. Ich möchte gerne Ihre Meinung zum dritten möglichen Motiv hören – Sheppard blickte Sörensen wie zuvor an.

– Über den Gelehrten? Der Leichen stiehlt? Nein. Aber wieso, woher denn? Ein Wissenschaftler, der Experimente an Leichen durchführt? Völlig absurd! Ein Einfall aus einem drittklassigen Film. Wozu sollte er denn eine Leiche entwenden, wenn man sie in jedem beliebigen Prosektorium bekommen kann, dazu noch ohne die geringsten Schwierigkeiten, oder aber gegen Geld von einer Familie? Solche Fälle kommen schon vor. Außerdem arbeitet heute kein Gelehrter mehr allein, und selbst wenn er eine Leiche stehlen würde (ich weiß allerdings nicht, wozu), könnte er das nicht vor den Kollegen und Mitarbeitern verbergen. Dieses Motiv können wir ruhig ausschließen.

– Welche Möglichkeit bleibt Ihrer Meinung nach also übrig? – fragte Sheppard. Sein asketisches Gesicht war ausdruckslos. Gregory ertappte sich dabei, daß er seinen Vorgesetzten geradezu unverfroren anstarrte – als ob er ein Bild studierte. Ist er wirklich so, oder ist das einfach nur Langeweile und Routine?

Er dachte darüber in dem lastenden, unangenehmen Schweigen nach, das nach den letzten Worten des Chefinspektors eingesetzt hatte. Erneut war hinter den dunklen Fenstern ein weitentfernter Motor zu hören, er zog mit dröhnendem Baß hoch über ihnen dahin und wurde allmählich leiser. Die Scheiben erzitterten.

– Psychopathie oder gar nichts – sagte plötzlich Doktor Sciss. Er lächelte, war tatsächlich guter Laune. – Wie Doktor Sörensen vernünftig erklärt hat, sieht die Handlungsweise eines Psychopathen gewöhnlich ganz anders aus; sie ist durch Impulsivität, Mangel an Scharfsinn und Fehler charakterisiert, welche durch die emotional bedingte Verengung des Konzentrationsfeldes hervorgerufen werden. Es bleibt uns also – nichts. Das bedeutet, daß diese Vorfälle nicht geschehen konnten.

– Sie sind überaus scharfsinnig – brummte Sörensen.

– Meine Herren – ließ sich Sheppard vernehmen – es ist erstaunlich, wie zurückhaltend uns bisher die Presse behandelt hat. Ich denke, man muß das dem Konflikt in Kleinasien zuschreiben. Die öffentliche Meinung war damit voll beschäftigt – aber das wird nicht lange anhalten. Jetzt müssen wir mit einer Treibjagd gegen den Yard rechnen. Was die rein formale Seite der Sache betrifft – die Untersuchung muß weiterlaufen. Ich möchte erfahren, was schon unternommen worden ist, und insbesondere, welche Schritte eingeleitet worden sind, um die gestohlenen Leichen wiederzufinden.

– Das ist die Aufgabe des Leutnants – sagte Farquart. – Er hat von uns vor zwei Wochen die Vollmacht dazu erhalten und seitdem alles allein gemacht.

Gregory pflichtete bei und gab sich den Anschein, daß er den versteckten Vorwurf dieser Worte überhört hatte.

– Um mit dem dritten Vorfall zu beginnen – sagte er – wir haben sehr radikale Maßnahmen angewandt. Unmittelbar nach der Meldung über das Abhandenkommen der Leiche haben wir die ganze Gegend in einem Radius von gut sechzig Meilen abgeriegelt und uns dazu sämtlicher örtlicher Kräfte bedient, sowohl als Posten als auch als Streifen; ferner haben wir aus London zwei Funkwageneinheiten herangeholt, die ihre taktische Zentrale in Chichester hatten. Alle Kreuzungen, Bahnübergänge, Stadtgrenzen, Autobahnausfahrten und Wege des abgesperrten Raumes wurden kontrolliert – ohne Ergebnis. Wir haben bei dieser Gelegenheit fünf Leute festgenommen, die wegen diverser Kleinigkeiten gesucht wurden, aber was unser Problem angeht, so gab es keinerlei Resultat. Ich möchte bei dieser Gelegenheit auf den letzten Fall eingehen. Die Abriegelung eines Terrains mit dem Radius von sechzig Meilen ist sehr beschwerlich, und praktisch gibt es keine hundertprozentige Garantie, daß die Maschen des Netzes hinreichend eng sind, um die Möglichkeit des Durchschlüpfens des Täters auszuschließen. Es ist wahrscheinlich, daß der Täter in den vorhergehenden Fällen, das heißt im zweiten und dritten, das betreffende Gebiet verließ, bevor alle unsere Posten es hermetisch abgesperrt hatten. Er hatte dazu genug Zeit, beim erstenmal wohl sechs, beim zweitenmal etwa fünf Stunden Dunkelheit. Ich gehe natürlich davon aus, daß er ein Auto zur Verfügung hatte. Beim letzten Vorfall trat jedoch das Verschwinden zwischen drei und vier Uhr fünfzig früh ein. Der Täter hatte maximal eindreiviertel Stunden zur Flucht. Es herrschte in der Nacht das typische Märzwetter, abwechselnd Sturm und Schneegestöber nach abendlichem Nebel, alle Straßen waren bis Mittag des folgenden Tages verschneit und durch Schneewehen blockiert. Ich weiß das sehr gut, denn wir hatten unerhörte Schwierigkeiten, sowohl unsere als auch die lokalen Streifenwagen heranzuziehen sowie diejenigen, die auf unsere Anforderung aus Groß-London herankamen, aus der Reserve, die uns durch das Crime Investigation Department zugeteilt wurde.

– Sie behaupten also, daß sich kein Wagen aus der Gegend von Lewes Richtung Süden entfernen konnte?

– Ja.

– Und Schlitten?

– Technisch wäre das möglich gewesen, aber nicht in der Zeit, die dem Täter zur Verfügung stand. Schlitten legen nicht mehr als zehn bis fünfzehn Meilen pro Stunde zurück und bei solchem Schnee noch viel weniger. Selbst mit den besten Pferden hätte er sich nicht aus einem Kreis mit einem Radius von sechzig Meilen entfernen können.

– Gut, Leutnant, aber Sie haben doch selbst gesagt, daß eine derartige Absperrung des Gebiets keine absolute Sicherheit bietet – bemerkte Sheppard sanft. – Die hundertprozentige Kontrolle stellt das Ideal dar, nach dem wir streben ...

– Er hätte übrigens die Leiche in einem Sack wegtragen können, zu Fuß und querfeldein – wandte Farquart ein.

– Ich bleibe dabei, daß das unmöglich ist – sagte Gregory. Er wollte ruhig bleiben, aber er spürte bereits ein

Brennen im Gesicht. Er hatte große Lust aufzustehen und konnte diese Regung nur mit Mühe unterdrücken.

– Nach sechs Uhr früh konnte kein Fahrzeug mehr die bewachte Zone verlassen, dafür kann ich mich verbürgen – erklärte er. – Letztlich konnten sich nur Fußgänger durch die Schneemassen kämpfen, aber nicht mit einer so schweren Last, wie sie nun einmal die Leiche eines erwachsenen Menschen darstellt. Eher hätte er sie fallen gelassen . . .

– Vielleicht hat er sie auch weggeworfen – bemerkte Sörensen.

– Ich habe auch daran gedacht. Wir haben die ganze Gegend durchstöbert, das Tauwetter, das gleich tags darauf eingesetzt hat, hat uns die Arbeit erleichtert. Es ist nichts gefunden worden.

– Ihr Gedankengang ist nicht so fehlerfrei, wie Sie meinen – mischte sich Sciss in das Gespräch ein. – Zunächst einmal haben Sie nicht die tote Katze gefunden, was der Fall wäre, wenn Sie sorgfältig genug gesucht hätten . . .

– Sie müssen schon entschuldigen, aber wir haben die Leiche eines Menschen gesucht, und nicht eine tote Katze – erklärte Gregory.

– Gut. Es gibt jedoch in einem so ausgedehnten Gelände allzu viele Möglichkeiten, eine Leiche zu verbergen, als daß man sagen könnte, sie sei dort mit Sicherheit nicht.

– Vielleicht hat der Täter den Leichnam auch vergraben – warf Farquart ein.

– Er hat sie gestohlen, um sie einzugraben? – fragte Gregory mit unschuldiger Miene. Farquart schnaubte verächtlich.

– Vielleicht hat er sie vergraben, als er sah, daß er nicht entkommen konnte.

– Woher sollte er wissen, daß er nicht entkommen konnte? Wir hatten die Absperrung der Straßen doch nicht über den Rundfunk bekanntgegeben – parierte Gregory. – Möglich, daß er einen Informanten hatte – oder selbst ein Polizeioffizier ist ...

– Das ist gar kein schlechter Gedanke – lächelte Sciss. – Außerdem, meine Herren, haben Sie noch nicht alle Möglichkeiten erschöpft. Wie wäre es mit einem Hubschrauber?

– Blödsinn! – Doktor Sörensen versuchte nicht, seine Geringschätzung zu verbergen.

– Weshalb? Gibt es in England etwa keine Hubschrauber?

– Der Doktor meint, daß es bei uns leichter ist, einen Psychopathen als einen Hubschrauber zu finden – bemerkte Gregory und lächelte mit Genugtuung.

– Entschuldigen Sie, aber für ein derartiges Gespräch ist mir meine Zeit zu schade.

Sciss öffnete erneut seine Tasche, zog ein großes Blatt Schreibmaschinenpapier heraus und begann, es mit einem Kugelschreiber in der Hand durchzusehen.

– Meine Herren!

Beim Klang von Sheppards Stimme verstummten alle.

– Wir können einfach nicht die Möglichkeit ausschließen, daß der Täter aus dem abgeriegelten Gebiet entkommt. Das müssen Sie auch in Zukunft berücksichtigen, Kollege Gregory. Was den Hubschrauber angeht ..., so können wir ihn als allerletzte Chance vorerst zurückstellen ...

– Wie auch jegliche Art von Kadavern – fügte Sörensen hinzu.

Sciss antwortete nicht, er war scheinbar in seine Lektüre vertieft.

– Die Suche nach den Leichen ist fortzusetzen – fuhr Sheppard fort. – Diese Aktion muß breit angelegt sein und auch die Häfen einschließen. Eine diskrete Kontrolle der Schiffe, insbesondere des Stückguts, wird nicht unangebracht sein. Hat noch einer von Ihnen etwas hinzuzufügen?

Eine Hypothese? Einen Gedanken? Vielleicht etwas sehr Kühnes, sogar zu Kühnes.

– Meiner Meinung nach könnte ... – setzten Gregory und Farquart gleichzeitig an. Sie sahen sich gegenseitig an und brachen ab.

– Bitte.

Niemand wollte sich äußern. Das Telephon summte. Der Inspektor schaltete es aus und blickte die vor ihm Sitzenden an. Eine Wolke von bläulichem Tabakrauch breitete sich unter der Lampe aus. Einen Augenblick lang herrschte Schweigen.

– Angesichts dessen – sagte Sciss. Er faltete sorgfältig sein Blatt Papier in der Mitte zusammen und steckte es in die Mappe. – Ich habe die vorhin erwähnte Konstante der Ausdehnung der Erscheinung angewandt, um ihren weiteren Verlauf zu prognostizieren.

Er stand auf und strich mit einem Rotstift einen Streifen an, der einen Teil der Grafschaften Sussex und Kent umfaßte.

– Wenn der nächste Vorfall sich zwischen dem heutigen Tag und dem Ende der kommenden Woche ereignet, dann wird er in diesem Sektor stattfinden, der im Norden von den Vorstädten East Wickham, Croydon und Surbiton, im Westen von Horsham, im Süden – von der Kanalküste und im Osten – von Ashord eingegrenzt wird.

– Ein sehr großer Raum – brummte Farquart zweifelnd.

– Keineswegs, denn der ganze innere Kreis kann dabei außer acht gelassen werden, in dem sich die bisherigen Fälle ereignet haben. Die Erscheinung zeichnet sich durch eine Expansion nach außen aus, es kommt somit nur ein Streifen von siebenundzwanzig Meilen Breite in Betracht. Auf diesem Gebiet befinden sich ungefähr achtzehn Krankenhäuser und über einhundertundsechzig kleine Friedhöfe. Das ist alles.

– Sind Sie ... sind Sie sicher, daß es dazu kommt? – platzte Sörensen heraus.

– Nein – entgegnete Sciss nach längerem Schweigen. – Ich bin nicht sicher. Aber wenn es nicht eintritt, oh, wenn das nicht eintritt ...

Mit dem Gelehrten geschah etwas Seltsames; alle blickten auf ihn und sahen, wie sein ganzer Körper zu zittern begann, bis seine Stimme umkippte wie bei einem Jungen im Stimmbruch. Sciss schnaubte laut. Oder nein, er lachte sich schief, als ob ihn irgendein Gedanke erheiterte, und kümmerte sich nicht um die Totenstille, mit der seine ungezwungene Fröhlichkeit aufgenommen wurde.

Er zog die Tasche unter dem Sessel hervor, deutete mit dem Kopf eine unmerkliche Verbeugung an und ging mit immer noch zuckenden Armen rasch und mit übertrieben langen Schritten aus dem Arbeitszimmer.

Teil II

Ein starker Wind zerriß die Wolkendecke, und über den Dächern erstrahlte ein blaßgelbes Licht. Im fahlen Lampenlicht nahm der Schnee eine schwärzliche Färbung an und zerfloß langsam auf den Gehwegen und dem Straßenpflaster. Mit den Händen in den Manteltaschen ging Gregory schnell, ohne die Passanten zu beachten. An einer Kreuzung blieb er stehen, zögerte eine Weile und trat von einem Fuß auf den anderen, denn es wurde ihm kalt in der feuchtigkeitsgesättigten Tauwetterluft. Unzufrieden mit der eigenen Unentschlossenheit, bog er schließlich nach links ab.

Gregory kannte den Chefinspektor eigentlich nur flüchtig, er hatte ihn heute zum fünften oder sechstenmal im Leben gesehen. Er wußte, wie man die Aufmerksamkeit der Vorgesetzten auf sich lenkt, hatte aber die entsprechenden Mittel in seiner relativ kurzen Karriere als Detektiv noch nicht angewandt. Jetzt bedauerte er jedoch, daß er einen so niedrigen Rang hatte. Seine Chance, die Untersuchung zu übernehmen, wurde dadurch erheblich gemindert.

Als sie sich verabschiedeten, hatte Sheppard ihn gefragt, wie er weiter vorgehen wolle. Er antwortete, er wisse es nicht. Das stimmte zwar mit der Wahrheit überein, aber eine derartige Aufrichtigkeit zahlt sich in der Regel nicht aus. Ob Sheppard diese Worte nicht als Indiz für geistige Beschränktheit oder sogar Gleichgültigkeit angesehen hatte?

Und was hatte wohl hinter seinem Rücken Farquart über ihn beim Chef gesagt? Sicherlich hatte er ihm nicht gerade das glänzendste Zeugnis ausgestellt. Gregory versuchte sich selbst zu überzeugen, daß ihm das nur schmeicheln könne; was war Farquarts Urteil denn schon wert.

Von diesem uninteressanten Typ gingen seine Gedanken

zu Sciss über. Das war wirklich ein merkwürdiger Mensch. Er hatte einiges über ihn gehört.

Der Doktor arbeitete während des Krieges in der Operationsabteilung und hatte angeblich eine Reihe origineller Erfolge auf seinem Konto. Einige Zeit nach dem Kriege war er dort in hohem Bogen hinausgeflogen. Er hatte angeblich irgendein hohes Tier beleidigt, wahrscheinlich handelte es sich sogar um den Marschall Alexander. Er war dafür bekannt, daß er seine sämtlichen Mitarbeiter gegen sich einnahm. Man sagte, er sei gefühllos, giftig, ohne einen Hauch von Taktgefühl und sage jedem so unbarmherzig ins Gesicht, was er über ihn denke, wie es sonst wohl nur ein Kind tun würde.

Gregory konnte die Abneigung, die der Gelehrte allgemein erweckte, sehr gut verstehen. Allzu gut erinnerte er sich an die eigene Verlegenheit während des Vortrags von Sciss, als er dessen logischen Schlußfolgerungen nichts entgegenhalten konnte. Gleichzeitig hatte er jedoch Respekt vor der Klasse der intellektuellen Fähigkeiten, die er an diesem Menschen wahrnahm, der an einen Vogel mit allzu klein geratenem Kopf erinnerte. »Man wird sich damit beschäftigen müssen« – beendete er diesen Gedankengang, ohne zu präzisieren, worauf das »Sich-Beschäftigen« sich eigentlich beziehen sollte.

Das Tageslicht schwand mehr und mehr dahin, zumal die Schaufenster bereits erleuchtet waren. Die Straße wurde enger; es war ein sehr alter, wohl seit dem Mittelalter nicht mehr umgebauter Winkel der Innenstadt mit dunklen, plumpen Häusern, in denen die unnatürlich großen und durchsichtigen, verglasten Auslagen neuer Läden funkelten.

Er bog in eine Passage ein, um den Weg abzukürzen. Im Eingang lag eine dünne Schicht hereingewehten Schnees; er wunderte sich, daß sie noch nicht plattgetreten war. Eine einsame Frau mit rotem Hut betrachtete wächsern lächelnde Schaufensterpuppen, die Ballkleider vorführten. Die Passage beschrieb einen sanften Bogen; auf dem trockenen Beton lagen die violetten und weißen Quadrate der Schaufensterbeleuchtung.

Gregory ging etwas langsamer, ohne daran zu denken, wo er sich eigentlich befand. Das Lachen von Sciss kam ihm in den Sinn, und er bemühte sich, seine Ursache zu enträtseln. Er wollte sich den Klang dieses Lachens genau vergegenwärtigen, das erschien ihm wichtig. Sciss war entgegen dem äußeren Anschein nicht auf Effekthascherei aus; sicherlich war er eingebildet und lachte deshalb, um es so auszudrücken, nur für sich und aus Gründen, die nur ihm bekannt waren.

Aus der Tiefe der menschenleeren Passage kam Gregory ein Mann entgegen. Hochgewachsen und schlank, bewegte er den Kopf hin und her, als führe er Selbstgespräche. Gregory war zu sehr mit sich selbst beschäftigt, um ihn zu beobachten, behielt ihn aber irgendwie an der Peripherie seines Blickfeldes. Der Fremde war ihm schon ziemlich nahe gekommen. Ringsum war es dunkler geworden, in drei Läden war das Licht abgeschaltet worden, auf den Schaufenstern des dritten stand in Kalkfarbe – »wir renovieren«. Nur in der Richtung, aus der der einsame Passant kam, leuchteten noch ein paar große Schaufenster.

Gregory hob den Kopf. Der Fremde verlangsamte seinen Schritt, ging aber zögernd weiter. Plötzlich standen sich beide nur noch ein paar Schritte gegenüber. Gregory hatte sich noch nicht von seinen Gedanken losgerissen; obwohl er die hohe Silhouette des vor ihm stehenden Mannes betrachtete, konnte er sein Gesicht nicht erkennen. Er machte einen Schritt, der Fremde tat das gleiche.

»Was will der denn?« – dachte Gregory. Sie betrachteten sich mißtrauisch. Der Fremde hatte ein im Schatten nur undeutlich zu erkennendes, breites Gesicht, den Hut viel zu weit in die Stirn gedrückt, einen etwas zu kurzen Mantel, den ein unordentlich gebundener Gürtel zusammenhielt, so, daß das Gürtelende um die Schnalle gedreht war. Mit dieser Schnalle war auch etwas nicht in Ordnung, aber Gregory war zu sehr mit seinen eigenen Gedanken beschäftigt. So ging er weiter auf ihn zu und wollte an dem Fremden vorbei, aber der versperrte ihm den Weg.

– He, machen Sie Platz, sonst ... – begann Gregory zornig und verstummte. Der Fremde – das war er selbst. Er stand vor einer großen Spiegelwand, welche die gesamte Passage abschloß. Er war aus Versehen in eine Sackgasse abgebogen, die mit Glas überdacht war.

Er betrachtete sein eigenes Spiegelbild eine ganze Weile, und erst allmählich schwand das Gefühl, einem Fremden gegenüberzustehen. Ein Gesicht mit dunklem Teint, nicht allzu klug, aber mit energisch vorspringendem Kinn, was er sich in Momenten besonderer Kühnheit selbst zugestand. Vielleicht handelte es sich auch eher um Trotz, dumpfen Trotz – auch dieser Meinung war er mehr als einmal. – Hast du genug geglotzt? – brummte er, machte auf dem Absatz kehrt und ging in wachsender Verwirrung zum Ausgang, als habe man ihn an der Nase herumgeführt.

Auf halbem Wege konnte er dem unsinnigen Impuls nicht widerstehen, sich umzusehen. »Der Fremde« blieb ebenfalls stehen, fern, zwischen den erleuchteten, menschenleeren Läden verschwand er langsam in der Tiefe der Gasse, um irgendwelchen Angelegenheiten in seiner Spiegelwelt nachzugehen. Voller Wut steckte er den Gürtel wieder ordentlich in die Schnalle, schob den Hut aus der Stirn und ging hinaus auf die Straße.

Die nächste Passage führte ihn direkt zum »Europa«. Der Portier öffnete die Glastür. Gregory ging zwischen den Tischen hindurch an die in violettes Licht getauchte Bar. Er war so groß, daß er sich nicht auf die Zehenspitzen zu stellen brauchte, um auf einem der Hocker Platz zu nehmen.

– »White Horse«? – fragte der Barmixer. Gregory nickte mit dem Kopf.

Die Flasche machte ein Geräusch, als sei in ihr ein gläsernes Glöckchen versteckt. Gregory trank schnell aus und stellte fest, daß »White Horse« scharf ist, nach Fusel schmeckt und in der Kehle kratzt. Er konnte ihn nicht ausstehen. Es hatte sich jedoch so ergeben, daß er ein paarmal hintereinander ins »Europa« gegangen war, zusammen mit dem jungen Kinsey, und daß er mit ihm gerade diesen Whisky getrunken hatte; seitdem betrachtete der Barmixer Gregory als Stammgast und hatte sich seine Gewohnheiten eingeprägt. In Wirklichkeit hatte sich Gregory mit Kinsey getroffen, um einen Wohnungstausch zum Abschluß zu bringen. Er mochte warmes Bier lieber als Whisky, genierte sich aber, es in einem derart vornehmen Lokal zu bestellen.

Gregory war einfach deshalb hergekommen, weil er keine Lust hatte, nach Hause zu gehen. Er hatte sich vorgenommen, bei einem Gläschen alle bekannten Fakten der »Serie« mit Hilfe einer logischen Konstruktion in eine Ordnung zu bringen, konnte sich aber an keinen einzigen Namen, noch an irgendein Datum erinnern.

Gregory trank aus, wobei er den Kopf übertrieben weit nach hinten warf.

Er zuckte zusammen. Der Barmixer hatte irgend etwas zu ihm gesagt.

– Bitte? Was?

– Möchten Sie nicht zu Abend essen? Es gibt heute Wild, gerade die richtige Zeit dafür.

– Wild?

Er verstand kein Wort.

– Ach, Abendessen? – endlich hatte er begriffen. – Nein. Schenken Sie mir bitte noch einen ein.

Der Barmixer nickte mit dem Kopf. Er spülte das Glas unter silbrig glänzenden Wasserhähnen und klapperte mit ihm herum, als wolle er es in kleine Stücke zerschlagen. Er hob sein gerötetes, muskelhartes Gesicht zu Gregory empor, und seine Augen wurden schmal, als er flüsterte:

– Warten Sie? ...

An der Bar niemand.

– Nein. Auf wen denn? – fügte Gregory hinzu, schärfer als es seine Absicht war.

– Nein, nichts, ich dachte nur, daß Sie ... dienstlich hier sind – murmelte der Barmixer und ging wieder in die andere Ecke der Bar. Jemand berührte Gregory sanft an der Schulter; er fuhr blitzartig herum, unfähig, seine Enttäuschung zu verbergen: Vor ihm stand ein Kellner.

– Verzeihung ... Leutnant Gregory? Telephon für Sie.

Er mußte sich durch das Gewimmel der Tanzenden hindurchdrängen, wurde gestoßen, bemühte sich, so schnell wie möglich vorwärts zu kommen. Die Glühbirne in der Zelle war kaputt. Er stand im Dunkeln; durch ein rundes Fensterchen fiel der zuckende Schein des ständig die Farbe wechselnden Lichts.

– Hallo, hier Gregory.

– Hier Sheppard.

Auf den Klang der fernen Stimme reagierte sein Herz mit einem heftigen, einmaligen Klopfen.

– Leutnant, ich möchte Sie sehen.

– Jawohl, Herr Inspektor. Wann soll ich ...

– Ich würde es nicht gern aufschieben. Haben Sie Zeit?

– Natürlich, aber ja. Morgen?

– Nein. Heute, wenn Sie können. Können Sie?

– Ja, selbstverständlich.

– Gut. Sie wissen, wo ich wohne?

– Nein, aber ich kann ...

– Walham 85. Das ist in Paddington. Können Sie sofort kommen?

– Ja.

– Oder wollen Sie lieber in ein, zwei Stunden?

– Nein, ich kann sofort.

– Also ich warte.

Der eingehängte Hörer quäkte. Gregory betrachtete voller Verblüffung das Telephon. Woher, zum Teufel, wußte Sheppard von diesem unglücklichen »Europa«, in dem er das »Dolce vita« des kleinen Mannes auskostete. Ob er wohl systematisch nach ihm herumtelephoniert hatte, sollte er ihn so gesucht haben? Beim bloßen Gedanken an eine derartige Möglichkeit wurde ihm heiß. Er verließ das Lokal und begab sich im Laufschritt zu einem Autobus, der gerade dahergefahren kam. Von der Haltestelle mußte er noch ein gutes Stück zu Fuß gehen und durch Gäßchen irren, die zusehends menschenleerer wurden. Schließlich befand er sich in einer Seitenstraße, in der es keine größeren Gebäude mehr gab. In den Pfützen spiegelte sich das flackernde Spalier der Gaslaternen wider. Er hätte nicht gedacht, daß mitten im Herzen dieses Stadtviertels ein derart verkommenes Fleckchen verborgen sein könnte.

Als er vor Nr. 85 stehenblieb, wunderte er sich aufs neue. Im Garten, hinter einer niedrigen Mauer, in beträchtlicher Entfernung von den anderen, stand ein massives Wohnhaus, völlig dunkel, wie ausgestorben. Erst als er genauer hinsah, erblickte er einen schwachen Lichtschein in einem Seitenfenster des ersten Stocks.

Die Pforte quietschte und ließ sich nur schwer öffnen. Er tappte beinahe im Dunkeln herum, denn die Mauer schnitt das Licht der Straßenlaterne ab. Flache, unregelmäßig gesetzte Steinplatten führten zur Eingangstür. Er konnte sie kaum sehen und tastete sich mit den Füßen vorwärts. Anstelle einer Klingel sprang aus der schwarzen Türplatte ein abgegriffener Handgriff hervor. Er zog ihn nicht allzu kräftig, als fürchtete er sich, Lärm zu machen.

Er mußte ziemlich lange warten. Von Zeit zu Zeit hörte er das gleichmäßige Tropfen einer unsichtbaren Regenrinne, ein Auto sauste an der Kreuzung über den feuchten Asphalt. Die Tür öffnete sich lautlos. Vor ihm stand Sheppard.

– Da sind Sie ja schon. Gut. Bitte folgen Sie mir.

Die Halle war völlig dunkel. In ihrer Tiefe glomm ein schwacher Lichtschein, der nach oben führte – die in einen Lichtstreif getauchte Treppe. Die Tür im ersten Stock stand offen, vor ihr befand sich eine Art von kleinem Vorzimmer. Irgend etwas sah auf ihn herab mit leerem, schwarzem Blick; es war der Schädel eines Tieres, kaum sichtbar, nur die Augenhöhlen inmitten der gelblichen Konturen der Knochen zeichneten sich undeutlich ab. Er zog den Mantel aus und trat ins Zimmer. Der Gang durch das Dunkel hatte seine Augen derart empfindlich gemacht, daß er sie zukneifen mußte.

– Nehmen Sie bitte Platz.

Das Zimmer war fast dunkel. Der Schirm einer starken Lampe, die auf dem Schreibtisch brannte, war nach unten gerichtet, direkt auf ein aufgeschlagenes Buch. Von den ausgebreiteten Papieren fiel ein Widerschein auf Wände und Zimmerdecke. Gregory stand immer noch. Im Zimmer war nur ein einziger Sessel.

– Setzen Sie sich – wiederholte der Chefinspektor. Es klang wie ein Befehl. Der Leutnant nahm zögernd Platz. Er war der Lichtquelle jetzt so nahe, daß er fast gar nichts mehr sah. An den Wänden zeichneten sich als undeutliche Flecke irgendwelche Bilder ab, unter den Füßen spürte er einen weichen Teppich. Der Sessel war nicht bequem, aber gut zur Arbeit an dem riesigen Schreibtisch geeignet. Gegenüber stand ein langes Bücherregal. In der Zimmermitte leuchtete die weißliche Mattscheibe eines Fernsehgeräts.

Sheppard trat an den Schreibtisch, zog unter den Büchern eine schwarze Blechdose mit Zigaretten hervor und schob sie dem Gast hinüber. Er zündete sich ebenfalls eine Zigarette an und begann, zwischen der Tür und dem durch einen braunen Vorhang verdeckten Fenster auf und ab zu gehen. Das Schweigen dauerte lange, so daß es Gregory langweilig wurde, den gleichmäßig dahinschreitenden Inspektor zu beobachten.

– Ich habe mich entschlossen, Ihnen die Sache zu übergeben – ließ sich Sheppard plötzlich hören, ohne stehenzubleiben.

Gregory wußte nicht, was er sagen sollte. Er spürte den getrunkenen Alkohol und begann so heftig an seiner Zigarette zu ziehen, als habe der Rauch ernüchternde Eigenschaften.

– Sie werden sie allein durchführen – fuhr Sheppard im Ton einer Urteilsverkündung fort. Immer noch auf und ab gehend, warf er einen Seitenblick auf den im Lichtkegel der Lampe sitzenden Gregory.

– Ich habe Sie nicht mit Rücksicht auf Ihre besonderen Fähigkeiten für die Untersuchung ausgewählt, denn die besitzen Sie nicht. Systematisch sind Sie auch nicht – was in diesem Falle auch nicht schadet. Aber Sie sind an diesem Problem besonders interessiert. Nicht wahr?

– Ja – gab Gregory zurück. Ihm schien, eine derart trokkene und entschiedene Antwort sei hier sehr wohl angebracht.

– Haben Sie irgendeine eigene Auffassung von dieser Sache? Eine ganz private, die Sie heute in meinem Büro nicht äußern wollten?

– Nein. Das heißt ... – Gregory zögerte.

– Bitte.

– Das ist ein Eindruck, der sich auf nichts stützen kann – äußerte Gregory. Er sprach nur widerwillig. – Mir scheint, bei der ganzen Geschichte ging es gar nicht um Leichen. Das heißt, sie spielen dort ihre bestimmte Rolle, sind aber nicht der Kern der Sache.

– Und der wäre?

– Das weiß ich nicht.

– Wirklich?

Die Stimme des Inspektors war ein wenig spöttisch, der Ton fast heiter. Gregory bedauerte, daß er sein Gesicht nicht sehen konnte. Das war ein ganz anderer Sheppard als der, den er hin und wieder im Yard gesehen hatte.

– Ich denke, das ist eine häßliche Sache – platzte er unversehens heraus, so, als spräche er zu einem Kollegen. – In ihr liegt etwas ... Perverses. Es geht nicht darum, daß sie so schwierig ist. Es gibt dort Einzelheiten, die sich nicht miteinander in Einklang bringen lassen, aber nicht etwa deshalb, weil das physikalisch unmöglich wäre, sondern deshalb, weil dann ein psychologischer Nonsens herauskäme, und zwar ein derart pyramidaler, daß es völlig sinnlos wäre, überhaupt noch weitere Überlegungen anzustellen.

– Richtig, richtig – murmelte Sheppard zustimmend im Ton konzentrierter Aufmerksamkeit. Er ging immer noch auf und ab. Gregory beobachtete ihn nicht mehr, hielt den Blick starr auf die Papiere gerichtet und sprach zusehends hitziger:

– Die Auffassung, daß Wahnsinn, Manie oder Psychopathie die Grundlage bildet, aus der diese ganze Geschichte erwächst, drängt sich mit zwingender Logik auf. Wo man auch anfängt, wie man sich auch bemüht, das zu vermeiden – man kommt immer wieder an diesen Ausgangspunkt zurück. Das ist eigentlich der einzige Rettungsanker. Aber so scheint es nur. Ein Verrückter – ausgezeichnet. Aber dieses Ausmaß der Ereignisse und diese eiserne Logik – ich weiß nicht, ob Sie mich verstehen! Wenn man in irgendein Haus ginge und dort feststellte, daß alle Tische und Stühle nur ein einziges Bein haben, dann könnte man sich sagen: Das ist das Werk eines Irren. Irgendein Wahnsinniger hat sich so seine Wohnung möbliert. Aber wenn man nun von Haus zu Haus ginge und das gleiche im ganzen Ort vorfände?... Ich weiß nicht, was das bedeutet, aber das konnte, das kann kein Irrer sein. Da handelt es sich eher um das andere Extrem. Jemand, der über alle Maßen intelligent ist. Nur, daß er seine Intelligenz einer unbegreiflichen Sache gewidmet hat.

– Und weiter? . . . – fragte Sheppard halblaut, als fürchtete er, den Feuereifer zu ersticken, in den Gregory offensichtlich geraten war. Hinter dem Schreibtisch sitzend, den Blick starr auf die Papiere gerichtet, die er kaum sah, ließ der junge Mann sich nach einer Weile des Schweigens hören:

– Weiter . . . ziemlich üble Sachen. Sehr üble. Eine Serie von Taten ohne einen einzigen Ausrutscher – das ist entsetzlich, das . . . das macht mich einfach fertig. Das ist nicht mehr menschlich. So können Menschen nicht handeln. Menschen irren sich, müssen sich von Zeit zu Zeit verrechnen, sich täuschen, eine Spur hinterlassen oder auch einmal eine bereits begonnene Tat aufgeben. Diese Leichen zu Anfang, diese . . . Berührten, wie man das nennt – ich glaube nicht an das, was Farquart behauptet, daß der Täter gestört wurde und entflohen ist. Nichts dergleichen. Er *wollte* sie damals nur berühren. Zuerst ein bißchen. Danach mehr. Danach noch mehr – bis die erste Leiche verschwand. Es sollte so sein, so hatte er es sich vorgenommen. Ich dachte, ich denke ständig darüber nach, weshalb . . . aber ich weiß es nicht. Nichts.

– Kennen Sie den Fall Lapeyrot? – fragte Sheppard. Er stand in der Tiefe des Zimmers, kaum sichtbar.

– Lapeyrot? Dieser Franzose, der ...

– Richtig. Das war 1909. Kennen Sie den Fall?

– Irgendwas geht mir im Kopf herum, aber ich kann mich nicht erinnern. Worum ging es da?

– Um ein Übermaß an Spuren. So hat man es, nicht eben glücklich, genannt. Am Ufer der Seine hatte man eine Zeitlang Anzugknöpfe gefunden, die zu verschiedenen geometrischen Figuren geordnet waren. Dazu Schnallen von Gürteln und Hosenträgern. Kleingeld. Der Reihe nach in ein Vieleck oder einen Kreis gelegt. Verschiedenartig. Taschentücher wie Zöpfe zusammengeflochten.

– Moment. Etwas fällt mir wieder ein. Ich muß darüber irgendwo gelesen haben. Diese beiden Alten, die in ihrer Dachstube ... richtig?

– Ja. Genau diese Geschichte ...

– Sie machten junge Leute ausfindig, die Selbstmord begehen wollten, redeten ihnen das aus, sprachen ihnen Trost zu, nahmen sie mit zu sich nach Hause und baten sie, ihnen zu erzählen, was so einen Unglücklichen auf Selbstmordgedanken gebracht habe. So war es doch, nicht wahr? Und danach ... haben sie sie erwürgt, war's so?

– Ungefähr so. Der eine war Chemiker. Die ermordeten Opfer haben sie ausgezogen, ihre Körper schafften sie sich mit Hilfe eines Schmelzofens und konzentrierter Säuren vom Halse, während sie mit den Knöpfen und Schnallen und all den anderen Kleinigkeiten, die von den Toten übrigblieben, ihren Spaß trieben oder, besser gesagt, mit der Polizei Puzzle spielten.

– Ich weiß nicht, wozu Sie das erwähnt haben. Einer dieser Mörder war wahnsinnig, der andere war ein Opfer der sogenannten *folie en deux*. Willenlos, der Persönlichkeit des anderen untergeordnet. Die Knopfrätsel hatten sie deshalb ausgedacht, weil es ihnen einfach Spaß machte. Vielleicht war die Sache wirklich schwer zu lösen, aber im

Grunde war sie doch trivial: Es gab Mörder und Ermordete, es gab Spuren. Was bedeutet es schon, daß sie künstlich angelegt waren...

Gregory brach ab und schaute mit einem rätselhaften Lächeln, das sich plötzlich auf seinen Lippen zeigte, auf den Inspektor, wobei er Mühe hatte, ihn im Dunkeln zu erkennen.

– Ah... – sagte er in einem Ton, als habe er eine erschütternde Entdeckung gemacht – darum geht es...

– Ja, genau darum – gab Sheppard zurück und nahm seinen Marsch durchs Zimmer wieder auf.

Gregory ließ den Kopf auf die Brust sinken. Er strich mit den Fingern über die Schreibtischkante.

– Künstliche... – sagte er flüsternd. – Eine Imitation... Imitation, oder? – wiederholte er, die Stimme hebend. – Fingierte Spuren, aber was ist hier eigentlich fingiert? Irrsinn? Nein, nicht so: Dann schließt sich der Kreis wieder.

– Er schließt sich, denn Sie gehen in die falsche Richtung. Wenn Sie sagen »fingierter Irrsinn« – so suchen Sie nach einer genauen Analogie zum Fall Lapeyrot. Die Mörder richteten ihr Handeln dort, um mich einmal so auszudrücken, an eine bestimmte Adresse: Sie hinterließen absichtlich Spuren und gaben damit der Polizei ein Rätsel zu knacken auf. Dagegen ist es in unserem Fall überhaupt nicht sicher, daß die Polizei der »Adressat« ist. Ich halte das sogar für ausgesprochen unwahrscheinlich.

– Na gut... – sagte Gregory. Er war enttäuscht und entmutigt. – Also kehren wir wieder zum Ausgangspunkt zurück. Zum Motiv.

– Aber nein, warten Sie doch mal. Sehen Sie bitte hierher.

Sheppard wies mit der Hand auf die Wand. Dort war ein unbeweglicher Lichtfleck zu sehen, den Gregory bis dahin nicht bemerkt hatte. Woher kam dieses Licht? Er sah auf den Schreibtisch. Nahe beim Lampenschirm lag ein geschliffener Briefbeschwerer auf den Papieren. Ein feiner Lichtstrahl brach sich in der Tiefe des Kristalls, lief in das Dunkel des Zimmers und fiel auf die Wand.

– Was sehen Sie hier? – fragte Sheppard und zog sich in den Schatten zurück.

Gregory beugte sich zur Seite, um der Blendwirkung der Schreibtischlampe zu entgehen. An der Wand hing ein Bild, ganz in Dunkel gehüllt. Nur ein winziger Teil von ihm wurde durch den einsamen Lichtstrahl erleuchtet. Auf dieser Fläche, nicht größer als zwei Geldstücke, war ein dunkler Fleck zu sehen, der von einem blassen, aschfarbenen, leicht gekrümmten Rand eingefaßt wurde.

– Dieser Fleck da? – sagte er. – Irgendein Querschnitt? Nein, ich kann mich darin nicht zurechtfinden, Moment...

Dieses Etwas hatte seine Neugierde geweckt. Je länger er es beobachtete, um so stärker wurde in ihm ein Gefühl der Unruhe. Er wußte immer noch nicht, was er da sah, aber seine Unruhe wuchs.

– Als ob es lebendig wäre... – sagte er und senkte unwillkürlich die Stimme. – Obwohl nein... ein ausgebranntes Fenster in einer Ruine?

Sheppard trat näher und verdeckte die Stelle mit seinem Körper. Der unregelmäßige Lichtfleck lag jetzt auf seiner Brust.

– Sie können sich darin nicht zurechtfinden, denn Sie sehen nur einen Teil – sagte er. – Nicht wahr?

– Ah! Sie glauben, daß die Serie der verschwindenden Leichen nur einen Teil ausmacht, nur ein Fragment, sagen wir mal, den Beginn irgendeines größeren Ganzen?

– Genau das denke ich.

Sheppard ging erneut auf und ab. Gregory richtete seinen Blick wieder auf die Stelle an der Wand.

– Es könnte sich um den Beginn einer Affäre von größerer Tragweite handeln, einer kriminellen, aber auch einer politischen, die mit der Zeit die Grenzen unseres Landes überschreiten dürfte. Das, was noch kommen wird, müßte dann aus dem hervorgehen, was bereits gewesen ist. Es kann auch alles ganz anders sein, vielleicht haben wir nur ein Ablenkungsmanöver beobachtet oder eine taktische Scheinoperation ...

Gregory hörte kaum zu, so sehr nahm dieser Fleck, der ihn beunruhigte, seine Aufmerksamkeit in Anspruch.

– Verzeihung – sagte er unerwartet für sich selbst –, was ist das dort, Herr Inspektor?

– Wo? Ach, das!

Sheppard drehte an einem Schalter. Licht überflutete den Raum; das dauerte vielleicht zwei oder drei Sekunden. Danach schaltete der Inspektor die Deckenlampe aus, und es herrschte erneut Dunkelheit. Im Moment der Helligkeit hatte Gregory das erblickt, was bis dahin unsichtbar war – das Gesicht einer Frau, schräg nach hinten geworfen, das Weiß der Augäpfel beherrschte ihren Blick, ihr Hals trug das tiefe, blutunterlaufene Mal einer Gehenkten. Er hatte keinerlei Einzelheiten der Photographie erkennen können, dennoch drang mit seltsamer Verzögerung das Entsetzen auf ihn ein, das in diesem toten Antlitz geronnen war. Seine Augen wanderten zu Sheppard hinüber, der immer noch auf und ab ging.

– Vielleicht haben Sie recht – sagte er und kniff die Augen zusammen –, aber ich weiß nicht, ist das wirklich das wichtigste? Können Sie sich einen Mann vorstellen, der nachts, in einer dunklen Leichenhalle mit den Zähnen einen Vorhang aus Leinwand durchnagt?

– Könnten Sie das vielleicht nicht bewerkstelligen? – unterbrach ihn Sheppard.

– Na ja, schon, aber nur, wenn ich aufgeregt und außer mir wäre, wenn keine anderen Gerätschaften zur Hand wären, aus Not... Aber Sie wissen doch genausogut wie ich, weshalb er das getan hat. Das wiederholt sich doch in einer ganzen Serie, diese verfluchte, eiserne Konsequenz. Er hat doch alles nur deswegen gemacht, damit es so aussähe, als seien diese Leichen von den Toten auferstanden. Zu diesem Zweck hat er alles sorgfältig berechnet und sogar die Wetterberichte studiert. Konnte ein Mann wie er denn annehmen, daß sich auch nur ein einziger Polizist finden würde, der an Wunder glaubt!? Hier, hier steckt doch eigentlich der ganze Wahnsinn!

– Von dem Sie gesagt haben, daß es ihn nicht gibt und gar nicht geben kann – bemerkte Sheppard gleichgültig. Er schob den Vorhang zur Seite und schaute auf das dunkle Fenster.

– Weshalb haben Sie den Fall Lapeyrot erwähnt? – fragte Gregory nach einer längeren Weile.

– Weil er wie ein Kinderspiel angefangen hat: mit Knöpfen, die zu Mustern geordnet waren. Aber nicht nur deswegen. Sagen Sie mir bitte: Was ist das Gegenteil von menschlichem Handeln?

– Ich verstehe nicht... – murmelte Gregory. Er verspürte heftige Kopfschmerzen.

– In seinen Taten manifestiert der Mensch seine Persönlichkeit – erklärte der Inspektor gleichmütig. – Sie offenbart sich also auch in seinen verbrecherischen Taten. Aber diese Regelmäßigkeit, wie sie sich an Hand unserer Serie zeigt, ist unpersönlich. Unpersönlich – wie ein Naturgesetz. Naturgesetz. Verstehen Sie?

– Ich glaube wohl... – sagte Gregory heiser. Sehr langsam beugte er sich zur Seite, bis er sich völlig außerhalb der Reichweite des blendenden Lichts befand. Jetzt konnten seine Augen in der Dunkelheit immer besser sehen. Außer der Photographie der Frau gab es noch andere. Sie zeigten die Gesichter von Verstorbenen. Sheppard durchquerte erneut das Zimmer, er bewegte sich vor dem Hintergrund dieser undeutlich schimmernden Gesichter wie in einer seltsamen Dekoration, nein – wie zwischen sehr alltäglichen, vertrauten Gegenständen. Er machte vor dem Schreibtisch halt.

– Diese Serie läuft mit einer mathematischen Perfektion ab, die suggeriert, daß ein Täter nicht existiert. Das ist verblüffend, aber wahr, Gregory ...

– Was ... was ... – warf der Leutnant kaum hörbar ein und wich unwillkürlich zurück.

Sheppard blieb regungslos, sein Gesicht war nicht zu sehen. Plötzlich traf Gregory ein kurzer, abrupter Laut. Der Chefinspektor lachte.

– Habe ich Sie erschreckt? – sagte er und wurde wieder ernst. – Meinen Sie, daß ich Unsinn rede?

– Wer läßt es Tag und Nacht werden? – fragte er. Seine Stimme klang spöttisch. Gregory erhob sich plötzlich und schob den Sessel zurück. – Ich verstehe. Natürlich! – sagte er. – Es geht um die Schaffung eines neuen Mythos. Ein künstliches Naturgesetz. Ein künstlicher, unpersönlicher, unsichtbarer Urheber. Und, selbstverständlich, auch ein allmächtiger. Wie großartig! Eine Imitation der Metaphysik ...

Gregory lachte, aber es war kein fröhliches Lachen. Er verstummte und holte tief Atem.

– Weshalb lachen Sie? – fragte der Inspektor gedehnt, mit einem Anflug von Traurigkeit. – Etwa deshalb, weil Sie bereits daran gedacht, aber diesen Gedanken fallengelassen haben? Eine Imitation. Selbstverständlich. Aber sie kann perfekt sein, so perfekt, Gregory, daß Sie mit leeren Händen zu mir zurückkehren werden.

– Möglich – bemerkte Gregory kühl. – Dann wird mich jemand ablösen. Schließlich könnte ich schon jetzt jedes Detail einzeln erklären. Selbst das mit dem Prosektorium.

Man kann das Fenster von innen mit einem Nylonfaden öffnen, den man vorher um den Griff geschlungen hat. Ich habe es sogar ausprobiert. Aber sollte der Begründer einer neuen Religion, einer, der Wunder nachahmt, seine ersten Schritte so unternehmen ...

Er zuckte mit den Achseln.

– Nein, so einfach ist das nicht. Sie wiederholen ständig das Wort »Imitation«. Eine Wachspuppe ist die Imitation eines Menschen, nicht wahr? Und wenn jemand eine Puppe schaffen würde, die laufen und sprechen könnte, so wäre das eine ausgezeichnete Imitation. Und wenn jemand eine Puppe konstruiert, die bluten könnte? Eine Puppe, die unglücklich und sterblich wäre, was dann?

– Und was soll das alles ... selbst die perfekteste Imitation, auch diese Puppe, muß doch einen Schöpfer haben, und man kann ihn in Handschellen herbeischaffen! – rief Gregory, den plötzlich Ärger überkam. »Macht er sich über mich lustig?« – schoß es ihm durch den Kopf. – Herr Inspektor ... – sagte er – können Sie mir eine Frage beantworten?

Sheppard sah ihn an.

– Sie halten dieses Problem für unlösbar, nicht wahr?

– Ganz bestimmt nicht. Davon kann keine Rede sein. Es besteht jedoch die Möglichkeit, daß die Lösung ... – Der Inspektor brach ab.

– Bitte, sagen Sie mir alles.

– Ich weiß nicht, ob ich recht habe – erwiderte Sheppard trocken, als ob ihn Gregorys Aufdringlichkeit gekränkt hätte. Er schloß: – Vielleicht lehnen Sie diese Lösung ab.

– Weshalb? Bitte würden Sie sich vielleicht etwas deutlicher ausdrücken?

Sheppard schüttelte den Kopf.

– Ich kann es nicht.

Er ging zum Schreibtisch, zog eine Schublade heraus und entnahm ihr ein Päckchen.

– Tun wir unsere Pflicht – sagte er, indem er es Gregory übergab.

Es handelte sich um die Photographien von drei Männern und einer Frau. Durchschnittliche, banale Gesichter, die durch nichts auffielen, blickten Gregory aus dem Hochglanzpapier an.

– Das sind sie – sagte er. Zwei der Photographien kannte er.

– Ja.

Postmortale Aufnahmen existieren nicht?

– Ich konnte zwei auftreiben – Sheppard griff erneut in die Schublade. – Sie wurden im Krankenhaus auf Wunsch der Familie aufgenommen.

Es waren die Photographien von zwei Männern. Merkwürdig: Der Tod hatte ihren gewöhnlichen Zügen Bedeutung verliehen, sie in erstarrte Meditation versenkt. Sie waren ausdrucksvoller geworden, als sie es zu Lebzeiten gewesen waren, als ob sie erst jetzt etwas zu verbergen hätten.

Gregory wandte seinen Blick Sheppard zu und wunderte sich. Dieser stand gebeugt da, plötzlich merkwürdig gealtert wirkend, mit zusammengepreßten Lippen, als ob er leidend wäre.

– Herr Inspektor? ... – fragte er halblaut und überraschend zaghaft.

– Ich möchte Ihnen eigentlich nicht diese Aufgabe übertragen ... aber ich habe keinen anderen – erwiderte Sheppard leise. Er legte seine Hand auf die Schulter des Leutnants. – Bitte bleiben Sie mit mir in Verbindung. Ich würde Ihnen gerne helfen, obgleich ich nicht weiß, wieviel in diesem Fall überhaupt Erfahrung wert ist.

Gregory wich zurück. Die Hand des Inspektors sank herab. Beide standen jetzt hinter dem Lichtkegel. Aus dem

Dunkel blickten gleichzeitig alle Gesichter von der Wand herab. Der Leutnant fühlte sich betrunken, mehr als den ganzen Abend über.

– Bitte ... – sagte er – Sie wissen mehr, als Sie mir sagen wollen ... oder? – Er war ein wenig außer Atem wie nach einer Anstrengung. Sheppard antwortete nicht.

– Sie ... können oder wollen Sie nicht? – fragte Gregory. Es war ihm nicht bewußt, woher er diese Courage nahm.

Sheppard wehrte mit einem Kopfschütteln ab und sah ihn mit nahezu grenzenloser Nachsicht an. Oder vielleicht mit Ironie?

Gregory blickte auf seine Hände und bemerkte, daß er mit seiner linken die Photos der Lebenden, in seiner rechten die der Toten hielt. Dann trieb ihn derselbe unerklärliche Impuls, der ihn vor wenigen Augenblicken zu seiner ungewöhnlichen Frage veranlaßt hatte, erneut an. Es war beinahe wie die Berührung einer unsichtbaren Hand.

– Welche sind wichtiger? – fragte er kaum hörbar. Nur in der absoluten Stille des Zimmers konnte man ihn verstehen.

Sheppard, der ihn mit zusammengepreßten Lippen ansah, machte eine schwache Gebärde des Mißmuts und ging zum Schalter. Weißes Licht erfüllte den Raum, alles wirkte wieder normal und natürlich. Gregory schob langsam die Photographien in die Tasche.

Der Besuch ging seinem Ende zu. Und obgleich sie nur noch über konkrete Dinge redeten: über die Zahl und Verteilung der Posten, die bei den Leichenhallen patrouillieren sollten, über die Überwachung der von Sciss benannten Orte, über die Vollmachten für den Leutnant – es blieb zwischen ihnen der Schatten dessen, was nicht ausgesprochen worden war.

Ein, zweimal verstummte der Inspektor und blickte Gregory abwartend an, als ob er nicht sicher sei, ob er nicht wieder von diesen sachlichen Überlegungen zu dem vorhergehenden Gesprächsthema zurückkehren sollte. Er sagte jedoch nichts mehr dazu.

Die Treppe war zur Hälfte in tiefe Dunkelheit getaucht. Gregory tastete im Finstern nach dem Ausgang. Plötzlich hörte er seinen Namen.

– Viel Erfolg! – rief ihm der Chefinspektor laut nach.

Der Leutnant schloß die Tür hinter sich, die der Wind mit einem fürchterlichen Knall zugeworfen hatte.

Es herrschte schneidende Kälte. Frost hatte eingesetzt, die Pfützen waren gefroren, der vereiste Matsch knirschte unter den Sohlen, mit den Windstößen fielen feine Tropfen, die in einen Eisregen übergingen. Die Eisnadeln stachen schmerzhaft in sein Gesicht und prallten mit scharfem, papierenem Knistern vom harten Stoff des Mantels ab.

Gregory wollte die Bilanz alles dessen ziehen, was vorgefallen war, aber ebensogut hätte er versuchen können, die unsichtbaren Wolken zu klassifizieren, die der Wind über ihm dahinjagte. Die Eindrücke des Abends rangen miteinander; sie lösten sich in Bilder auf, die nichts anderes gemeinsam hatten als eine starke Deprimiertheit und ein Gefühl des Verlorenseins. Die Photos der Toten an den Wänden, der mit aufgeschlagenen Büchern bedeckte Schreibtisch. Er bedauerte es sehr, daß er in keines der geöffneten Bücher, in keine der ausgebreiteten Akten einen Blick geworfen hatte. Es kam ihm gar nicht in den Sinn, daß dies eine Indiskretion gewesen wäre. Es schien ihm, daß er an einer Grenze angelangt sei, jenseits deren nichts mehr sicher war. Jede dem Anschein nach x-beliebige Sache gab ihm bereitwillig eine der zahlreichen möglichen Erklärungen preis, um dann beim hastigen Versuch, sie zu begreifen, sich aufzulösen, zu zerfließen. Er aber, auf der Jagd nach

Erkenntnissen, würde in einem Meer vieldeutiger Details versinken, in ihm ertrinken und bis zum Schluß nichts verstehen.

Wen eigentlich wollte Sheppard herbeischaffen – den Begründer einer neuen Religion? Die unübertreffliche, in ihrer Routine erprobte Fahndungsmaschinerie richtete sich in dieser Angelegenheit gegen sich selbst. Denn je mehr sich an sorgfältig vermessenen, photographierten und registrierten Fakten ansammelte, desto mehr Unsinn kam aus diesem ganzen Gedankengebäude zutage.

Hätte er einen in der Dunkelheit verborgenen Mörder suchen müssen, hätte er sich nicht so ratlos oder bedroht gefühlt. Was war das für ein Zwiespalt, für eine Unruhe in den Augen des alten Inspektors, der ihm helfen wollte, es aber nicht konnte?

Weshalb hatte er gerade ihn, einen Anfänger, ausgewählt für eine Sache, deren Lösung – er selbst hatte es gesagt! – vielleicht gar nicht akzeptabel sein könnte? Ob er ihn nur deshalb nachts zu sich bestellt hatte?

Ohne die Umgebung, die dunkle Straße zu sehen, ohne die ins Gesicht stechenden Eisnadeln zu spüren, ging er, ohne zu wissen, wohin, mit in der Tasche geballten Fäusten. Er sog tief die kalte, feuchte Luft ein, und erneut erschien vor ihm, ganz nah, Sheppards Gesicht, mit den von den Schatten entstellten Gesichtszügen, dem zuckenden Mundwinkel.

Er fing an nachzurechnen, wieviel Zeit vergangen war, seit er das »Europa« verlassen hatte. Das war um halb elf gewesen, also vor fast drei Stunden. »Ich bin nicht mehr betrunken« – sagte er sich. Plötzlich blieb er stehen. Im Licht der Laterne las er die Aufschrift des Straßenschildes. Er überlegte, wo die nächste U-Bahn-Station war, und eilte in ihre Richtung.

Es wurde immer belebter, die farbige Reklame leuchtete, die Ampeln an den Kreuzungen blinkten grün und rot. Beim Eingang der Untergrundbahn glitten viele Passanten hinab. Gregory betrat die Rolltreppe und fuhr langsam nach unten. Ein trockener Strom von Ventilatorenluft umwehte ihn.

Auf den Bahnsteigen war es wärmer als oben. Er ließ den Zug nach Islington aus, verfolgte mit den Augen die roten Dreiecke der Schlußlichter, umkreiste den Zeitungskiosk. Schließlich lehnte er sich gegen den eisernen Stützpfeiler und zündete sich eine Zigarette an.

Sein Zug lief ein. Die Türen öffneten sich mit zischenden Ventilen. Er nahm in einer Ecke Platz. Der Wagen ruckte und setzte sich in Bewegung. Die Bahnsteigbeleuchtung huschte immer schneller an ihm vorbei, dann flogen die blassen, durch die rasche Fahrt verwischten Tunnellampen vorüber.

Wieder kehrte er zur Begegnung mit Sheppard zurück. Es kam ihm vor, als habe sie irgendeine zweite, verborgene, wichtigere Bedeutung enthalten, die er erfahren würde, wenn es ihm nur gelänge, sich entsprechend zu konzentrieren. Er blickte gedankenverloren auf die Reihe Gesichter, die vom Schein der flackernden Glühbirnen beleuchtet wurden.

Er empfand eine gewisse innere Unruhe, sie kreiste in ihm wie sein Blut, bis sie sich in den Worten »Irgendeine üble Sache liegt in der Luft« entlud. Irgend etwas Ungutes und Unwiderrufliches war an diesem Abend geschehen ... oder an diesem Tag? Dann setzte sein Gedankenstrom abrupt aus.

Er kniff die Augen zusammen. Es kam ihm so vor, als ob in der gegenüberliegenden Ecke des Wagens, weiter weg, neben der Tür, irgendein Bekannter saß. Ein Gesicht, das ihm etwas sagte.

Er blickte nur noch auf dieses Gesicht. Es war welk,

hatte undeutliche, schwammige Züge. Es war das Gesicht eines alten Mannes.

Der Mann hatte den Kopf an die Trennwand gelegt und schlief so tief, daß sein Hut immer weiter nach unten rutschte und einen langen Schatten bis zum Kinn hinunter warf. Die Bewegungen des dahinjagenden Wagens versetzten den kraftlosen Körper in ein rhythmisches Schwingen, das sich in den Kurven verstärkte. Einmal glitt ihm eine Hand von den Knien, kraftlos, wie ein Gepäckstück und hing pendelnd, groß, blaß, geschwollen herab.

Der Wagen raste immer schneller, das Rütteln brach nicht mehr ab, und schließlich glitt der Unterkiefer des schlafenden Mannes, an den Gregory sich noch immer nicht erinnern konnte, herab, als ob er sich selbständig gemacht hätte. Der Mund öffnete sich ...

»Er schläft wie ein Toter« – schoß es Gregory durch den Kopf und gleichzeitig ergriff ihn eisige Furcht. Eine Sekunde lang hielt er den Atem an. Er wußte es schon. Die Photographie dieses Mannes – nach seinem Tode aufgenommen – hatte er in seiner Jackentasche.

Der Zug bremste heftig. Cross Row. Ein paar Personen stiegen ein. Die Bahnsteigbeleuchtung flackerte, sie glitt vorüber, blieb rasch zurück. Die Fahrt ging weiter.

Wieder blitzten Reklamen und Leuchtschriften auf. Er sah nicht einmal nach den Stationsnamen, obwohl er schon aussteigen mußte. Er saß bewegungslos, starr da und blickte den Schlafenden an. Das unangenehme Zischen ertönte, die Türen schlossen sich, die waagerechten Linien der Neonröhren hinter den Fenstern blieben rasch zurück, sie verschwanden wie abgeschnitten, der Zug raste durch den dunklen Tunnel und gewann an Fahrt.

Gregory hörte nicht das Rattern der Räder, so laut pochte ihm das Blut im Kopf. Durch seinen starren Blick verwandelte sich die Umgebung in einen weißen, mit kreisenden Funken gefüllten Trichter, auf dessen Grund der Kopf des schlafenden Mannes ruhte. Er blickte wie hypnotisiert in den dunklen Spalt des offenstehenden Mundes. Schließlich verwandelte sich dieses Gesicht, die blasse, aufgedunsene Haut in seinen Augen in einen opalisierenden Lichtflecken, so starr blickte er darauf. Ohne den Schlafenden aus den Augen zu lassen, knöpfte er seinen Mantel von unten her auf, um die Photographie herauszuziehen. Der Wagen bremste zischend. Wo waren sie, etwa schon in Camberwell?

Einige Personen erhoben sich, ein Soldat, der auf den Ausgang zuging, stieß gegen das ausgestreckte Bein des Schlafenden, der plötzlich aufwachte, rasch seinen Hut zurechtrückte, aufstand und sich unter die Hinausgehenden mischte.

Gregory sprang auf und lenkte dadurch die Aufmerksamkeit auf sich. Einige Gesichter blickten ihm nach. Er sprang aus dem fahrenden Zug auf den Bahnsteig und drückte dabei mit Gewalt die Tür auf, die sich bereits mit anhaltendem Zischen schloß. In den vorbeifahrenden Wagen erblickte er aus den Augenwinkeln das zornige Gesicht des Zugbegleiters. Im Laufen hörte er hinter sich seine Stimme:

– He, junger Mann!

Ein kühler Luftzug traf sein Gesicht. Er blieb ruckartig mit klopfendem Herzen stehen. Der Mann aus dem Wagen ging auf die lange, eiserne Sperre des Ausgangs zu. Gregory wich zurück. Er stand mit dem Rücken an einen Zeitungskiosk gelehnt, aus dem der starke Lichtstrahl einer nackten Glühbirne fiel. Er wartete.

Der alte Mann humpelte, er wurde von der Welle der Reisenden überholt. Er hinkte auf einem Bein. Die Hutkrempe hing schlaff herunter, sie war durchweicht; der Mantel war zerknittert und an den Taschen ausgefranst.

Der Mann sah aus wie der letzte Bettler. Gregory blickte auf die in der Handfläche verborgene Photographie. Es war keinerlei Ähnlichkeit vorhanden.

Er hatte den Kopf verloren. War daran das zufällige Zusammentreffen der schwach ähnlichen Gesichtszüge und der Gemütsverfassung schuld, in der er sich befand? Der Tote war mit Sicherheit ein ganz anderer Mensch.

Verblüfft und entkrampft, fühlte Gregory das Brennen seiner Wangen, bald blickte er auf das Photo, bald auf den Näherkommenden. Der Alte hatte endlich bemerkt, daß er beobachtet wurde, und wandte sein scheinbar zu großes, bis zu den Kragenspitzen hinabreichendes, aufgedunsenes Gesicht mit den grauen Bartstoppeln dem Detektiv zu. Ohne zu wissen weshalb, starrte er ihn so sehr an, daß sein Gesicht einen Ausdruck gedankenloser Verblüfftheit annahm, der Kiefer sackte ein wenig herunter, die feuchten Lippen öffnete sich erneut, und in dieser plötzlichen Regungslosigkeit wurde er wieder dem Toten auf der Photographie ähnlich.

Gregory streckte die Hand aus, um sie auf seinen Arm zu legen, da schrie der andere etwas oder gab vielmehr einen heiseren Schreckenslaut von sich und sprang auf die Rolltreppe.

Gregory jagte hinter ihm her, eine Familie mit zwei Kindern drängte sich zwischen sie und versperrte den Weg. Der Alte – er sah vom oberen Teil der Rolltreppe auf ihn herunter – eilte zwischen den teilnahmslos herumstehenden Reisenden hindurch; er entfernte sich rasch.

Gregory drängte sich durch die im Wege Stehenden hindurch. Ein paar verärgerte Fragen fielen, eine Frau sagte etwas mit Entrüstung. Er kümmerte sich nicht darum. Oben am Ausgang war die Menge so dicht, daß er nicht durchkommen konnte. Er versuchte, sich gewaltsam durchzudrängen, mußte es jedoch aufgeben. Als er in dem ihm aufgezwungenen langsamen Tempo auf die Straße trat, war von dem Mann aus dem Wagen keine Spur mehr zu sehen. Vergeblich versuchte er, ihn unter den Passanten zu erspähen. Ärger auf seine eigene Hilflosigkeit überkam ihn, denn er begriff, daß die eine Sekunde der Überraschung oder Furcht an allem schuld war.

Die Autos fuhren in zwei Strömen am Eingang der Untergrundbahn vorbei. Einen Augenblick lang von den Scheinwerfern geblendet, stand Gregory am Rand der Fahrbahn, bis ein Taxi vor ihm hielt. Der Chauffeur glaubte, daß er auf ein Auto wartete. Die Tür öffnete sich. Gregory stieg ein und nannte automatisch seine Adresse. Als der Wagen anfuhr, bemerkte er, daß er noch immer die Photographie in der Hand hielt.

Nach zehn Minuten hielt das Auto an einer Straßenecke beim Odd Square. Gregory stieg aus. Er war fast schon davon überzeugt, einer Sinnestäuschung zum Opfer gefallen zu sein. Seufzend suchte er in seiner Tasche nach den Schlüsseln.

Das Haus, in dem er wohnte, gehörte dem Ehepaar Fenshaw. Es war ein altes, einstöckiges Gebäude mit einem Portal, das einer Kathedrale würdig gewesen wäre, einem steilen, komplizierten Dach, dicken, dunklen Mauern, mit langen Gängen, reich an unverhofften Windungen und Vorsprüngen, und mit so hohen Zimmern, als ob diese für fliegende Wesen gedacht seien. Dieser Gedanke wurde durch die außergewöhnlich dekorative und malerische Vielfalt der Decken bestärkt. Die von oben herableuchtenden vergoldeten Wölbungen des riesigen marmornen Treppenhauses, das aus Sparsamkeitsgründen in Dunkel getaucht war, die breite, auf Säulen ruhende Terrasse, der Spiegelsaal mit den Kronleuchtern à la Versailles, das enorm geräumige Badezimmer, das vielleicht aus einem Wohnzimmer entstanden war – all diese Pracht hatte auf Gregorys

Phantasie eingewirkt, als er mit dem Inspektorenanwärter Kinsey das Haus der Fenshaws besichtigte. Und weil auch das Ehepaar Fenshaw einen eher vorteilhaften Eindruck auf ihn gemacht hatte, war er auf den Vorschlag seines Kollegen eingegangen und in das Zimmer gezogen, das Kinsey aus, wie er sagte, persönlichen Gründen aufgegeben hatte.

Die viktorianischen Architekten, die das Haus errichtet hatten, kannten offensichtlich noch keinen modernen Wohnkomfort, und in dieser Hinsicht bot das Gebäude viele Unbequemlichkeiten. Zum Bad mußte Gregory durch den Korridor und einen verglasten Gang laufen, der Weg von der Treppe zu seinem Zimmer führte dagegen durch einen Salon mit sechs Türen, der fast leer war, wenn man die schwarz gewordenen Reliefs mit dem abblätternden Gold, den Kristalleuchter und die sechs Spiegel in den Ekken außer acht ließ. Bald zeigte sich jedoch, daß nicht die Mängel der Wohnung am wichtigsten waren.

Da Gregory ein Leben in ständiger Hast führte, ganze Tage mit der Arbeit verbrachte und spät nach Hause zu kommen pflegte, erkannte er nicht sofort die verborgenen Merkwürdigkeiten seines neuen Wohnsitzes. Er machte sich keine Gedanken darüber, seit wann dieser ihn unmerklich in eine Sphäre von Dingen gezogen hatte, denen er bisher, wie er meinte, nicht das geringste Gewicht hatte beimessen können.

Das Ehepaar Fenshaw war längst nicht mehr jung, aber es alterte nur widerstrebend. Er war blaß, mager, hatte farbloses Haar, das ansatzweise grau wurde, sein Gesicht war melancholisch und seine Nase machte einen Eindruck, als ob sie von einem anderen, fleischigen Gesicht stammte. Er kleidete sich altmodisch, trug erstaunlich glänzende Schuhe und einen grauen Gehrock, dazu – selbst im Hause – den unvermeidlichen, langen Spazierstock. Seine Gattin war eine unförmige Frau mit kleinen schwarzen, wie in Öl getränkten Augen. Sie ging immer in dunklen Kleidern, seltsam dicklich (Gregory begann sie nach einiger Zeit zu verdächtigen, sie stopfe sie absichtlich aus) und so wortkarg, daß es schwierig war, sich an den Klang ihrer Stimme zu erinnern. Als der Leutnant Kinsey nach seinen Wirtsleuten fragte, sagte dieser zuerst: »Du wirst schon mit ihnen zurechtkommen«, aber danach fügte er rätselhaft hinzu: »Das sind so aschgraue Mäuse.« Gregory, der damals nur eine Bestätigung für seine Absicht wünschte, in das große Haus zu ziehen, hatte diesem Epitheton keine Bedeutung beigemessen, um so mehr, als Kinsey sich gerne seltsam ausdrückte.

Das erstemal nach seinem Einzug begegnete Gregory Mrs. Fenshaw frühmorgens, als er auf dem Weg ins Badezimmer war. Sie saß auf einem Schemel, wie ihn Kinder haben, und stieß mit beiden Füßen den Teppich vor sich her, den sie auf diese Weise zusammenrollte. In der einen Hand hielt sie einen Lappen, in der anderen ein spitzes Plättchen, mit dem sie sanft die unter dem Teppich zum Vorschein kommenden Parkettbretter bearbeitete. Sie bewegte sich so auf ihrem Schemel außergewöhnlich langsam vorwärts, so daß Gregory sie, als er aus dem Bad kam, vielleicht einen halben Meter entfernt vorfand, konzentriert und immer dasselbe machend. In der Tiefe des weiten Salons sah sie aus wie der schwarze Kopf einer langsam sich zusammenziehenden Raupe, die vom Teppich gebildet wurde. Sie richtete ihr gelbliches, unbewegtes Gesicht auf ihn und sagte nichts. Am Nachmittag, als er aus dem Haus ging, hätte er sie beinahe von der Treppe gestoßen (die Beleuchtung brannte nicht), als sie sich mit Schemel von einer Stufe zur nächsten bewegte. Danach traf er sie zu den ungewöhnlichsten Zeiten und an den unerwartetsten Orten. Wenn er im Zimmer saß und arbeitete, hörte er manchmal das Quietschen des Schemels, der sich über den Korridor mit unerhörter Gleichmäßigkeit und Langsamkeit näherte. Wenn das Quietschen unter seiner Tür verstummte, dachte er mit Unbehagen, daß seine Wirtin ihn belauschen würde; energisch ging er dann auf den Korridor hinaus, aber Mrs. Fenshaw, die sorgsam eine Leiste unter dem Fenster abkratzte, achtete überhaupt nicht auf ihn.

Gregory vermutete, daß Mrs. Fenshaw am Personal sparte und ihr Schemelchen aus lauter Bequemlichkeit nicht verließ, nur, um sich nicht bücken zu müssen. Diese einfache Erklärung, die vermutlich richtig war, schien ihm nicht erschöpfend, denn das Erscheinen von Mrs. Fenshaw und das langsame Vorrücken ihres Stühlchens, verbunden mit dem unvermeidlichen Quietschen vom Morgengrauen bis in die Dämmerung, mit Ausnahme der zwei Stunden Mittagszeit, begann in seinen Augen beinahe dämonische Züge anzunehmen. Er sehnte sich förmlich nach dem Moment, in dem ihre quietschende Prozession zum Stillstand käme, mußte allerdings nicht selten stundenlang darauf warten. Um Mrs. Fenshaw strichen ständig zwei große schwarze Katzen herum, um die sich anscheinend niemand kümmerte, die Gregory aber ohne konkreten Anlaß nicht ausstehen konnte. All dies sollte ihn eigentlich überhaupt nichts angehen; so hatte er sich selbst mehr als ein dutzendmal gesagt. Vielleicht wäre es ihm auch gelungen, sich von allem fernzuhalten, was sich außerhalb seines Zimmers abspielte, aber da war auch noch Mr. Fenshaw.

Tagsüber nahm er seine Anwesenheit überhaupt nicht wahr. Der alte Herr hatte das Zimmer nebenan mit einer zweiten Tür, die ebenfalls zu der für Gregory so verführerischen Terrasse führte. Zwischen zehn und elf Uhr abends, manchmal aber erst nach elf, waren jenseits der Wand, welche die beiden Zimmer trennte, gleichmäßige Klopfgeräusche zu hören. Bisweilen satte und volltönende, dann wiederum klang es dumpf, als klopfe jemand mit einem Holzhammer die Wände ab. Darauf folgten andere akustische Phänomene. Anfänglich hatte er den Eindruck, ihre Vielfalt sei unerschöpflich, aber er irrte sich. Bereits nach einem Monat wußte er, daß die Anzahl der häufigsten Geräusche nicht mehr als acht betrug.

Nach dem einleitenden Geklopfe ertönte dort hinter der Wand mit der Röschentapete ein hohles Echo, so, als werde ein hölzernes Rohr oder ein Fäßchen über den nackten Fußboden gerollt. Es gab energische, wenn auch gedämpfte Erschütterungen des Bodens wie das Tappen nackter Füße, wenn jemand bei jedem Schritt stehenbleibt und sein ganzes Körpergewicht auf die Fersen verlagert; dann ein Klatschen oder eher unangenehmes, schnelles Patschen, als schlüge jemand mit der flachen Hand auf eine ballonförmige, feuchte, vielleicht auch mit Luft gefüllte Oberfläche; dann wiederum ein abgehacktes Zischen und schließlich Laute, die einfach schwer zu beschreiben waren. Bald ein unentwegtes Rascheln, das von Zeit zu Zeit von einem blechernen Knallen unterbrochen wurde, dann wiederum ein energisches, kurzes Knallen wie von einer Fliegenklatsche oder auch etwas wie das Springen allzu straff gespannter Saiten bei einem Musikinstrument. Diese Geräusche traten in sehr ungleichmäßiger Reihenfolge auf, manche fehlten sogar einige Abende hintereinander, bis auf diese gedämpften Erschütterungen, die Gregory als das Tappen nackter Füße identifiziert hatte. Die fehlten niemals und wenn sie sehr dicht aufeinanderfolgten, konnte man ein Konzert von besonderer Vielfalt und Intensität erwarten. Die meisten dieser Geräusche und Töne waren nicht besonders laut, aber Gregory, der im dunklen Zimmer unter der Bettdecke lag und auf die hohe, unsichtbare Zimmerdecke starrte, schien es bisweilen, daß sie sein Gehirn in Schwingungen versetzten. Da er absolut nicht zur Selbstbeobachtung neigte, hätte er nicht bestimmen können, von welchem Zeitpunkt an sich sein Interesse für diese Geräusche von beiläufiger Neugier zu einer Art von beinahe quälendem Zwang gesteigert hatte. Vielleicht hatte ihn das eigenartige Benehmen von Mrs. Fenshaw am Tage besonders empfänglich für die nächtlichen Mysterien gemacht, er war jedoch zu dieser Zeit viel zu sehr durch die Untersuchung in Anspruch genommen, die er durchführte, um sich mit diesen Dingen aufzuhalten. Anfänglich schlief er ausgezeichnet und hörte eigentlich kaum etwas. Als er jedoch nach und nach die Geräusche zu unterscheiden lernte, die sich durch ihre geheimnisvolle Originalität auszeichneten, wurde das dunkle Zimmer für ihn zu einem Resonanzraum, und zwar zu einem perfekten. Als er sich selbst wieder und wieder sagte, daß ihn die nächtlichen Praktiken von Mrs. Fenshaw nichts, aber auch gar nichts angingen, war es bereits zu spät.

Er suchte fieberhaft nach einer Erklärung und strengte seine Phantasie an, um diesen nichtssagenden, rätselhaften Lauten einen logischen Inhalt zugrunde zu legen, aber das erwies sich sehr bald als unmöglich.

Früher war er immer gleich eingeschlafen sowie er im Bett lag, und schlief dann wie ein Toter bis zum Morgen. Die Klagen von Leuten, die an Schlaflosigkeit litten, hörte er sich mit höflichem, an Unglauben grenzendem Erstaunen an. Im Hause des Ehepaars Fenshaw aber gewöhnte er sich daran, Schlafmittel zu nehmen.

Einmal in der Woche, am Sonntag, aß er bei seinen Wirtsleuten zu Mittag. Sie luden ihn regelmäßig am Sonnabend dazu ein. Bei dieser Gelegenheit gelang es ihm einmal, einen Blick in Mr. Fenshaws Schlafzimmer zu werfen. Er war enttäuscht, denn seine mühsam aufgebaute Hypothese, der Hausherr beschäftige sich mit irgendwelchen experimentellen oder auch mechanischen Arbeiten, war zusammengebrochen. In diesem geräumigen, beinahe dreieckigen Zimmer waren außer einem großen Bett nur ein Schrank, ein Nachttisch, ein Waschbecken und zwei Sessel, sonst nichts – keinerlei Instrumente, Bretter, Ballone, Geheimfächer oder Fäßchen. Nicht einmal Bücher.

Beim sonntäglichen Mittagessen herrschte eine langweilige Atmosphäre. Das Ehepaar Fenshaw gehörte zu den Leuten, die zu keinem eigenen Gedanken fähig sind. Sie hegten Meinungen und Urteile, wie sie täglich durch den »Daily Chronicle« verbreitet wurden; sie waren auf eine lakonische Weise höflich, sprachen von den Reparaturen, die das Haus nötig hatte, und wie schwer es sei, die Mittel dazu zu bekommen, oder sie erzählten von entfernten Verwandten, die den romantischen, nämlich den indischen Teil der Familie ausmachten. Die Gespräche bei den Mahlzeiten gingen um derart banale Dinge, daß sich einfach nicht die Möglichkeit ergab, die nächtlichen Geräusche oder die Prozessionen auf dem Schemelchen zu erwähnen; eine derartige Bemerkung oder Frage wäre Gregory einfach nicht über die Lippen gekommen.

Gregory sagte sich, daß er sich im Kreise drehte und daß er, wenn er nur eine Vermutung hätte oder wenigstens eine Hypothese darüber aufstellen könnte, was sein Nachbar jenseits der Wand um Mitternacht triebe, sich von der Qual befreien würde, mit offenen Augen im dunklen Zimmer zu liegen. Jeder Gedanke jedoch, der versuchte, dem Reigen der merkwürdigen Laute einen Sinn zu geben, stieß ins Leere. Einmal, noch ein wenig benebelt vom Schlafmittel, das anstelle des Schlafs eine dumpfe, gedankenlose Schwere hervorrief, raffte er sich in aller Heimlichkeit auf und ging auf die Terrasse. Die Glastür des Zimmers von Mr. Fenshaw war jedoch mit undurchsichtigen Gardinen versehen. Zitternd vor Kälte, kehrte er in sein Zimmer zurück, schlüpfte unter die Bettdecke und fühlte sich wie ein geprügelter Hund. Undeutlich fühlte er, daß er etwas getan hatte, dessen er sich noch jahrelang schämen würde.

Seine Arbeit nahm ihn derart in Anspruch, daß er tagsüber so gut wie nie an die nächtlichen Ereignisse dachte. Nur ein oder zweimal schien es ihm, daß Kinsey, den er zufällig im Yard traf, ihn erwartungsvoll ansah, mit vorsichtiger Neugier, sich aber nicht entschließen konnte, ihm gegenüber auch nur eine Anspielung zu machen. Das alles war letzten Endes auch belanglos. Nach einiger Zeit änderte er allmählich und unmerklich seinen Tagesplan – er brachte Akten mit nach Hause und saß über ihnen bis Mitternacht, nicht selten auch länger; auf diese Weise versuchte er, sich zu belügen und sich vor der letzten Selbsterniedrigung zu bewahren, die schon nicht mehr fern war. Denn in den Stunden seiner Schlaflosigkeit kamen ihm, wie das so üblich ist, die ungewöhnlichsten Gedanken in den Sinn; ein paarmal war er bereit, einfach irgendwohin zu fliehen – in irgendein Hotel oder eine Pension.

In dieser Nacht, nach seiner Rückkehr von Sheppard, war ihm mehr an seiner Ruhe gelegen als jemals zuvor. Der Alkohol war völlig aus seinem Kopf verflogen, er spürte nur einen schlechten, bitteren Geschmack auf der Zunge und die Augen brannten ihm, als habe er Sand unter den Wimpern. Die ins Dunkel getauchte Treppe war leer. Er durchquerte schnell den Salon, aus dessen Ecken dunkle Spiegel einen eisigen Glanz verbreiteten, und schloß voller Erleichterung hinter sich die Tür. Aus Gewohnheit – das war schon zum Reflex geworden – blieb er bewegungslos stehen und horchte. In diesen Augenblicken dachte er überhaupt nicht mehr nach, sondern handelte instinktiv. Das Haus war totenstill. Er schaltete die Lampe ein, bemerkte, daß die Luft dumpf und stickig war, öffnete also die Terrassentür sperrangelweit und machte sich daran, Kaffee in einer kleinen elektrischen Maschine zu kochen. Der Kopf tat ihm weh. Vorher war er mit etwas anderem beschäftigt gewesen, jetzt aber strömte der Schmerz gleichsam an die Oberfläche seines Bewußtseins. Er setzte sich auf einen Stuhl neben die zischende Kaffeemaschine. Das Gefühl, daß er an diesem Tag einen Mißerfolg erlitten hatte, war unabweisbar. Er hielt es auf seinem Stuhl nicht mehr aus und stand auf. Was war denn schon passiert? Ihm war ein Mann entwischt, der etwas Ähnlichkeit mit dem Toten auf der Photographie hatte. Sheppard hatte ihm einen Fall übergeben, den er sich selbst gewünscht hatte. Der Inspektor hatte allerlei merkwürdige Dinge zusammengeredet, aber letzten Endes waren das nur Worte, und Sheppard konnte schon ein wenig wunderlich sein. Vielleicht war er auf seine alten Tage zum Mystiker geworden? Und weiter? Er erinnerte sich wieder an die Szene in der gläsernen Passage – an die Begegnung mit sich selbst – und lächelte unwillkürlich: Na, ich bin mir schon ein Detektiv ... »Am Ende, sogar, wenn ich diesen Fall vermassle, wird mir nichts passieren« – dachte er. Er nahm ein dickes Notizbuch aus der Schublade und begann auf einer leeren Seite zu notieren: *Motive.* Gewinnsucht – Leidenschaft (religiöse?) – erotische – politische – Wahnsinn.

Er begann die Positionen der Reihe nach durchzustreichen, bis nur noch »religiöse Leidenschaft« übrigblieb. Wie blödsinnig das klang. Er warf das Notizbuch beiseite und stützte den Kopf in die Hände. Das Zischen der Kaffeemaschine wurde immer giftiger. Dieses naive Festhalten der Motive in einem Notizbuch war gar nicht so dumm. Erneut geriet er in die Nähe des Gedankens, vor dem er sich fürchtete. Er brütete vor sich hin. In ihm wuchs die dumpfe Überzeugung, daß sich vor ihm erneut etwas Unfaßbares auftat, dieses Dunkel, in dem er sich hilflos wie ein Wurm winden würde.

Er fuhr zusammen. Er erhob sich, ging an den Schreibtisch und schlug einen wuchtigen Band der »Gerichtsmedizin« auf, dort, wo ein Lesezeichen zwischen den Seiten steckte. Das Kapitel trug die Überschrift »Die Verwesungsprozesse bei Leichen«.

Er begann zu lesen, aber nach einer Weile glitten nur noch seine Augen gehorsam über den Text. Während er ständig zu lesen schien, sah er deutlich Sheppards Zimmer vor sich, die Wände mit der Galerie erstarrter Gesichter. Er malte sich aus, wie dieser Mensch dort in dem leeren Hause zwischen Fenster und Tür herumspazierte, wie er vor der Wand stehenblieb und sie betrachtete. Gregory erschrak, er war an der Grenze des Denkbaren angelangt. Er verdächtigte Sheppard. Das durchdringende Pfeifen der Kaffeemaschine ertönte schon eine ganze Weile. Unter ihrem gläsernen Deckel perlte das kochende Wasser, der Kaffee war fertig.

Er klappte das Buch zu, goß sich Kaffee in die Tasse und trank ihn, in der offenen Tür stehend, in großen Schlucken. Er merkte gar nicht, daß er sich dabei den Mund verbrannte. Die Stadt war in trübes Mondlicht getaucht. Autos glitten dahin und durchschnitten die quer zur Straße liegenden Lichtstreifen, die mit dem dunklen Asphalt wie zu Rauchglas verschmolzen waren. Aus der Tiefe des Hauses hörte er ein schwaches Knistern, als ob eine Maus an einem Stückchen Holz herumknabberte, aber er wußte, daß es keine Maus war. Gregory spürte, daß er das Spiel verlor, bevor es begonnen hatte. Er lief hinaus auf die Terrasse, stützte die Hände auf das steinerne Geländer und starrte auf den nächtlichen Himmel. Der war voller Sterne.

Teil III

Gregory erwachte mit der Überzeugung, daß ihm im Schlaf die Lösung der ganzen Sache eingefallen sei und daß es ihm jetzt nur nicht gelänge, sie sich ins Gedächtnis zurückzurufen. Beim Rasieren erinnerte er sich plötzlich: Er hatte geträumt, daß er auf dem Jahrmarkt war und mit einer großen roten Pistole auf einen Bären schoß, der sich nach jedem Treffer mit Gebrüll auf die Hinterbeine stellte; dann erwies es sich, daß es kein Bär war, sondern Doktor Sciss, sehr bleich, mit einem schwarzen Umhang über den Schultern. Gregory zielte mit der Pistole auf ihn, die weich wurde und plötzlich alles andere als eine Pistole war; dennoch krümmte sich sein Finger ständig um den Abzug, das heißt um die Stelle, wo der Abzug eigentlich hätte sein müssen. An mehr konnte er sich nicht erinnern. Nachdem er sich rasiert hatte, beschloß er, Sciss anzurufen und sich mit ihm zu verabreden. Als er das Haus verließ, rollte Mrs. Fenshaw den langen Läufer in der Halle auf. Hinter ihrem Schemelchen saß eine der Katzen. Gregory konnte sie niemals auseinanderhalten, obwohl er, als sie einmal zusammen waren, gesehen hatte, daß sie sich nicht ähnlich waren.

Das Frühstück nahm er in einem Restaurant auf der gegenüberliegenden Seite des Platzes ein, danach rief er Sciss an. Eine weibliche Stimme antwortete, der Doktor sei nicht in London. Das brachte seine Pläne durcheinander. Er trat unschlüssig auf die Straße, trieb sich vor den Schaufenstern herum, machte eine Stunde lang die Runde durch sämtliche Etagen von Woolworth, ohne zu wissen, wozu, gegen zwölf verließ er das Warenhaus und fuhr zu Scotland Yard.

Es war Dienstag. Er rechnete nach, wieviel Tage ihm

noch bis zu dem Termin blieben, den Sciss genannt hatte. Er sah die Meldungen aus der Provinz durch, überprüfte sorgfältig die Wetterberichte und die langfristige Prognose für Südengland, unterhielt sich mit den Sekretärinnen und verabredete sich für den Abend mit Kinsey zum Kino.

Nach dem Kinobesuch wußte er wieder nicht, was er machen sollte. Er hatte absolut keine Lust, die »Gerichtsmedizin« zu lesen, nicht aus Trägheit, sondern deshalb, weil ihn die Abbildungen im Handbuch in eine unangenehme Stimmung versetzten. Er hätte das natürlich niemandem gegenüber zugegeben. Er wußte, daß er warten mußte. Am besten würde er sich eine möglichst interessante Beschäftigung ausdenken, dann würde ihm die Zeit nicht so lang werden. Das war nicht so leicht. Er notierte Buchtitel und Einzelnummern des »Archivs der Kriminologie«, die er ausleihen wollte, sah sich im Klub die Fernsehübertragung eines Fußballspiels an, brütete zu Hause zwei Stunden über Büchern und legte sich in der Überzeugung schlafen, daß er den Tag vertrödelt hatte.

Am nächsten Tag wachte er mit dem festen Vorsatz auf, sich um Statistik zu kümmern. Er kaufte sich einige Lehrbücher, fuhr vom Buchladen zum Yard, wo er bis zum Mittagessen die Zeit totschlug, danach, als er in der U-Bahn-Station Kensington Gardens stand, versuchte er sich die Zeit zu vertreiben, wie er es bisweilen während des Studiums getan hatte. Er stieg in den ersten Zug der einlief, stieg ebenso irgendwo aus und ließ sich eine ganze Stunde lang nach einem vollständig zufälligen Impuls durch die Stadt treiben. Als er neunzehn war, hatte ihn dieses Spiel mit sich selbst fasziniert. Er verstand nicht, wie es passieren kann, daß man, wenn man in der wartenden Menge steht, bis zum letzten Moment nicht weiß, ob man mit eben diesem Zug abfährt oder nicht. Er wartete auf ein inneres Zeichen, irgendeine Willensregung, manchmal sagte er sich: »Jetzt rührst du dich nicht vom Fleck« – und stieg genau dann ein, wenn sich die Türen bereits schlossen. Dann sagte er sich wieder nachdrücklich: »Ich steige in den nächsten Zug« – und stieg in genau den, der vor ihm hielt. Gregory begeisterte sich damals für das Geheimnis des sogenannten »Zufalls« und bemühte sich, seine eigene Psyche zum Terrain von Studien und Selbstbeobachtungen zu machen – allerdings ohne nennenswerte Ergebnisse. Wenn man neunzehn Jahre alt ist, kann jedoch offenbar selbst eine derartige Methode der Erforschung der Rätsel, welche die Psyche bietet, amüsant sein. Jetzt gewann er die Überzeugung, daß er bereits ein völlig anderer, der Phantasie beraubter Gregory war, denn nach einer Stunde (am Ende zwang er sich bereits, weiter umzusteigen, da er genau wußte, wie wenig Arbeit auf ihn wartete) hatte er die Nase voll. Gegen sechs betrat er das »Europa«, aber an der Bar erblickte er Farquart und ging sofort wieder hinaus, bevor dieser ihn bemerkte. Am Abend ging er nochmals ins Kino und langweilte sich. Nach Hause zurückgekehrt, beschäftigte er sich mit Statistik, bis ihn über den ellenlangen Formeln der Schlaf übermannte.

Es war noch dunkel, als ihn das Läuten des Telephons aus dem Bett riß.

Während er barfuß über den kalten Fußboden lief, wurde ihm bewußt, daß das anhaltende Klingeln bereits seit einiger Zeit seinen Schlaf gestört hatte. Verschlafen, wie er war, konnte er den Lichtschalter nicht finden. Das Telephon läutete ununterbrochen. Er ergriff den Hörer im Dunkeln.

– Gregory – meldete er sich.

– Endlich. Ich dachte schon, daß du woanders übernachtest. Na, du hast einen gesunden Schlaf! Wenn den nur alle hätten! Hör mal, ich habe eine Meldung aus Pickering bekommen. Jemand hat dort versucht, eine Leiche zu stehlen.

Beim ersten Wort hatte er die Stimme erkannt – das war der Diensthabende vom Yard, Allis.

– Pickering? Pickering? – Er versuchte, sich zu erinnern. Er stand im Dunkeln, vor Schläfrigkeit schwankend, während der Diensthabende im Hörer quäkte:

– Der Posten, der die Leichenhalle bewacht hat, ist unter ein Auto geraten. Die Bereitschaft muß schon da sein. Das ist eine verwirrende Sache, weißt du. Das Auto, das diesen Konstabler überfahren hat, ist an einem Baum gelandet. Übrigens wirst du ja selbst alles sehen.

– Wann war das? Welche Uhrzeit?

– Tja, vielleicht vor einer halben Stunde. Ich habe die Meldung vor einem Augenblick bekommen. Willst du bestimmte Leute haben, dann schieß los, ich schicke nämlich gleich den Wagen.

– Ist Dudley da?

– Nein. Er hatte gestern Dienst. Nimm Wilson. Er ist nicht schlechter. Greift ihn euch unterwegs, ich hol ihn sofort aus dem Bett.

– Gut, dann eben Wilson. Und gib mir aus der dritten Abteilung einen Techniker, am besten Thomas, hörst du? Er soll seinen ganzen Krempel mitbringen. Aha, und der Doktor, was ist mit dem Doktor?

– Ich hab dir doch schon gesagt, daß sie den Bereitschaftsdienst hingeschickt haben. Der Doktor muß schon zur Stelle sein.

– Ich meine doch unseren, Mann Gottes! Keinen Arzt, ganz im Gegenteil!

– Gut, ich mache das klar. Beeil dich jetzt, ich schicke den Wagen los.

– Gib mir zehn Minuten.

Gregory schaltete die Lampe ein. Die Erregung, die ihn in der Dunkelheit überkommen hatte, als das Telephon so lange geläutet hatte, war mit den ersten Worten des Diensthabenden restlos abgeklungen. Er sprang zum Fenster. Es war nahezu dunkel. In der Nacht hatte Schnee die Straße bedeckt. »Das ist gut« – dachte er. Er ging auf den Zehenspitzen zum Bad. Er rechnete sich aus, daß er eine Dusche nehmen könnte, bevor Thomas seinen Klempnerladen beisammen hätte. Er hatte sich nicht geirrt. Er ging im Mantel mit hochgestelltem Kragen vor dem Hauseingang auf und ab, aber der Wagen war nicht da. Er warf einen Blick auf die Uhr. Es ging auf sechs. Er hörte einen Motor. Es war ein großes, schwarzes Oldsmobile. Am Steuer saß Sergeant Calls, neben ihm der Photograph Wilson, hinten waren noch zwei Leute. Der Wagen hatte noch nicht ganz angehalten, als Gregory schon einstieg und die Tür kräftig zuschlug. Es gab einen Ruck, sie fuhren rasch mit aufgeblendeten Scheinwerfern los.

Hinten saß Sörensen, neben ihm Thomas. Gregory quetschte sich neben sie. Es war etwas eng.

– Habt ihr was zu trinken? – fragte Gregory.

– Ja. Kaffee. In der Thermosflasche, hinter dem Doktor – sagte Calls. Er fuhr mit fünfzig Meilen auf den leeren Straßen bei eingeschalteter Sirene. Gregory fand die Flasche, leerte mit einem Schluck einen ganzen Becher und reichte sie weiter. Die Sirene heulte durchdringend. Gregory fuhr gerne so. Die Scheinwerfer fegten durch die Kurven, es war grau, nur der Schnee erhellte die Straßen.

– Was ist denn da passiert? – fragte Gregory. Niemand antwortete.

– Eine typische Meldung aus der Provinz – bemerkte schließlich Calls. – Angeblich soll der Kerl, der auf dem Friedhof Dienst hatte, von unserer Motorradstreife unter dem Wagen herausgezogen worden sein. Schädelbruch oder so was ähnliches.

– Und die Leiche?

– Die Leiche? – wiederholte Calls bedächtig. – Die ist wohl noch da.

– Wieso noch da? – fragte Gregory überrascht.

– Sie haben den Kerl offensichtlich aufgescheucht, und er ist abgehauen – mischte sich der in der Ecke neben Sörensen sitzende Techniker Thomas ein.

– Na, wir werden sehen – brummte Gregory. Das Oldsmobile röhrte, als ob es keinen Auspuff hätte. Sie ließen die dichtbesiedelten Viertel hinter sich und näherten sich den Vororten. Neben einem großen Park gerieten sie in Nebelbänke. Calls ging mit der Geschwindigkeit herunter, dann, als die Sicht wieder klar wurde, gab er erneut Gas. Im Vorort herrschte mehr Verkehr, große, mit Milchkannen beladene Lastwagen und hellbeleuchtete, bereits vollbesetzte doppelstöckige Autobusse waren unterwegs. Calls bahnte sich mit der Sirene den Weg.

– Haben Sie heute nacht nicht geschlafen? – fragte Gregory den Doktor. Sörensen hatte Ringe unter den Augen. Er saß zusammengesackt da, als ob er völlig geknickt wäre.

– Ich bin erst gegen zwei schlafen gegangen. Das ist bei mir immer so. Wahrscheinlich wird man mich nicht einmal brauchen.

– Die einen schlafen nicht, damit die anderen schlafen können – bemerkte Gregory philosophisch.

Sie rasten durch Fulham, bremsten vor der Brücke ab und fuhren im dünnen Nebel über die Themse. Unter ihnen wälzte sich der Fluß dahin, bleifarben, ein Schiff glitt vorüber, die Leute an Deck arbeiteten fieberhaft, um den Schornstein umzulegen. Irgendwo heulte eine Sirene. Eine Baumgruppe am Ende der Brücke huschte nur so vorbei. Calls fuhr sehr sicher. Gregory hielt ihn für den besten Fahrer des Yards.

– Weiß der Chef Bescheid? – fragte er plötzlich.

– Ja. Allis hat ihn unterrichtet. Er hat es so angeordnet

– antwortete Thomas. Er war ebenso klein und flink wie der Sergeant, aber er hatte einen Schnurrbart, der ihn einem Vorstadtfigaro ähnlich machte. Gregory beugte sich vor. Er fühlte sich so bequemer und außerdem konnte er zwischen den Schultern der vor ihm Sitzenden auf die Straße sehen. Der nasse Schnee wurde unter den Rädern der zahlreichen Lastwagen zu einer glatten Kruste zermahlen. Er beobachtete voller Freude, wie Calls in die Kurve ging, nur mit dem Motor bremste, der stotterte und spuckte, wie er ihn im Scheitelpunkt der Kurve auf Touren brachte und mit voller Drehzahl auf die Gerade zog. Er schnitt die Kurven nicht; die Polizei kann sich so etwas nicht leisten, außer in Notfällen, außerdem hätte bei derart festem Schnee jeder Schlenker im Graben geendet.

Sie hatten Wimbledon bereits hinter sich gelassen, die Tachonadel vibrierte leicht, sie wanderte auf siebzig zu, ging auf achtzig, fiel zitternd zurück, hüpfte erneut auf dem Scheitelpunkt der Skala hin und her. Ein schwerer Buick fuhr vor ihnen. Calls hupte ihn wie üblich zunächst an, der andere schien nicht zu hören, man konnte sein ansteigendes kirschrotes Heck und das im Rückfenster auf- und abhüpfende Bärenmaskottchen sehen, und Gregory fiel plötzlich wieder sein Traum von vorgestern ein. Er lachte auf, er war jetzt stark, fühlte sich ausgezeichnet und sicher. Calls fuhr an den anderen heran. Als er fünf Yards von ihm entfernt war, schaltete er die Sirene ein, die durchdringend heulte, der Buick bremste heftig, der Schnee, der von den Hinterrädern weggeschleudert wurde, spritzte ihnen auf die Scheibe. Das Auto, das sie überholten, schleuderte leicht, als es in den lockeren Schnee fuhr, einen Augenblick lang geriet sein Heck vor die Kühlerhaube des Polizeiwagens, ein Zusammenstoß schien unvermeidlich. Calls warf seine Passagiere mit einem kurzen, scharfen Ruck des Lenkrads nach rechts, sie sahen noch das erstaunte

Gesicht der jungen Frau am Steuer und waren schon vorbei. Als Gregory aus dem Rückfenster spähte, fuhr der Buick gerade erst wieder auf die Mitte der Chaussee zurück.

Der Nebel war verschwunden. Ringsum breitete sich eine weiße Ebene, aus den Gehöften stiegen steile Rauchsäulen auf, der Himmel wirkte einförmig, seine Farbe war so unbestimmt, daß man nicht sagen konnte, ob er wolkig war. Sie rasten über die Zufahrt, die Reifen begannen nervös zu trommeln, jetzt befanden sie sich auf der Schnellstraße. Calls setzte sich bequem am Lenkrad zurecht, trat das Gaspedal durch, die schwarze Karosserie begann zu dröhnen. Sie waren schon auf neunzig.

In der Ferne kam eine Siedlung zum Vorschein. Calls bremste, als er das Zeichen »Ausfahrt« erblickte. Von der Autobahn zweigte ein langes Asphaltband nach links ab, das von alten Bäumen gesäumt war. Zweihundertundfünfzig Yards weiter beschrieb die Ausfahrt eine Schleife. Sie hatten kaum angehalten, als Gregory sich erhob, soweit es das Wagendach erlaubte, um einen Blick auf die Karte zu werfen, die der Sergeant auf dem Lenkrad ausgebreitet hatte. Sie mußten nach links abbiegen.

– Ist das schon Pickering? – fragte Gregory. Calls schaltete die Gänge, als ob er damit spielte.

– Noch fünf Meilen.

Sie fuhren in die Seitenstraße, die sanft bergauf führte. Plötzlich blitzte in ihrem Rücken die Sonne auf. Da sich die letzten Nebelfetzen aufgelöst hatten, warf sie fast keinen Schatten. Es war warm geworden. Sie fuhren an zwei, drei weit vom Weg entfernt stehenden Häusern vorüber, vorbei an einem länglichen Gebäude: irgendeiner Bretterbaracke; sie erreichten das Ende des Abhangs. Von oben her war im Gegenlicht der ganze Ort zu sehen, die Rauchsäulen nahmen in den Sonnenstrahlen eine rötliche Färbung an, als gewundenes, schwarzes Band zerschnitt ein Bach den Schnee. Sie fuhren über eine Betonbrücke. Seitlich tauchte die Silhouette eines Polizisten auf, der einen Motorradhelm trug. Sein Mantel reichte ihm fast bis zu den Knöcheln. Er stoppte sie mit einer roten Kelle. Calls bremste und kurbelte das Fenster herunter.

– Den Rest müssen Sie zu Fuß gehen – wandte er sich an seine Fahrgäste, nachdem er ein paar Worte mit dem Posten gewechselt hatte. Er legte den Gang ein und lenkte den Wagen an die Seite. Alle stiegen aus. Die Umgebung schien sich auf einen Schlag verändert zu haben, glänzendes Weiß, Schweigen, Stille, der erste Sonneneinfall auf den Wäldern am Horizont; die Luft war rauh und zugleich frühlingshaft. Der Schnee rutschte von den Kastanienästen und fiel auf die Chaussee. – – Dort – zeigte ihnen der Streifenbeamte mit einer Handbewegung. Die Chaussee umging in einer sanften Kurve den folgenden, niedrigen Hügel, nicht einsehbare, in schneebedeckten Büschen versteckte Alleen zweigten von ihr ab, im Tal leuchtete ein ziegelfarbenes Dach; geradeaus, etwa dreihundert Schritte weiter, durch ein Spalier von Bäumen am Straßenrand verdeckt, waren undeutlich die Konturen eines Autos zu sehen; es war ein wenig auf die Seite geneigt. Nicht weit davon stand ein Mann am Straßenrand. Sie gingen auf der Seite, wie es ihnen der Posten befohlen hatte. Der feuchte Schnee klebte unangenehm an den Stiefeln. Gregory, der an der Spitze ging, bemerkte, daß auf der Chaussee, die mit einem zwischen den Bäumen gespannten Seil abgesperrt war, die Reifenspuren des Wagens deutlich sichtbar waren. Sie mußten über einen Graben auf das Feld springen und dort, am Rand, hatten sie den Unfallort erreicht.

Dort stand – die Vorderräder im Straßengraben und mit zertrümmertem Scheinwerfer, der sich in einem Baumstamm gebohrt hatte – ein langer, grauer Bentley. Die

Frontscheibe war von strahlenförmigen Sprüngen durchzogen. Die Türen waren geöffnet, das Innere des Wagens leer, soweit es Gregory erkennen konnte. Der Ortspolizist trat auf ihn zu. Gregory schaute sich die Position des Bentley eine Weile an und fragte dann, ohne den Kopf zu wenden:

– Na, und was ist hier passiert?

– Der Rettungswagen ist schon wieder weg, Herr Inspektor. Sie haben Williams mitgenommen – sagte der Polizist.

– Williams, war das der, der beim Friedhof Wache halten sollte?

– Jawohl, Herr Inspektor.

– Ich bin Leutnant. Wo ist diese Leichenhalle?

– Dort.

Gregory sah in die angegebene Richtung und erblickte erst jetzt einen Friedhof ohne jede Mauer, mit regelmäßig gesetzten, rechteckigen Grabsteinen, die von Schnee bedeckt waren. Er hatte ihn vorher nicht gesehen, denn man mußte direkt gegen die aufgehende, noch niedrig stehende Sonne gucken. Eine Buschgruppe verdeckte die Stelle, an der von der Chaussee eine kurze Abzweigung abging, die zu einem von Büschen umstandenen Gebäude führte.

– Ist das die Leichenhalle, die mit dem Teerdach?

– Jawohl, Herr Leutnant. Ich hatte dort heute bis drei Dienst, und Williams löste mich ab. Wie das passiert ist, hat der Commander uns alle abgezogen, weil . . .

– Langsam. Sagen Sie alles, was Sie wissen. Williams hatte also nach Ihnen Dienst, und was war weiter?

– Das weiß ich nicht, Herr Leutnant.

– Wer weiß es denn?

Gregroy verlor nicht so leicht die Geduld. Er hatte Erfahrung mit solchen Gesprächen.

Als sie sahen, was auf sie zukam, hatten sich die Männer vom Yard mit den Gegebenheiten arrangiert, so gut es eben ging. Der Photograph und der Techniker stellten ihre Gerätschaften in den Schnee, dicht am Straßengraben, wo, gegen einen Meilenstein gelehnt, das Motorrad eines Polizisten von der Straßenwacht stand. Sörensen wollte sich eine Zigarette anzünden. Der Wind blies ihm das Streichholz aus. Der Polizist, ein Blondschopf mit treuherzigen Glotzaugen, räusperte sich:

– Niemand weiß etwas, Herr Leutnant. Das war so: Williams hatte seit drei Uhr Dienst. Um sechs sollte Parrings ihn ablösen. Inzwischen, so gegen halb sechs, meldete ein Autofahrer dem Posten telephonisch, daß er einen Polizisten angefahren hatte, der ihm vor den Kühler gelaufen war. Er wollte ihm noch ausweichen und hat dabei seinen Wagen zu Bruch gefahren. Und dann ...

– Nein – sagte Gregory – das noch nicht. Hübsch langsam. Worin bestand der Dienst bei der Leichenhalle?

– Na ja, wir sollten drumrum marschieren und Türen und Fenster kontrollieren.

– Um das Gebäude herum?

– Nicht ganz, Herr Leutnant, denn da sind hinten Büsche bis an die Wand ran, da mußte man in einem größeren Kreis gehen, bis an die Gräber und wieder zurück.

– Wie lange dauerte ein Rundgang?

– Das kommt drauf an. In dieser Nacht können das an die zehn Minuten gewesen sein, denn der Schnee lag hoch, und man konnte nur schlecht gehen, dann der Nebel, und jedesmal mußte man kontrollieren, ob auch die Türen ...

– Gut. Also beim Posten hat der Fahrer dieses Autos angerufen, nicht wahr?

– Jawohl, Herr Leutnant.

– Wo ist er?

– Dieser Fahrer? Noch auf dem Revier, Herr Leutnant. Dr. Adams hat ihn untersucht, verbunden, denn er hatte ’ne ziemlich zerschnittene Visage.

– Aha, Dr. Adams, ist das der hiesige Arzt?

– Jawohl.

Gregory, der bewegungslos am Rande der Landstraße stand, fragte mit unvermittelter Schärfe:

– Wer ist hier lang gegangen? Wer hat hier den ganzen Schnee zertrampelt? Waren hier irgendwelche Leute?

Der Polizist begann nervös mit den Augen zu zwinkern. Er war verblüfft, blieb aber ruhig.

– Niemand war hier, Herr Leutnant. Der Commander hat befohlen, alles mit einer Schnur abzusperren, damit da niemand herumläuft.

– Was heißt hier niemand? Und der Rettungsdienst, als sie Williams abgeholt haben?

– Nein, Williams lag weiter weg. Wir haben ihn dort gefunden, unter dem Baum – er zeigte mit der Hand auf eine Vertiefung im bis zum Rand mit Schnee gefüllten Straßengraben auf der gegenüberliegenden Seite der Chaussee, an die zehn bis zwölf Schritte vom Auto entfernt.

Gregory sagte nichts mehr, machte einen langen Schritt und betrat das Innere der abgesperrten Fläche, wobei er sich, so gut es eben ging, an ihrem äußersten Rand hielt. Der Bentley war in die gleiche Richtung gefahren, aus der sie eben gekommen waren, wahrscheinlich aus London. So vorsichtig wie nur eben möglich einen Fuß vor den anderen setzend, legte er ein paar dutzend Schritte zurück, immer an den Spuren des Autos entlang, die Chaussee hinauf und wieder herunter. An einer bestimmten Stelle verwischten sich die klaren Linien der Reifenspuren; der Schnee war bis hinunter auf den nackten Asphalt von der Fahrbahn gefegt und in kleinen Klumpen zur Seite geschleudert worden. Es war offensichtlich, daß der Fahrer eine Vollbremsung gemacht hatte, so daß die blockierten Räder ins Rutschen gekommen waren und dabei die Wirkung eines Schneepflugs entfaltet hatten. Weiter war ein in den

Schnee gefräster langgezogener Bogen zu sehen, der an den Hinterrädern des Bentley endete, der offensichtlich seitlich ausgebrochen und dann gegen den Baum geprallt war. Der plastische, feuchte Schnee hatte die Spuren noch anderer Fahrzeuge bewahrt, besonders am Rande der Chaussee bezeugten tiefeingeschnittene, doppelte Reifenspuren, daß irgendein schwerer Lastwagen mit dem charakteristischen Rhombenprofil der Reifen die Straße entlanggekommen war. Eine Zeitlang verfolgte Gregory die Spuren in Richtung London und stellte ohne Mühe fest, daß der Bentley das letzte Auto war, das hier vorbeigekommen war, denn seine Spuren hatten an einigen Stellen die Fahrspuren anderer Wagen verwischt. Jetzt machte er sich auf die Suche nach Spuren des Mannes; zu diesem Zweck ging er ziemlich weit in die Gegenrichtung, wobei er sich von der Menschengruppe und dem Auto im Straßengraben entfernte. Durch den Graben mußten ganze Heerscharen gezogen sein, so viele Spuren waren dort zu sehen. Ihm fiel ein, daß die Sanitäter von der Bereitschaft ja das Unfallopfer hier heraustragen mußten. In Gedanken lobte er den pflichtbewußten Commander aus Pickering. Auf der Chaussee waren nur die Spuren schwerer Stiefel zu sehen. Der Mann, von dem die Spuren stammten, hatte offensichtlich mit den kurzen Schritten eines ungeübten Läufers versucht, die größtmögliche Geschwindigkeit zu erreichen.

– Er rannte vom Friedhof weg – schloß Gregory – stürzte auf die Chaussee und jagte wie eine Lokomotive auf der Straßenmitte dahin, dem nahegelegenen Dorf zu. Ein Polizist soll so geflohen sein? Wovor?

Er suchte nach Spuren eines eventuellen Verfolgers. Es gab keine; der Schnee ringsum war unberührt. Er ging noch weiter bis zu der Stelle, von der die kleine, dicht mit Büschen bestandene Friedhofsallee abzweigte. An die zweihundert Schritte weiter – die Einmündung der Allee lag bereits hinter ihm – stieß er auf Spuren eines Autos und einiger Männer. Der Schnee hatte sie deutlich bewahrt. Der Wagen war aus der Gegenrichtung gekommen, hatte gewendet und angehalten (die Reifenspuren waren an dieser Stelle tiefer eingedrückt), zwei Männer waren ausgestiegen, ein dritter war aus seitlicher Richtung zu ihnen gestoßen und führte sie zum Bentley. Sie waren im Straßengraben auf den verunglückten Wagen zugegangen. Danach kehrten sie auf dem gleichen Wege zurück; vielleicht hatten sie einige Mühe mit dem, den sie mit sich schleppten, denn es waren kleine runde Abdrücke zu sehen – sie hatten die Tragbahre auf dem Schnee abgestellt und sie dann ins Auto geschoben. Diese Stelle lag weitab von der Einmündung der kleinen Allee; Gregory bog in die Allee ein, machte aber sofort auf dem Absatz kehrt, denn alles war klar. Die bläulich schimmernden Spuren des Fliehenden führten pfeilgerade in Richtung auf die Leichenhalle, deren vor einiger Zeit geweißte Wand aus einer Entfernung von einigen hundert Yards teilweise den Blick versperrte. Er kehrte zum Bentley zurück und betrachtete aufmerksam die Spuren des Fliehenden. Etwa acht Schritte von der Stelle entfernt, an der der zertrümmerte Wagen stand, gerieten die Spuren gleichsam ins Taumeln – es war möglich, daß der Mann versucht hatte, einen plötzlichen Haken zu schlagen, viel mehr war jedoch nicht zu erkennen, da der Schnee zerwühlt und zertrampelt war. Stehend, die Hände in den Hosentaschen geballt, biß sich Gregory auf die Lippen.

»Mit dem Bug des Wagens hat er ihm ausweichen können!« – folgerte er – »aber dann kam er seitlich ins Schlingern, geriet vollends ins Schleudern und erwischte ihn ... wahrscheinlich mit der äußersten Kante des Kofferraums.« Gregory hob den Kopf.

– Was ist mit diesem, diesem Williams? Was fehlt ihm?

– Bewußtlos, Herr Leutnant. Der Arzt hat sich sehr gewundert, der von der Bereitschaft, wie er überhaupt noch dort weiter rübergehen konnte, denn hingefallen ist er hier. Genau hier.

– Woher wissen Sie das so genau?

– Weil hier Blut ist...

Gregory beugte sich dicht über die angegebene Stelle. Drei, nein – vier bräunliche Tropfen geronnenen Blutes waren tief in den Schnee eingedrungen, so daß sie nur schwer zu erkennen waren.

– Waren Sie hier, als der Rettungswagen ihn abgeholt hat? War er bei Bewußtsein?

– Oh, nein, ganz und gar nicht.

– Hat er geblutet?

– Nein, das heißt, nur ein bißchen, aus dem Kopf und aus den Ohren, glaube ich.

– Gregory, wann wollen Sie sich eigentlich unser erbarmen? – fragte Sörensen und gähnte demonstrativ. Er warf seine brennende Zigarette in den Schnee.

– In den Vorschriften ist weder Erbarmen noch Mitleid vorgesehen – gab Gregory zurück. Er schaute sich noch einmal um. Wilson zog gerade unter metallischem Knacken sein Stativ auseinander, während Thomas leise vor sich hinfluchte, das Talkum in seinem Koffer hatte sich selbständig gemacht und sämtliche Instrumente mit einer weißen Staubschicht überzogen.

– So Jungs, nun seid ihr dran – sagte Gregory abschließend – Spuren, Ausmessen und so weiter, besser zuviel als zuwenig, danach kommt ihr alle zur Leichenhalle. Diese Absperrleine kann dann auch abgenommen werden. Doktor, vielleicht ist auch etwas für Sie dabei... einen Augenblick. Wo ist der Commander? – wandte er sich an den Polizisten.

– Im Dorf, Herr Leutnant.

– Gut, gehen wir.

Gregory knöpfte den Mantel auf, ihm war heiß geworden. Der Polizist trat unschlüssig von einem Fuß auf den anderen.

– Soll ich mitkommen, Herr Leutnant?

– Kommen Sie ruhig mit.

Sörensen ging hinter ihnen und fächelte sich mit seinem Hut Kühlung zu. Die Sonne brannte ziemlich stark, der Schnee war bereits von den Zweigen verschwunden, die sich schwarz und feucht gegen den tiefblauen Himmel abhoben. Gregory zählte Schritt für Schritt: von der Stelle, wo die Straße zum Friedhof in die Chaussee einmündete, waren es einhundertundsechzig. Die Straße und der Friedhof jenseits von ihr lagen im Schatten zweier sanfter Hügel. Von hier aus war der kleine Ort nicht zu sehen, lediglich die Rauchsäulen seiner Schornsteine. Der Schnee lag hier schwer und feucht; Kälte zog herauf. Die Leichenhalle, eine kleine, mehr schlecht als recht gekalkte Baracke, ging an ihrer Rückseite in ein dichtes Geflecht von Büschen über. Sie hatte zwei kleine Nordfenster und an ihrer Schmalseite eine Tür, aus Brettern zusammengezimmert, ohne Schloß, nur mit einer Krampe versehen. Hier gab es viele Spuren. Unmittelbar vor der Schwelle lag ausgestreckt ein menschlicher Körper, der mit einer Plane abgedeckt war.

– Ist das die Leiche?

– Jawohl, Herr Leutnant.

– Nicht berührt? Hat sie so gelegen?

– Ganz genau so. Niemand hat sie angerührt, Herr Leutnant. Der Commander hat sie sich angesehen, als er mit dem Doktor hergekommen ist, aber berührt hat sie niemand.

– Und diese Zeltplane?

– Hat der Commander befohlen.

– Konnte irgend jemand hierherkommen, als ihr auf der Chaussee standet, oder nicht?

– Nein, Herr Leutnant, denn die Chaussee ist abgesperrt.

– Auf dieser Seite ja, aber von Hackey?

– Dort steht auch ein Posten, den kann man nur von hier aus nicht sehen, weil er hinter dem Hügel steht.

– Gut. Aber querfeldein?

– Das ginge wohl – stimmte der Polizist zu – aber dann müßte er durchs Wasser gehen.

– Durch welches Wasser?

– Na, durch den Bach, drüben auf der anderen Seite.

Gregory hatte sich der Zeltplane noch nicht genähert. Er ging in seitlicher Richtung und fand die Spuren des nächtlichen Wachtpostens. Als enger, ausgetretener Pfad umkreisten sie die nächstgelegenen Grabsteine, machten einen Bogen um die Baracke und kamen an ihrer Rückseite aus dem Gestrüpp der Büsche wieder hervor. Kleine Zweige waren abgebrochen und an einigen Stellen in den Schnee getreten. Dieselben Spuren schwerer Stiefel hatten hier, ebenso wie auf der Chaussee deutliche Abdrücke hinterlassen, besonders dort, wo der Polizist von seinem Rundgang abgewichen war und offensichtlich in der Dunkelheit die Richtung verloren hatte.

Gregory ging den Weg der Wachtposten noch einmal ab und stoppte die Zeit für einen vollständigen Rundgang: vier Minuten. »Für die Nacht und das Schneetreiben muß man doppelt soviel einkalkulieren« – dachte er – »und noch einmal zwei Minuten für den Nebel.« Um tiefer ins Buschwerk eindringen zu können, mußte er einen Abhang hinunterklettern. Plötzlich rutschte der Schnee unter ihm weg. Er schaffte es gerade noch, ein paar Haselnußzweige zu umklammern und fand erst unmittelbar über dem Wasser festen Halt. Hier war die niedrigste Stelle der Talsenke, in der der Friedhof lag. Umgeben von Schneeverwehungen, so daß er sogar aus der Nähe unsichtbar blieb, floß hier ein Bach; seine Wasseroberfläche kräuselte sich dort, wo die unterspülten Wurzeln der Büsche zu sehen waren. In dem lehmigen Grund steckten Steinbrocken, einige sahen aus wie behauene Steine. Gregory drehte sich um. Etwas weiter oberhalb sah er die Rückwand der Leichenhalle, das heißt, nur ihren oberen, fensterlosen Teil, der in einer Entfernung von einigen Yards über die Büsche herausragte. Er machte sich daran, wieder hinaufzuklettern, wobei er die elastisch federnden Haselnußgerten auseinanderschieben mußte.

– Wo wohnt hier der Steinmetz? – fragte er den Polizisten. Der begriff sofort.

– Er wohnt gleich dort an der Straße bei der Brücke. Es ist das erste Haus, so ein gelbes. Er arbeitet nur im Sommer als Steinmetz und jetzt, im Winter, macht er Tischlerarbeiten.

– Wie schafft er die Grabsteine hierher? Über die Chaussee?

– Wenn das Wasser niedrig ist, über die Straße, aber wenn es höher steht – das kommt nur von Zeit zu Zeit vor – hat er sie schon mal mit dem Floß hergeholt. Er quält sich dafür sogar ganz gerne.

– Und dort, am Ufer, hat er die Steine bearbeitet?

– Manchmal auch dort, aber nicht immer. Ganz verschieden.

– Dieser Bach – falls man von hier aus am Ufer gehen will – fließt von der Station hierher, nicht wahr?

– Ja, aber am Ufer kommt man nicht durch, weil alles zugewachsen ist.

Gregory ging zur Seitenwand der Leichenhalle. Ein Fenster war geöffnet oder vielmehr aufgedrückt, die Scheibe war zertrümmert, eine zackige Glasscherbe ragte aus dem Schnee. Er warf einen Blick nach innen, konnte aber nichts erkennen – es war zu dunkel.

– Wer ist da hineingegangen?

– Nur der Commander, Herr Leutnant.

– Der Doktor nicht?

– Nein, der Doktor ist nicht reingegangen.

– Wie heißt er?

– Adams. Wir wußten nicht, ob die Bereitschaft aus London es rechtzeitig schaffen würde. Das erste Team ist aus Hackey gekommen, Dr. Adams hatte dort Nachtschicht und ist mitgefahren.

– Ja? – sagte Gregory. Er hörte dem Konstabler nicht zu. Vom Rahmen des zertrümmerten Fensters hing ein Holzspan herab. Direkt an der Wand war der tiefe, undeutliche Abdruck eines nackten Fußes zu sehen. Er bückte sich. Der Schnee war hier zerwühlt, als ob eine schwere Last über ihn geschleift worden wäre. An einigen Stellen konnte man längliche Vertiefungen mit glattem Untergrund erkennen, die aussahen, als ob sie mit Hilfe eines großen Meterbrots in den Schnee gepreßt worden wären. In einer davon glänzte es golden. Er beugte sich noch weiter vor und hob einige Hobelspäne auf. Er legte den Kopf schief und blickte einen Augenblick auf das zweite, geschlossene Fenster. Es war mit Kalk bekleckst. Er drang in den tiefen Schnee vor, ließ sich, nachdem er die Mantelschöße zur Seite geschlagen hatte, auf ein Knie nieder, stand wieder auf und betrachtete sein Werk. Er holte tief Atem. Mit gespreizten Beinen und den Händen in der Tasche streifte sein Blick über die weite Fläche zwischen den Büschen, der Leichenhalle und den ersten Grabsteinen. Die Linie der undeutlichen, tiefen Spuren mit den glatten Einsenkungen begann unter dem zertrümmerten Fenster, vollführte eine Schleife und führte in einem Bogen zur Tür. Sie wich dabei mal zur einen, mal zur anderen Seite hin ab, ganz so, als ob ein Betrunkener einen Sack hinter sich herzog. Sörensen stand an der Seite und sah sich die Szenerie mäßig interessiert an.

– Weshalb ist hier kein Vorhängeschloß? – wandte sich Gregory an den Polizisten. – War hier eins?

– Ja, Herr Leutnant, aber es ist kaputtgegangen. Der Totengräber mußte es zum Schmied bringen, aber der hat es vergessen; seitdem ist eine Woche vergangen und so – der Polizist machte eine Geste der Resignation.

Gregory näherte sich schweigend einem formlosen Bündel von Segeltuch. Er hob den Saum der steifen Plane zögernd an, schob sie dann ganz weg und warf sie beiseite.

Zu seinen Füßen lag ein nackter Mann auf der Seite, mit angewinkelten Armen und Beinen, als ob er auf etwas Unsichtbarem kniete oder sich davon mit Ellenbogen und Knien abstieße. Er stak vollständig in der breiten Spur, die durch den Schnee gepflügt worden war und vom Fenster her kam. – Er versperrte sie mit seinem Körper. Nicht ganz zwei Schritte trennten seinen Kopf von der Türschwelle. Dort war der Schnee glatt.

– Wollen Sie ihn untersuchen? – sagte Gregory, sich von den Knien erhebend. Das Blut war ihm ins Gesicht gestiegen. – Wer ist das? – fragte er den Polizisten, der die Dienstmütze in die Stirn gezogen hatte, weil die Sonne ihm ins Gesicht zu stechen begann.

– Hansel, – Herr Leutnant. John Hansel. Er hatte hier eine Färberei.

Gregory ließ Sörensen nicht aus den Augen, der sehr vorsichtig mit den Gummihandschuhen, die er aus einer flachen Tasche herausgezogen hatte, Arme und Beine der Leiche betastete, die Augenlider des Toten zurückschob, dann aus der Nähe seinen gekrümmten Rücken betrachtete.

– War er ein Deutscher?

– Ich weiß nicht. Vielleicht deutscher Abstammung, aber ich habe nichts derartiges gehört. Seine Eltern haben hier schon gewohnt.

– Wann ist er gestorben?

– Gestern früh, Herr Leutnant. Der Doktor hat gesagt, daß es das Herz war. Er war schon lange herzkrank, der Doktor hatte ihm verboten zu arbeiten, aber er hatte sich nicht darum gekümmert. Er hatte sich überhaupt um nichts gekümmert, seit ihm seine Frau mit einem Kerl durchgebrannt ist.

– War hier noch eine Leiche?

Sörensen stand auf, klopfte sich die Knie ab, wischte mit dem Taschentuch einen unsichtbaren Fleck vom Ärmel und schob sorgfältig die Gummihandschuhe in ihr Futteral.

– Ja, vorgestern, Herr Leutnant. Gestern war die Beerdigung, gegen Mittag.

– Dann war gestern seit Mittag nur diese Leiche hier?

– Nur diese, Herr Leutnant.

– Nun, Doktor?

Gregory ging zu Sörensen hinüber. Sie standen unter einem dürren Busch; seine Spitze war so sehr der Sonne ausgesetzt, daß ein Netz von Tropfen den Schnee durchlöcherte.

– Was kann ich sagen?

Sörensen wirkte gekränkt, vielmehr – aufgebracht.

– Der Tod ist vor gut vierundzwanzig Stunden eingetreten. Die Leichenflecken sind da, wie es sein soll, die Kaumuskeln sind erstarrt.

– Und die Extremitäten? Nun? Warum sagen Sie nichts?

Sie sprachen immer leiser und grimmiger miteinander.

– Sie haben es doch selbst gesehen.

– Ich bin kein Arzt.

– Die haben keine Leichenstarre. Es gibt keine. Jemand muß sie aufgelöst haben. Jemand hat sie aufgelöst – Schluß. Aus.

– Kehrt sie nicht mehr zurück?

– Sie sollte teilweise wieder eintreten, aber nicht unbedingt. Ist das wichtig?

– War sie denn mit Sicherheit eingetreten?

– Die Leichenstarre setzt immer ein. Sie sollten das eigentlich wissen. Bitte, stellen Sie mir keine weiteren Fragen, mehr weiß ich nicht.

– Danke – sagte Gregory, ohne seine Erregung zu verbergen, und ging zur Tür. Sie war angelehnt, aber um einzutreten, würde er über die Leiche steigen oder vielmehr springen müssen, sagte er sich, um nicht unnötige Spuren zu hinterlassen; hier war sowieso alles gründlich zertrampelt. Er zog von der Seite an der Krampe. Die Tür rührte sich nicht, sie war im Schnee fest angefroren. Gregory rüttelte an ihr. Sie kreischte entsetzlich, als sie mit Getöse gegen die Wand prallte. Drinnen war es dunkel. Durch einen Ritz hinter der Schwelle wehte etwas Schnee herein, der zu einer flachen Pfütze zerschmolz. Gregory stand mit geschlossenen Augen da, er spürte die unangenehme Kälte, die von den Wänden herzog, und wartete geduldig darauf, daß sich seine Augen an die Dunkelheit gewöhnten.

Die nach Norden gelegenen kleinen Fenster ließen etwas Licht herein, vor allem das eingeschlagene, denn die Scheibe des anderen, mit Kalk bekleckten war fast blind. Mitten im Raum stand ein mit Holzspänen ausgelegter Sarg. An seiner Seite lehnte ein Kranz aus Tannenzweigen, der mit einer schwarzen Schärpe umwunden war. Man konnte die in Goldbuchstaben gehaltene Aufschrift »Untröstlich – in ernster Trauer« lesen. In einer Ecke war der Sargdeckel senkrecht aufgestellt. Der Fußboden bestand aus festgestampfter Erde, unter dem Fenster lagen verstreute Sägespäne. An der anderen Wand erblickte er eine Spitzhacke, Schaufeln und ein Bündel zusammengerollter, lehmbeschmutzter Seile. Ein paar Bretter lagen noch herum.

Er ging auf den Hof hinaus und kniff die vom Lichtschein schmerzenden Augen zusammen. Er stieß auf den Polizisten, der die Leiche sorgfältig zudeckte, wobei er sich bemühte, sie nicht zu berühren.

– Sie hatten heute nacht bis drei Dienst, nicht wahr? – fragte er, auf ihn zugehend.

– Ja, Herr Leutnant. – Der Polizist richtete sich auf.

– Wo war die Leiche?

– Als ich Dienst hatte? Im Sarg.

– Haben Sie das nachgeprüft?

– Ja.

– Haben Sie die Tür geöffnet?

– Nein. Ich habe mit der Taschenlampe durch das Fenster geleuchtet.

– War die Scheibe eingeschlagen?

– Nein.

– Und der Sarg?

– Wie bitte?

– War der Sarg offen?

– Ja.

– Wie lag die Leiche darin?

– Wie gewöhnlich.

– Weshalb war sie nicht bekleidet?

– Der Polizist wurde lebhaft.

– Die Beerdigung sollte heute stattfinden, Herr Leutnant, und mit der Kleidung, das ist eine ganze Geschichte. Seit ihm seine Frau weggelaufen ist – das war vor zwei Jahren –, wohnte er bei seiner Schwester. Sie ist eine schrecklich schwierige Person, niemand kann mit ihr zurechtkommen. Die Kleidung, die er trug, als er starb (das war nämlich beim Frühstück) – wollte sie nicht herausrücken, das wäre zu schade, weil sie zu neu sei. Sie sollte alte Sachen herausgeben, aber als der Beerdigungsunternehmer kam, rückte sie nichts heraus; sie sagte, sie würde irgendein abgetragenes Kleidungsstück schwarz färben, aber er wollte nicht noch mal kommen und nahm ihn so mit, wie er war. Heute sollte sie die Kleidung bringen ...

– Gregory, ich fahre schon los, hier gibt es nichts mehr für mich zu tun – sagte plötzlich Sörensen, welcher der Unterhaltung zugehört zu haben schien. – Geben Sie mir Ihr Auto? Sie können einen Wagen des Postens nehmen.

– Gleich. Wir sprechen noch darüber – bemerkte Gregory. Sörensen ging ihm auf die Nerven. – Sie bekommen noch etwas zu tun – fügte er dennoch hinzu. Er blickte auf die zerknitterte Plane. Er erinnerte sich gut an das Aussehen des Toten, obwohl er ihn nur kurz gesehen hatte. Es war ein Mann unter Sechzig. Er hatte abgearbeitete Hände, die viel dunkler waren als sein Gesicht. Der fast kahle Schädel war am Hinterkopf und über den Schläfen mit grauen Stoppeln bedeckt. Gregory hatte sich besonders den Ausdruck des Erstaunens in den halbgeöffneten, trüben Augen ins Gedächtnis eingegraben. Er hatte Lust, den Mantel auszuziehen – es wurde immer heißer. Er wurde ungeduldig, rechnete sich aus, wie rasch die Sonnenstrahlen in diese noch im Schatten liegende Stelle vordringen würden. Es mußten unbedingt vorher alle Abdrücke gesichert werden.

Er wollte schon den Polizisten an die Chaussee schicken, da erblickte er bereits seine Leute. Er ging ihnen entgegen.

– Na, da seid ihr ja. Laßt euch nicht soviel Zeit, der Schnee taut. Thomas, es kommt mir vor allem auf diese Spuren zwischen dem Fenster und der Tür an. Füllen Sie sie gut mit Talkum aus, Thomas, der Schnee ist naß. Und Vorsicht dabei, damit nicht alles auseinanderläuft! Ich gehe jetzt in den Ort. Meßt alles aus, auch die Entfernung bis zum Wasser; da, hinter den Büschen, ist ein Bach. Macht ein paar Gesamtaufnahmen von allem, und sucht das Ufer genau ab, vielleicht ist mir dort was durch die Lappen gegangen.

– Sie können sich auf uns verlassen, Gregory – sagte Wilson. Er trug seinen flachen Koffer an einem über die Schulter geworfenen Riemen. Der Koffer schlug ihm gegen die Hüfte, und es sah aus, als ob er humpelte. – Schicken Sie uns einen Wagen? – fragte er im Vorübergehen.

– Aber sicher.

Gregory ging zur Chaussee, er hatte Sörensen schon vergessen. Als er sich umwandte, folgte ihm der Doktor gemächlich. Die Seile, die den Ort des Unfalls abgegrenzt hatten, waren bereits abgenommen worden. Zwei Männer zogen den Bentley aus dem Graben. Vor der Brücke stand ihr Auto mit dem Kühler in Richtung London geparkt. Schweigend setzte sich Gregory vorn neben Calls. Der Doktor beschleunigte den Schritt, denn der Motor ratterte schon. Sie fuhren an dem Beamten von der Verkehrsstreife vorbei und bogen nach Pickering ab.

Der Polizeiposten befand sich in einem Etagenhaus an der Ecke des Marktplatzes. Ein Beamter führte Gregory die Treppe hinauf. Oben war ein Korridor mit Türen auf beiden Seiten und einem Fenster an seinem Ende, durch das man die Dächer der niedrigen Häuser auf der gegenüberliegenden Seite des Platzes sehen konnte.

Der Commander erhob sich beim Anblick des Eintretenden. Er war rothaarig, hatte einen langen Schädel mit einem rötlichen Streifen in der Stirn; seine Uniformmütze lag auf dem Tisch.

Bei den ersten Worten rieb er sich mehrmals die Hände. Er lachte nervös, ohne eine Spur von Fröhlichkeit.

– Also, gehen wir an die Arbeit – seufzte Gregory, indem er sich setzte. – Wie steht es mit diesem Williams, Sir? Kann man mit ihm sprechen?

Der Commander schüttelte den Kopf.

– Ausgeschlossen. Er hat einen Schädelbasisbruch, Leutnant. Ich habe gerade mit Hackey telephoniert. Er ist im

Krankenhaus, völlig bewußtlos. Sie haben ihn geröntgt. Die Ärzte sagen, daß es noch einige Zeit dauern wird, wenn er sich überhaupt erholt, selbstverständlich.

– Ja? Sie kennen doch Ihre Leute. Sagen Sie mir, wieviel taugt dieser Williams? Ist er schon lange bei der Polizei? Also alles, was Sie über ihn wissen.

Gregory sprach geistesabwesend, mit den Gedanken war er noch immer bei der Leichenhalle und sah die Spuren im Schnee.

– Williams? Tja, er ist hier seit vier Jahren. Vorher war er im Norden. Er hat in der Armee gedient. War verwundet, er hat Auszeichnungen. Er hat hier geheiratet, hat zwei Kinder. Er ist durch nichts aufgefallen. Er geht gerne angeln. Er ist ausgeglichen, nicht auf den Kopf gefallen. Während seiner gesamten Dienstzeit hat er sich keine wesentlichen Dienstvergehen zuschulden kommen lassen.

– Und die unwesentlichen?

– Also... vielleicht war er zu... nachsichtig. Aus Gutmütigkeit sozusagen, nicht wahr. Er hat die Vorschriften nach seinem Geschmack ausgelegt. In so einem Nest kennt doch jeder jeden... Aber es ging um Bagatellen: Er hat zu wenig Strafmandate ausgeteilt... Er ist ein ruhiger Mensch, er war sogar zu ruhig, würde ich sagen, das heißt... er ist es – verbesserte sich der Commander und sein Gesicht zuckte.

– Hat er an Geister geglaubt? – fragte Gregory völlig ernst. Der Commander blickte ihn mit seinen farblosen Augen an.

– An Geister? – wiederholte er automatisch. Er war plötzlich verwirrt. – An Geister...? Nein – ich glaube nicht. Ich weiß es nicht. Sie meinen, daß er... – er sprach nicht weiter. Sie schwiegen einen Augenblick.

– Können Sie sich vorstellen, wovor er geflüchtet ist? – fragte Gregory leise, während er sich über den Tisch beugte.

Er blickte dem Commander direkt in die Augen. Der antwortete nicht. Er senkte langsam den Kopf und hob ihn wieder.

– Ich kann es mir nicht vorstellen, aber ...

– Aber?

Der Commander starrte Gregory forschend ins Gesicht. Schließlich zuckte er gleichsam mißmutig mit den Achseln.

– Also gut. Gehen wir zu den Fakten über. Haben Sie Williams' Revolver?

– Ja.

– Und?

– Er hatte ihn in der Hand – sagte der Commander leise.

– Ach ja? Hat er geschossen?

– Nein, der Revolver war gesichert. Aber ... eine Patrone war im Lauf.

– Durchgeladen? Wie laufen denn Ihre Männer sonst hier herum? Ohne Patrone im Lauf?

– Ja. Bei uns ist es ruhig. Zum Durchladen ist immer noch Zeit ...

– Sind Sie sicher, daß er die paar Schritte von der Stelle, an der ihn das Auto erwischt hat, bis zu der Stelle, wo ihn die Bereitschaft gefunden hat, selbst gegangen oder gekrochen ist?

Der Commander blickte Gregory erstaunt an.

– Er ist überhaupt nicht aufgestanden, Leutnant. Smithers, das ist der Bursche, der ihn angefahren hat, hat ausgesagt, daß er selbst Williams hinübergetragen hat – gleich nach dem Unfall.

– Aha. Also, das macht die Angelegenheit einfach. Nehmen wir an, daß ... daß es sie einfach macht – setzte Gregory hinzu. – Haben Sie diesen Smithers hier?

– Ja.

– Ich möchte ihn vernehmen. Geht das?

– Einen Augenblick.

Der Commander öffnete die Tür und sagte einige Worte zu jemandem draußen. Er kehrte ins Zimmer zurück und blieb am Fenster stehen. Sie warteten vielleicht eine Minute. Ein schlanker und gut aussehender Mann in eng anliegenden Flanellhosen und einem flauschigen Sweater trat ein. Er wirkte geschmeidig, hatte schmale Hüften und das Gesicht eines zweitklassigen Leinwandcasanovas; er blieb an der Schwelle stehen und blickte mit deutlicher Unruhe auf Gregory, der einen Stuhl auf einem Bein herumdrehte und ihn einen Augenblick ansah, bevor er sagte:

– Ich leite hier die Untersuchung im Auftrag von Scotland Yard. Würden Sie mir einige Fragen beantworten?

Smithers nickte langsam.

– Ich ... eigentlich habe ich schon alles gesagt ... Ich bin völlig unschuldig.

– Wenn Sie unschuldig sind, wird Ihnen nichts passieren. Sie sind festgenommen worden wegen Verursachung eines Unfalls und Gefährdung eines Menschenlebens. Sie brauchen nichts auszusagen, was gegen Sie als Grundlage einer Anklage verwendet werden könnte. Wollen Sie aussagen?

– Aber ja, doch ... ich ... ich habe nichts zu verbergen – stieß der junge Mann hervor, der durch die von Gregory ausgesprochene Amtsformel offensichtlich erschreckt worden war.

– Ich konnte nichts dafür, bitte. Er stürzte sich einfach vor die Räder. Das ist hier eine Straße und kein Fußweg. Man kann doch nicht in stockfinsterer Nacht rasen und dann noch in einem derartigen Nebel! Ich bin doch ganz langsam gefahren! Ich habe getan, was ich konnte, und habe seinetwegen das Auto kaputtgefahren. Das war seine Schuld. Ich weiß nicht, wie ich aus der Sache herauskommen soll, der Wagen gehört mir gar nicht und ...

– Bitte erzählen Sie genau, wie sich alles abgespielt hat. Wie schnell sind Sie gefahren?

– Höchstens zwanzig, bei Gott. Es war neblig, es schneite, ich konnte nicht aufblenden, weil es sonst noch schlimmer geworden wäre.

– Sind Sie ohne Licht gefahren?

– Nein, auf keinen Fall. Ich hatte abgeblendet. Ich konnte kaum fünf, sechs Schritte weit sehen. Ich habe ihn erst gesehen, als er vor dem Kühler war, sage ich Ihnen, er ist blindlings drauflosgestürmt, wie ein Verrückter, er hat sich einfach vor die Räder geworfen!

– Hatte er etwas in der Hand?

– Wie bitte?

– Ich fragte, hielt er etwas in der Hand.

– Ich habe nichts bemerkt. Das heißt, später, als ich ihn aufgehoben habe, sah ich, daß er einen Revolver in der Hand hielt. Aber davor habe ich das nicht gesehen. Ich habe scharf gebremst und mich um die eigene Achse gedreht. Ich bin gegen den Baum geknallt, und die Glassplitter haben mich ganz schön zugerichtet – er fuhr mit der Hand über sein Gesicht.

Eine breite Schramme geronnenen Blutes lief quer über die Stirn und verschwand zwischen seinen dichten Haaren.

– Ich habe es gar nicht gespürt. Ich war unheimlich erschrocken, ich dachte, ich hätte ihm ausweichen können, das heißt: Ich bin ihm tatsächlich ausgewichen, ich weiß selbst nicht, wie ich ihn mit dem Heck erwischt habe – vielleicht mit der Stoßstange –, als ich ins Schleudern geriet. Er lag da und rührte sich nicht. Ich habe ihn mit Schnee abgerieben, ich habe überhaupt nicht an mich gedacht, obwohl mir das Blut in die Augen gelaufen ist. Er war völlig bewußtlos, zuerst wollte ich ihn ins Krankenhaus fahren, aber ich konnte den Motor nicht starten, irgend etwas funktionierte nicht, was, weiß ich nicht. Also bin ich auf der

Chaussee weitergelaufen und habe vom ersten Haus aus telephoniert.

– Haben Sie ihn zum Graben getragen? Weshalb nicht ins Auto?

– Nun ... – der junge Mann geriet ins Stocken – weil ... deshalb, weil es heißt, daß man einen Bewußtlosen flach hinlegen soll, und im Wagen war kein Platz dafür. Ich habe gleich daran gedacht, daß ihn vielleicht einer anfährt, wenn er mitten auf der Straße liegenbleibt ...

– Gut. Wann ist der Unfall passiert?

– Kurz nach fünf. Vielleicht zehn Minuten oder eine Viertelstunde danach.

– Haben Sie jemanden auf der Straße gesehen, als Sie zum Dorf liefen?

– Nein, ich bin niemandem begegnet.

– Und vorher, als Sie fuhren, sind Sie da jemandem begegnet? Fußgängern? Autos?

– Fußgängern nicht. Autos? Autos auch nicht. Das heißt, ich habe zwei LKWs überholt, aber das war noch auf der Schnellstraße.

– Aus welcher Richtung sind Sie gekommen?

– Aus London.

Stille setzte ein. Smithers trat an Gregory heran.

– Herr Inspektor ... kann ich jetzt gehen? Und was wird aus meinem Wagen?

– Wegen Ihres Wagens brauchen Sie sich keine Gedanken zu machen – sagte der Commander vom Fenster her. – Wenn Sie es wünschen, stellen wir ihn in einer Garage unter. Wir werden ihn selbst abschleppen. Hier in der Nähe ist eine Reparaturwerkstatt, wir können ihn dort hingeben, die kümmern sich dann um ihn.

– Danke. Das ist mir recht. Ich muß nur noch wegen Geld telegraphieren. Kann ... kann ich schon gehen?

Gregory verständigte sich durch einen Blick mit dem

Commander und nickte unmerklich: – Bitte, lassen Sie uns Name und Anschrift hier – sagte er. – Die Adresse, unter der Sie zu erreichen sind.

Smithers drehte sich auf dem Absatz um und erstarrte mit der Hand auf der Türklinke.

– Und ... und was ist ... mit ihm? – fragte er leise.

– Vielleicht kommt er durch. Im Augenblick ist das noch unklar – sagte der Commander. Smithers öffnete den Mund, sagte jedoch nichts und ging hinaus.

Gregory wandte sich dem Tisch zu. Er stützte den Kopf in die Hände. Eine tiefe Müdigkeit hatte ihn überkommen. Er hatte das Bedürfnis, so sitzen zu bleiben, nichts zu sprechen, nichts zu denken.

– Wovor ist er so weggelaufen? – sagte er plötzlich laut und unvermutet zu sich selbst. – Wovor ist er, zum Teufel, weggelaufen?

– Besser: vor wem? – warf der Commander ein. Er setzte sich an seinen Schreibtisch.

– Nein. Wenn er jemanden gesehen hätte, dann hätte er in der Verfassung, in der er sich befand, geschossen. Meinen Sie nicht? Ich glaube das. So sicher, wie zweimal zwei vier ist – er hätte geschossen.

– Haben Sie sich die Spuren angesehen? – fragte der Commander. Er bemühte sich, den Riemen der Mütze in die Schnalle zu stecken. Gregory betrachtete ihn. Der Commander hatte steile Furchen auf den Wangen, die geröteten Augen waren von Runzeln umsäumt. In seinem rötlichen Schopf glänzten einzelne graue Haare.

– Können Sie mir sagen, wie es aussah, als Sie dort eintrafen? Und wann war das? – erwiderte Gregory seinerseits mit einer Frage. Der Commander rückte die Schnalle an seiner Mütze zurecht.

– Diensthabender war Parrings. Dieser junge Bursche hat um halb sechs angerufen. Parrings hat mich aus dem Bett geholt, ich wohne gleich nebenan. Ich habe angeordnet, Sie sofort zu benachrichtigen, und bin losgefahren.

– War es noch dunkel, als Sie dort ankamen?

– Es klarte ein wenig auf, aber der Nebel war noch dicht.

– Fiel Schnee?

– Nicht mehr.

Der Commander legte die Mütze beiseite, der Riemen schlug gegen den Tisch.

– Der Arzt hat sich um Williams gekümmert, ich habe geholfen, ihn in den Krankenwagen zu schieben, weil er ein großer Bursche ist, und nur ein Fahrer da war. In der Zwischenzeit waren zwei Mann von der Verkehrsstreife eingetroffen. Ich habe sie auf beiden Seiten der Chaussee postiert; ich selbst bin zum Friedhof gegangen.

– Hatten Sie eine Taschenlampe?

– Nein, ich habe mir die von Hardley genommen. Das ist der Sergeant von der Streife. Die Leiche lag vor der Tür mit dem Kopf zur Schwelle. Die Tür war angelehnt.

– In welcher Position lag die Leiche?

– Arme und Beine waren angewinkelt. Nennt man das »Embryoposition«?

– Woher haben Sie die Plane?

– Sie lag in der Leichenhalle.

– Dann sind Sie hineingegangen?

– Ja. Von der Seite. Ich bin über die Schwelle gesprungen. Es war immerhin dunkel, ich hätte etwas übersehen können, andererseits erkannte ich sofort, daß dort nur Spuren von Williams waren. Ich dachte, daß drinnen vielleicht ... – Er brach ab.

– Sie dachten, daß der Täter noch dort war?

– Ja.

Die entschlossene Antwort überraschte Gregory.

– Wie kamen Sie zu dieser Auffassung?

– Weil sich dort etwas bewegte, da drinnen, als ich hineinleuchtete ...

Gregory saß gekrümmt und seitwärts gewandt auf seinem Stuhl und blickte dem Commander ins Gesicht. Ein halber Meter trennte sie, vielleicht etwas weniger. Der Commander ließ sich Zeit. Er hob die Augen, und in seinen Mundwinkeln zeichnete sich ein unsicheres Lächeln ab, so, als ob er sich vor dem schämte, was er sagen sollte.

– Es war eine Katze ...

Er tippte mit dem Finger auf den Schreibtisch und fügte hinzu:

– Ich habe sie hier.

– Wo denn?

Gregory sah sich rasch im Zimmer um, aber der Commander schüttelte den Kopf:

– Hier ...

Er zog eine Schublade heraus. In ihr lag ein kleines in Zeitungspapier eingewickeltes Päckchen. Der Commander zögerte, dann legte er es auf den Tisch. Gregory faltete vorsichtig die zerknitterten Zeitungsränder auseinander. Eine weiße, abgemagerte Katze mit einem schwarzen Fleck am Schwanzende, nassem, zottigem Fell und unnatürlich ausgestreckten Pfoten blickte ihn aus trüben Augen mit einer Pupille an, die schmal wie ein Strich war.

– Ist sie tot ...? – Gregory blickte benommen auf den Commander.

– Als ich hineinging, lebte sie noch.

– Ah!

Dieser Ausruf entfuhr Gregory.

– Und wann ist sie krepiert?

– Als ich sie hochnahm, wurde sie bereits steif. Sie hat entsetzlich miaut.

– Wo haben Sie sie gefunden?

– Beim Sarg. Sie saß ... auf dem Kranz.

Gregory kniff die Augen zusammen. Er öffnete sie wieder, blickte auf die Katze, bedeckte sie mit der Zeitung und legte sie auf die Fensterbank.

– Man wird sie mitnehmen müssen, zu einer Sektion oder so – brummte er. Er wischte sich die Stirn ab.

– Weshalb haben Sie diese Katze mitgenommen?

– Wegen der Spuren. Sie haben keine bemerkt, nicht?

– Nein.

– Es gab auch keine – erklärte der Commander. – Ich hatte nur die Taschenlampe dabei, aber ich habe mir das gut angesehen. Diese Katze hat im Schnee keine Spuren hinterlassen.

– Woher ist sie dann gekommen?

– Ich weiß es nicht. Sie muß schon dort gewesen sein, bevor der Schneefall einsetzte.

– Um wieviel Uhr fing es an zu schneien?

– Nach elf. Vielleicht etwas später, das kann man noch genauer herausbekommen.

– Aber wie ist sie nach drinnen gelangt? Hat sie vielleicht dort die ganze Zeit über gesessen?

– Am Abend war sie noch nicht da. Sticks hatte Wache bis drei. Von elf bis drei. Ich glaube, daß es vielleicht in dieser Zeit war.

– Dieser Sticks ... hat er die Tür geöffnet?

– Er hat sie geöffnet, als er hinkam. Unerhört vorsichtig. Er wollte kontrollieren, ob alles in Ordnung war, als er zur Ablösung kam. Ich habe ihn danach gefragt.

– Aha. Glauben Sie, daß die Katze dabei hineingeschlichen ist?

– Das nehme ich an.

Thomas und Wilson traten ein.

– Wir sind schon da, Herr Leutnant. Es ist alles fertig. Calls hat den Doktor zur Station gefahren, er kommt gleich zurück. Fahren wir ab?

– Ja. Bringt das zum Kofferraum. Sörensen soll ein bißchen zusätzliche Arbeit haben – sagte Gregory nicht ohne Bosheit. Er reichte dem Commander die Hand.

– Ich danke Ihnen. Wenn es möglich sein sollte, würde ich gerne Williams ins Krankenhaus nach London verlegen lassen. Bitte benachrichtigen Sie mich, falls etwas passiert, ja?

Sie gingen nach unten. Gregory blickte auf die Uhr und wunderte sich; Mittag war bereits vorüber. Er war ziemlich hungrig.

– Gehen wir etwas essen? – wandte er sich an die anderen.

In der Nähe war ein kleines Restaurant, eine Art Bar mit vier Tischen. Als sie Platz nahmen, kam Calls angefahren. Wilson rief ihn herbei. Der Sergeant parkte den Wagen am Straßenrand und ging zu ihnen. Sie aßen schweigend. Der Photograph strich über sein schwarzes, etwas zu elegantes Bärtchen und bestellte ein Bier.

– Wollen Sie auch eins, Leutnant?

Gregory lehnte ab. Der Sergeant schloß sich ihm an.

– Ich muß fahren – erklärte er.

Als sie das Restaurant verließen, war es fast zwei Uhr. In den Rinnsteinen flossen schwarze Bäche, der gesamte Schnee verwandelte sich in Schmutz, letzte Eisreste schimmerten auf den Dächern. Gregory bekam plötzlich Lust, den Wagen zu lenken. Calls setzte sich neben ihn, die anderen nahmen hinten Platz. Sie fuhren los und wirbelten dabei Fontänen von Schmutzwasser auf. Gregory warf dem Sergeant einen verstohlenen Blick zu, um festzustellen, ob er nichts gegen ein verschärftes Tempo einzuwenden hätte, schließlich war Calls für die Fahrt verantwortlich, aber der sah mit einem schläfrigen Ausdruck von Sättigung zum Seitenfenster hinaus. Gregory gab also mehr Gas. Er fuhr gut, aber nach seiner Meinung zu schneidig. Er litt darunter, denn er wollte sich die Nonchalance, diese mechanische Ruhe des geborenen Fahrers, aneignen. Das gelang ihm so lange, bis er daran dachte. Die Reifen surrten häßlich, innerhalb weniger Minuten waren die Scheiben von Tausenden von Schmutzspritzern bedeckt. Hinter Wimbledon wurde der Verkehr zähflüssig. Gregory hatte große Lust, die Sirene einzuschalten; der augenblickliche Effekt, freie Fahrt zu bekommen, wäre angenehm gewesen. Er hatte jedoch Skrupel, sie konnten sich eigentlich Zeit lassen. In nicht ganz einer Stunde erreichten sie London. Wilson und der Techniker begaben sich ins Labor. Gregory wollte kurz zu Hause vorbeisehen. Der Sergeant fuhr ihn hin. Sie waren nur noch zu zweit. Als der Wagen hielt, bot Gregory, anstatt auszusteigen, Calls eine Zigarette an, zündete sich selbst eine an und sagte dann:

– Haben Sie das – dort – gesehen, hm?

Calls nickte langsam. Er kurbelte die Scheibe herunter.

– Sergeant, wir kennen uns nicht erst seit heute. Sagen Sie mir, wie Ihre Meinung ist: Gibt es etwas, vor dem Sie weglaufen würden ... mit einem Revolver in der Hand?

Calls warf Gregory einen raschen Blick zu, zog leicht die Augenbrauen hoch und streifte sorgfältig die Zigarettenasche ab. Es sah schon aus, als ob er nichts mehr sagen würde, da warf er ein:

– N' Panzer.

– Nein, nein, Sie wissen, worum es mir geht.

Der Sergeant zog mit Genuß den Rauch ein.

– Ich habe mir das selbst genau angesehen. Er patrouillierte dort im Kreis, immer im Kreis herum, und so gegen fünf oder gleich nach fünf hat er etwas bemerkt, was ihm nicht gefallen hat. Er ist nicht gleich abgehauen. Das ist wichtig. Er ist stehengeblieben ... und hat den Revolver gezogen. Nur entsichern konnte er ihn nicht mehr.

– Hätte er ihn nicht im Laufen ziehen können? – fragte

Gregory. Seine Augen glänzten. Er warf dem Sergeanten einen scharfen Blick zu. Der lachte unverhofft.

– Sie wissen selbst, daß das nicht geht. Dafür sitzt unser Schießeisen einfach zu fest. Haben Sie die Spuren gesehen? Er ist wie ein Hase ausgerissen! Bei dem Tempo kann man sich nicht noch mit dem Pistolenhalfter abgeben. Dazu hätte er langsamer laufen müssen. Man kann auch im dicksten Nebel Autos auf zehn Schritt sehen, wenn sie direkt auf einen zukommen, aber er hat es nicht gesehen. Er hat überhaupt nichts gesehen. Es hat ihn ordentlich erwischt.

– Wovor läuft ein Polizist mit dem Revolver in der Hand davon? – wiederholte Gregory, der, ohne etwas wahrzunehmen, vor sich hinsah. Er erwartete keine Antwort und erhielt auch keine.

Teil IV

– Was ist? – fragte Sheppard. Gregory legte ihm einen beschriebenen Bogen Papier vor.

– Ich habe da eine kleine Aufstellung gemacht, Herr Inspektor ...

»9^{40} Uhr: J. Hansel erliegt beim Frühstück einem Herzanfall. Dr. Adams stellt den Tod fest.

14^{00} Uhr: Der Beerdigungsunternehmer trifft ein. Hansels Schwester weigert sich, Totenkleidung herauszugeben; der Beerdigungsunternehmer nimmt die unbekleidete Leiche so, wie sie ist, und fährt sie im Sarg zur Leichenhalle.

17^{00} Uhr: Konstabler Atkins tritt seinen Dienst bei der Leichenhalle an. Die Leiche liegt im (geöffneten) Sarg. Die Tür ist mit einer Krampe verriegelt, durch die ein Holzscheit gesteckt worden ist.

23^{00} Uhr: Konstabler Sticks übernimmt seine Schicht. Er öffnet die Tür und wirft einen Blick in die Leichenhalle. Alles unverändert. Schneefall setzt ein. Anmerkung: Es ist möglich, daß sich in diesem Augenblick, ohne daß Sticks es bemerkte, eine Katze in die Leichenhalle geschlichen hat.

3^{00} Uhr: Williams löst Sticks ab. Er öffnete die Tür nicht, sondern leuchtet nur mit seiner Taschenlampe ins Fenster. Sticks ist dabei; er behauptet, daß sich drinnen nichts verändert habe, und geht danach zum Dorf zurück.

5^{25}-5^{35} Uhr: Smithers teilt dem Posten in Pickering telephonisch mit, daß er einen Polizisten überfahren hat.

5^{50}-6^{00} Uhr: Die Bereitschaftsabteilung aus Hackey trifft mit Dr. Adams und dem Chef des Polizeipostens ein. Sie fahren Williams ins Krankenhaus. Auf der Straße, einhundertundsiebzig Yards von der Leichenhalle entfernt, steht der Bentley, der gegen einen Baum gefahren ist und Williams mit dem Kofferraum oder der hinteren Stoßstange getroffen hat. Williams hat einen Schädelbasisbruch und drei gebrochene Rippen. Er ist bewußtlos. Der Commander begibt sich zur Leichenhalle, stellt fest, daß die Tür halb geöffnet ist und einen Meter davor die Leiche liegt, zusammengekrümmt, auf der Seite; ein Fenster ist eingeschlagen, die Scheibe nach außen gedrückt, die Scherben stecken im Schnee. In der Leichenhalle findet er eine Katze, die er mitnimmt. Die Katze, die schon anfangs außerordentlich unruhig war, stirbt auf dem Weg zum Ort unter seinen Händen.

Gesicherte Spuren in der Umgebung der Leichenhalle:

1. Die Stiefelspuren des Konstablers Williams haben einen Kreis um die Leichenhalle beschrieben; diese Spuren entfernen sich von der Halle, nähern sich schließlich dem eingeschlagenen Fenster, richten sich dann auf die Straße und enden an der Unfallstelle.

2. Die Fußspuren des Commanders sind kaum wahrnehmbar, weil er fast ausschließlich in Williams' Fußspuren getreten ist, so daß er sie von innen her verwischte.

3. Ein ziemlich deutlicher Abdruck eines bloßen Fußes – es wurde festgestellt, daß er vom linken Fuß des Toten stammte – unter dem eingedrückten Barackenfenster. Die Zehen der Fußspur zeigen zur Wand, sind leicht nach innen gebogen, ziemlich tief, wie von einem beträchtlichen Gewicht eingedrückt.

4. Vom Fenster zur Tür führen um die Ecke des Gebäudes herum Spuren, als ob jemand auf allen vieren gegangen oder gekrochen wäre; sie haben tiefe Einsenkungen, die an den Abdruck von Knien erinnern. An zwei Stellen zeigen die im festen Schnee gut erhaltenen Spuren Merkmale von Abdrücken der Haut (als ob die Knie bloß gewesen wären).

5. Im tiefen Schnee zwischen den Büschen zum Fluß hin, etwa achtundzwanzig Meter von der Leichenhalle entfernt,

einzelne Spuren einer Katze, die in der Größe den Pfoten der toten Katze entsprechen. Die Spuren verlieren sich, als ob die Katze auf einen der Sträucher geklettert wäre.

6. Auf dem Lehmgrund des Bachs (größte Tiefe in der Nähe der Leichenhalle: vierzig Zentimeter) dreiundvierzig, einundvierzig und achtunddreißig Meter von der Leichenhalle entfernt, sehr undeutliche, verwaschene und keinerlei Grundlage zur näheren Identifizierung bietende menschliche Fußspuren, wie von Schuhen. Es ist unmöglich, genau zu bestimmen, wann sie entstanden sind; nach Ansicht der Experten – vor zwei bis sechs Tagen.

Anmerkung a). In den unter 4 aufgeführten Spuren und unter dem Fenster wurden einzelne Holzspäne gefunden, die mit den im Sarg vorgefundenen identisch sind.

Anmerkung b). Die unter 4 aufgeführten Spuren enden an der Stelle, an welcher der Körper gefunden wurde; sie reichen nicht bis zur Tür (Abstand ca. ein Yard).

Anmerkung c). Die geringste Entfernung zwischen dem Ende des von Konstabler Williams ausgetretenen Pfades, der von dichten Haselnußsträuchern umrahmt ist, und dem Ufer des Bachs beträgt in gerader Linie dreizehn Yards. Der Höhenunterschied zwischen dem Pfad und dem Bach beläuft sich auf etwa eineinhalb Yards (eine ziemlich geringe Senkung, die hinter der Leichenhalle beginnt und direkt am Wasser in einem kleinen, ungefähr einen halben Yard hohen Ufer endet). Steinbrocken unterschiedlicher Größe, vom Umfang einer Kartoffel bis zu dem eines menschlichen Schädels und selten noch größere, finden sich gleichmäßig verstreut sowohl im Bachbett, als auch zwischen den Sträuchern. Es sind Überreste von Grabsteinarbeiten (im letzten Sommer). Eine gewisse Anzahl dieser Steine steckte gerade noch sichtbar im Schnee oder knapp unter ihm, dort, wo das Gestrüpp am dichtesten ist.

Zustand der Leiche. Außer dem, was das Protokoll der

Leichenschau anführt, welches die Leiche detailliert beschreibt, ist die Tatsache auffallend, daß die Totenstarre, deren Vorliegen der Beerdigungsunternehmer noch am Vortage bestätigt hatte, in den Extremitäten nicht mehr vorhanden war. Da sie sich in so kurzer Zeit nicht wieder lösen konnte (im Durchschnitt hält sie fünfzig bis siebzig Stunden nach dem Ableben an), muß sie jemand gewaltsam unterbrochen haben.«

Sheppard richtete seinen Blick auf Gregory.

– Wissen Sie über Leichenstarre Bescheid, Leutnant?

– Ja. Ich habe extra darüber mit Fachleuten gesprochen. Man kann so eine Starre gewaltsam unterbrechen, danach kehrt sie nicht mehr oder aber wesentlich schwächer zurück.

Sheppard legte den Berichtbogen beiseite.

– Irgendwelche Schlußfolgerungen?

– Kommt es Ihnen auf die Rekonstruktion der Fälle an?

– Auch darauf.

– Der Täter muß sich in die Leichenhalle eingeschlichen haben, bevor Atkins seinen Dienst antrat. Er hat sich dort versteckt, vielleicht in der Ecke hinter dem Sargdeckel, oder er hat sich mit den Brettern und Seilen getarnt, die an der dunkelsten Stelle dicht an der Wand liegen. Gegen fünf Uhr hat er die Leiche aus dem Sarg gehoben, sich gegen die Scheibe gestemmt, bis diese zersprang und das Fenster aufging. Williams, der den Lärm gehört hatte, kam hinzu und zog die Pistole, als er das zersplitterte Glas und das geöffnete Fenster sah. Dann hat der Täter die Leiche so durch das Fenster geschoben, daß es aussah, als ob sie sich von allein bewegt hätte. Williams verlor die Nerven und flüchtete. Nachdem er verschwunden war, kletterte der Täter durch das Fenster, zerrte die Leiche zur Tür und hat dann vielleicht etwas gehört oder gesehen, das ihn gestört hat; er hat sie also fallen gelassen und ist geflohen.

– Auf welchem Weg?

– Es war so gegen halb sechs, es dämmerte schon. Auf dem Pfad, den Williams gebahnt hatte, ging er bis zum Rand des Gestrüpps, danach bewegte er sich auf Ästen und teilweise auf den Steinen fort, die zwischen den Büschen lagen. Er hielt sich dabei an den Gerten fest. Dann ließ er sich in den Bach hinunter und ging auf seinem Grund, von Stein zu Stein springend, zur Eisenbahnstation hinüber.

– Ist das alles? – fragte Sheppard.

– Nein. Es gibt eine zweite Variante. Der Täter kam gegen oder nach vier durch das Bachbett. Im Bach stehend, wartete er einen Augenblick, bis Williams vorübergegangen war. Dann kletterte er über die Böschung, wobei er auf die herumliegenden Äste trat. Er muß auch Spuren im Schnee hinterlassen haben, aber der Schnee, der noch eineinhalb Stunden lang fiel, deckte sie zu. Auf dem Pfad, den Williams gebahnt hatte, ging er in sicherem Abstand hinter ihm her zur Tür, zog die Krampe heraus, trat ein und schloß die Tür hinter sich. Im übrigen verfuhr er so wie in der ersten Variante: Er zog die Leiche aus dem Sarg, drückte die Scheibe heraus, erregte dadurch Williams' Aufmerksamkeit, schob die Leiche durch das Fenster und zerrte sie, als Williams geflohen war, zur Tür, verschloß diese mit der Krampe und kehrte zum Bach zurück. Er ging nicht zur Bahnstation, sondern zu der Stelle, wo der Bach die Straße kreuzt. Dort stand sein Auto, mit dem er wegfuhr.

– Gab es irgendwelche Spuren auf der Straße?

– Es gab Spuren genug, aber nichts Konkretes. Das sind alles nur Vermutungen. Letztlich wird das entscheidend sein, was Williams sagt. Wenn er bemerkt hat, daß die Tür nur angelehnt war und in der Krampe kein Holzpflock steckte – dann müssen wir die zweite Variante annehmen.

– Wie geht es ihm?

– Er ist noch bewußtlos. Mehr läßt sich nicht sagen. Die

Ärzte meinen, daß es sich in zwei, drei Tagen entscheidet, ob er durchkommt.

– So, so ... – sagte Sheppard. – Sie müssen diese Rekonstruktion gründlich überarbeiten, denn was für eine Alternative bleibt uns sonst? »... aus Furcht vor ihm aber erschraken die Hüter ...«

Gregorys Blick wanderte vom Gesicht des Inspektors zu dessen Händen, die reglos auf der Schreibtischplatte ruhten.

– Was meinen Sie? – sagte er langsam.

– Ich möchte lieber, daß Sie mich nicht für Ihren Gegner halten, Gregory. Stellen Sie sich statt dessen vor, sie säßen an meiner Stelle. Ist das komisch? – fragte er gelassen, denn der Leutnant lächelte.

– Nein. Mir ist da etwas eingefallen. Ich habe auch ... ach, schon gut. Wenn ich an Ihrer Stelle wäre, würde ich genauso denken wie jetzt. Man kann nicht durch eine Wand gehen, wenn es keine Tür gibt.

– Gut, gehen wir die erste Variante durch. Der Täter, sagen Sie, schlich vor elf Uhr in die Leichenhalle, das heißt, bevor der erste Beamte seinen Dienst antrat. Ich habe hier die Skizze. Wo kann man sich verstecken?

– Hier in der Ecke, hinter dem Sargdeckel, oder gegenüber, hinter den Brettern.

– Haben Sie das nachgeprüft?

– Na ja, so einigermaßen. Man kann hinter dem Deckel stehen, aber wenn man von der Seite her mit der Taschenlampe leuchtet, würde das Versteck entdeckt werden. Deshalb halte ich die Bretter für wahrscheinlicher. Keiner der Konstabler hat die Leichenhalle systematisch durchsucht, sie haben nur zur Tür hineingesehen.

– Gut. Um die Leiche durch das Fenster zu schieben, hat der Täter ihre Position ändern müssen, weil sie erstarrt war, nicht wahr?

– Ja. Er mußte das im Dunkeln machen. Dann hat er die Scheibe herausgedrückt und die Leiche nach draußen heruntergelassen.

– Wie hat er den Abdruck des bloßen Fußes der Leiche unter der Wand zustande gebracht?

– Ach, das war wohl nicht besonders schwierig.

– Sie irren sich, es war sehr schwierig. Er durfte nicht von Williams bemerkt werden, der – durch den Knall des zerspringenden Glases angelockt – bereits diesen Vorgang beobachtete. Das ist wahrscheinlich der prekärste Moment. Williams wäre sicherlich nicht weggelaufen, wenn er den Täter erblickt hätte. Er wäre nicht vor einem an der Leiche herumhantierenden Menschen geflüchtet, weil er ja gerade auf so jemanden wartete. Er hätte geschossen oder auch nicht, vielleicht hätte er versucht, ihn ohne Gebrauch der Schußwaffe zu fassen, aber er wäre nicht auf der Stelle geflüchtet. Stimmen Sie mir zu?

Gregory blickte den Inspektor an. Schließlich stimmte er mit einer kurzen Geste zu.

Sheppard fuhr fort:

– Wenn die Leiche in den Schnee gefallen und der Täter dabei unsichtbar gewesen wäre, nehmen wir an, wenn er sich hinter dem Fenster so niedergekauert hätte, daß man ihn nicht von außen hätte wahrnehmen können, dann wäre Williams niemals geflohen. Er hätte mit der Waffe in der Hand abgewartet, was passieren würde. Er hätte sicherlich die Tür und das Fenster im Auge behalten, wenn er es vorgezogen hätte, nicht hineinzugehen, was letztlich anzunehmen ist. Er wäre jedoch nicht geflüchtet. Stimmen Sie mir auch darin zu?

Gregory nickte erneut, er betrachtete aufmerksam die Zeichnung auf dem Schreibtisch.

– Dieselbe Schwierigkeit erhebt sich bei der zweiten Variante. Es ist lediglich wahrscheinlich, daß der Täter in die

Halle hineingegangen ist, weil er sich nicht unbedingt hinter den Brettern zu verstecken brauchte. Der Schnee hätte seine Spuren zudecken können. Fahren wir fort. Jetzt geht es bereits um den in beiden Rekonstruktionen ähnlichen Verlauf der Ereignisse. Nach Williams' Flucht verließ der Täter die Leichenhalle, zerrte die Leiche zur Tür und floh durch das Gebüsch und weiter durch das Bachbett. Warum aber schleppte er den Körper durch den tiefen Schnee, das heißt, eigentlich schleppte er ihn nicht, wie wir beide gut wissen, sondern machte etwas Seltsames, so, daß schließlich Spuren zurückblieben, als ob jemand nackt auf Händen und Knien gegangen wäre? Habe ich recht?

– Ja.

– Warum aber hat er das gemacht?

– Die Lage ist wesentlich schlechter, als wir nach unserem ersten Gespräch ... – fuhr Gregory in einem jetzt gänzlich veränderten Ton fort, als machte er eine überraschende Mitteilung. – Der Täter konnte tatsächlich hineingelangen, wenn er sich die Sache nur gut durchgerechnet hatte. Er konnte hinter dem Polizisten hergehen – es schneite doch, es war dunkel, der Sturm übertönte seine Schritte –, er konnte in die Leichenhalle hineinkommen und dort, sagen wir, eine dreiviertel oder eine Stunde warten, bis der Schnee seine Spuren restlos verweht hatte. Es bleibt jedoch noch eines ... Ich hatte gedacht, daß er den Effekt hervorrufen wollte, von dem Sie gesprochen haben. Ich hatte gedacht, daß der Fall erledigt wäre, als ich die Existenz eines Menschen einräumte, der so handelt, daß die Polizei an eine »Auferstehung« glauben sollte. Aber selbst diese Möglichkeit scheidet jetzt aus. Er bewegte die Leiche und ließ sie dort zurück. Es kann ihn etwas gestört haben. Aber weshalb hat er die Leiche im Schnee bewegt? Ihr Zustand beweist, daß keine »Auferstehung« stattgefunden hat, er mußte wissen, daß es so kommen würde, und dennoch hat er sie liegengelassen. Das begreife ich nicht – weder in den Kategorien krimineller Handlungen noch in denen des Wahnsinns.

– Vielleicht wurde er gestört, wie Sie eben gesagt haben. Vielleicht hörte er das näher kommende Auto.

– Ja, er konnte es sogar sehen, aber ...

– Sehen? Wie?

– Wenn man auf der Schnellstraße nach Pickering abbiegt und das Fernlicht eingeschaltet hat, kann man damit von oben her – weil die Schnellstraße etwas höher verläuft – in den Friedhof und auf das Dach der Leichenhalle leuchten. Ich habe das gestern nacht festgestellt.

– Aber Gregory, das ist sehr wichtig. Wenn ihn so ein Scheinwerferlicht aufgescheucht und er deshalb die Leiche fallen gelassen hat, dann hätten wir eine Erklärung! Das wäre dann der erste Fall, bei dem er sich einen Ausrutscher geleistet hat, die geplante Aktion nicht zu Ende führen konnte. Er ließ die Leiche zurück, weil er die Nerven verlor, vielleicht in der Annahme, die Polizei sei ihm auf den Fersen. Das muß der Eckpfeiler Ihrer Rekonstruktion sein ... oder wenigstens der rettende Strohhalm!

– Ja, das ist wirklich ein Strohhalm – gab Gregory zu – aber ... ich wage nicht, nach ihm zu greifen. Ein Mensch, der vor der Ausführung seiner Tat die Wetterberichte studiert, der seine Aktionen so plant, daß sie einer komplizierten mathematischen Formel entsprechen, müßte wissen, daß die Scheinwerfer eines Autos von der Kurve der Schnellstraße die ganze Umgebung bestreichen und dabei auch in den Friedhof hineinleuchten.

– Sie haben von ihm eine allzu positive Meinung.

– Allerdings. Ich wage ... ich wage ganz einfach nicht, daran zu glauben, daß er aufgescheucht worden ist. Er hat sich nicht gefürchtet, obwohl wenige Schritte vor ihm ein Polizist mit gezücktem Revolver gestanden hat, und da soll ihn ein weitentfernter Scheinwerfer erschreckt haben?

– So etwas kommt vor. Der letzte Tropfen, der das Faß zum Überlaufen bringt... Vielleicht war er darauf nicht vorbereitet. Womöglich wurde er geblendet. Meinen Sie nicht, daß das möglich ist? Sie lächeln wieder? Aber Gregory, dieser Mensch fasziniert Sie; sehen Sie sich vor, noch ein Schritt, und Sie werden sein... Jünger!

– Möglich – gab der Leutnant trocken zurück. Er griff nach der Skizze und stellte fest, daß seine Finger zitterten. Er verbarg seine Hand unter dem Schreibtisch. – Vielleicht haben Sie recht... fügte er nach kurzer Überlegung hinzu. – Ich war der Meinung, daß... alles, was ich dort vorfand, genau so arrangiert war, wie es hätte sein müssen, aber vielleicht drehe ich mich im Kreise. Nur... Williams erschrak nicht wegen der Leiche, sondern vor dem, was mit ihr geschah. Es geschah etwas, was ihn in Panik versetzte. Vielleicht erfahren wir, worum es sich handelte, aber weshalb...?

– Bleibt noch die Katze – murmelte Sheppard gleichsam zu sich selbst. Gregory blickte auf.

– Ja. Und ich glaube, daß das meine Chance ist.

– Wie meinen Sie das?

– Das ist das Merkmal der Regelmäßigkeit, die in der ganzen Angelegenheit hervortritt – das sind die gemeinsamen Züge, unverständlich, aber gemeinsam. Es handelt sich trotz allem nicht um Chaos. Es spielt sich etwas ab, nur das Ziel bleibt im dunkeln. Herr Inspektor... ich... obgleich, wie Sie sagen...

Er war verwirrt, weil er nicht die richtigen Worte finden konnte.

– Ich bin mir darüber im klaren, daß wir außer der Verstärkung der Überwachung nichts unternehmen können. Im Moment nichts mehr. Wir werden es jedoch schaffen, daß sie lückenlos wird – für ihn. Er handelt mit absoluter Regelmäßigkeit, und diese Regelmäßigkeit wird sich gegen ihn wenden. Sciss wird uns helfen, indem er berechnet, wo man den nächsten Fall erwarten muß.

– Sciss? – wiederholte Sheppard. – Ich habe einen Brief von ihm erhalten.

Er öffnete eine Schublade.

– Er schreibt mir, daß er keine weiteren Vorfälle erwartet.

– Keine weiteren! – Gregory blickte verblüfft auf Sheppard, der ruhig nickte.

– Das heißt, nach seiner Theorie, daß diese Serie bereits zu Ende gegangen, zum Abschluß gelangt ist, entweder für eine sehr lange Zeit oder ... für immer.

– Das behauptet er? Mit welcher Begründung?

– Er schreibt mir, daß es dazu einer umfassenderen Dokumentation bedarf, an der er gerade arbeitet, und daß er bis zum Abschluß dieser Arbeit es vorzieht, sich jeglicher weiteren Erklärungen zu enthalten. Das ist alles.

– Ach so.

Gregory kam zu sich. Er atmete tief durch, richtete seinen langen Oberkörper auf und betrachtete nachdenklich seine Hände.

– Offensichtlich weiß er mehr als wir, wenn ... Kennt er alle Ergebnisse unserer Untersuchung?

– Ja. Ich habe sie ihm auf seine Bitte hin zugehen lassen. Ich denke, daß wir dazu verpflichtet waren, nachdem er es war, der uns die Bestimmung des Ortes ermöglicht hat ...

– Ja. Ja sicher. Natürlich – wiederholte Gregory. Das ... das ändert die Sachlage. Es wird uns damit nichts anderes übrigbleiben, als ...

Er stand auf.

– Möchten Sie mit Sciss sprechen? – fragte Sheppard.

Gregory machte eine unklare Geste – er wollte vor allem

heraus aus dem Yard, wollte allein sein, möglichst rasch dieses Gespräch beenden. Sheppard erhob sich von seinem Sessel.

– Ich wünschte, Sie wären nicht so ungeduldig – brummte er. Er richtete seinen Blick auf ihn.

– Fühlen Sie sich auf jeden Fall nicht ... gekränkt. Ich bitte Sie darum ...

Bekümmert wich Gregory zur Tür zurück. Er sah die Erwartung in Sheppards Gesicht, schluckte und sagte mühsam:

– Ich werde mir Mühe geben, Herr Inspektor. Aber ich weiß nicht, ob ich jetzt mit ihm sprechen werde. Ich weiß es nicht. Ich muß noch ...

Er beendete den Satz nicht und ging hinaus. Im Korridor brannte Licht. Dieser Tag war unsagbar lang. Es kam ihm vor, als ob seit dem gestrigen Vorfall ganze Wochen verflossen wären. Er ging zum Fahrstuhl und fuhr hinunter. Für ihn selbst überraschend, hielt er im ersten Stock an. Hier waren die Laboratorien. Ein weicher Teppich dämpfte die Schritte. Blasse Reflexe leuchteten in den Messingbeschlägen der Türen. Die altmodischen Türklinken glänzten, poliert durch tausendfache Berührungen. Er schlenderte durch den Gang, ohne darüber nachzudenken, was er jetzt machen sollte. Ein dumpfes Blubbern drang aus einem unverschlossenen Raum, man sah die dunklen Konturen der mit Schutzhüllen abgedeckten, auf Stativen stehenden Spektrographen. Ein Mann im Kittel machte sich an einem Bunsenbrenner zu schaffen. Eine zweite Tür stand offen; über und über mit weißem Staub bedeckt wie ein Bäcker, Gesicht und Hände mehlweiß, beugte sich Thomas über ein Brett, auf dem er seltsame Gipsabdrücke aufgereiht hatte. Es sah hier aus wie im Atelier eines Bildhauers abstrakter Richtung. Bizarr verknotete, erstarrte Gipsbrocken waren gleichmäßig aufgereiht, und der kleine

Techniker löste die nächsten aus der Form, die er vorsichtig mit einem kleinen Holzhammer abklopfte. Eine Schüssel mit angerührter Masse stand auf dem Fußboden. Gregory lehnte sich an den Türrahmen und sah Thomas' geschäftigem Treiben zu.

– Ah, da sind Sie? Ich bin schon fertig. Wollen Sie das mitnehmen? – Thomas begann, mit den Abgüssen zu hantieren, die er dabei mit der Zufriedenheit des Fachmanns betrachtete.

– Saubere Arbeit – murmelte er vor sich hin. Gregory nickte, nahm den vordersten weißen, erstaunlich leichten Abguß in die Hand und wunderte sich, als er auf seiner Unterseite den Abdruck eines bloßen Fußes erblickte, groß, mager, die Zehen auseinandergespreizt. Auf der Oberfläche war der Gips zu einer pilzartigen Erhebung erstarrt.

– Nein danke, jetzt nicht – Gregory brach ab, legte den Abguß beiseite und ging hinaus, begleitet vom etwas verwunderten Blick von Thomas, der seinen bespritzten Gummimantel aufknöpfte. Der Leutnant, bereits auf dem Korridor, hielt an und fragte über die Schulter:

– Ist der Doktor da?

– Er war vor einer Weile hier. Vielleicht ist er schon weggegangen, keine Ahnung.

Gregory ging bis zum Ende des Korridors. Ohne anzuklopfen, öffnete er eine Doppeltür. Auf einem Tisch unter dem verhängten Fenster brannten kleine Lampen, welche die Mikroskope anleuchteten. In Reagenzgläsern und Flaschen auf einem Regal glänzten farbige Flüssigkeiten. Sörensen war nicht da, nur der kleine Dr. King saß am Schreibtisch und schrieb.

– Guten Abend. Ist Sörensen da? – fragte Gregory und überschüttete King, ohne eine Antwort abzuwarten, mit weiteren Fragen.

– Wissen Sie, was mit dieser Katze los ist? Ob Sörensen herausgefunden hat . . .

– Eine Katze? Ah, diese Katze!

King stand auf.

– Also, das habe ich gemacht. Sörensen ist nicht da. Er ist weggegangen. Er hatte keine Zeit – sagte er mit einer besonderen Betonung, die seiner Loyalität gegenüber seinem Vorgesetzten nicht das allerbeste Zeugnis ausstellte. – Hier haben wir sie. Wollen Sie sie sich ansehen?

Er hatte bereits eine kleine Tür in der Ecke geöffnet und die Deckenbeleuchtung eingeschaltet. In der engen Kammer stand lediglich ein Holztisch, von Reagenzien zerfressen, voller Spuren von nicht entfernten, schmutzigen und rostbraunen Flecken.

Gregory betrachtete von der Tür aus die zerschnittene, auf dem Tisch befestigte, rötliche Masse und wich zurück.

– Wozu soll ich mir das ansehen – sagte er – ich verstehe davon nichts. Also, was haben Sie herausbekommen, Doktor?

– Äh, im Grunde . . . ich bin ja kein Veterinär – begann King und richtete sich leicht auf. Mechanisch berührte er die Federhalter und Bleistifte, die aus seiner Brusttasche herausragten.

– Ja, ja, das weiß ich, aber ich habe dringend darum gebeten, weil sonst eine unnötige Verzögerung eingetreten wäre. Also, Doktor, was, weshalb ist diese Katze krepiert?

– Verhungert. Eben. Das arme Luder. Sie war ja nur noch Haut und Knochen. Außerdem mit ziemlicher Sicherheit an Unterkühlung.

– Wie . . .?

King fühlte sich, ohne zu wissen weshalb, durch Gregorys Verwunderung gereizt.

– Was haben Sie erwartet? Gift? Nein, nein. Ich garantiere Ihnen, daß da nichts ist. Schade um die Mühe. Ich habe auch den Arsennachweis vorgenommen, nur – sie hatte überhaupt nichts in den Därmen. Weshalb sind Sie so enttäuscht?

– Nein, nein. Sie haben recht. Selbstverständlich. Nichts anderes – sagte Gregory, der gedankenlos auf die unter dem Wasserhahn ausgebreiteten Instrumente blickte. Dort lag unter den Pinzetten ausgebreitet das Skalpell, an dessen Schneide ein Haarfetzen klebte.

– Entschuldigung. Das heißt, danke. Gute Nacht.

Schon im Flur, kam er noch einmal zurück. Dr. King, der schon wieder über seinen Papieren saß, blickte auf.

– Entschuldigen Sie, Doktor... war das eine junge Katze?

– Aber woher denn! Eine alte, nur klein. Das ist bei dieser Rasse so.

Gregory spürte, daß er nichts erfahren würde, dennoch fragte er weiter, mit der Hand auf der Türklinke:

– Und... können Sie irgendeine andere Todesursache ausschließen – etwas Ungewöhnliches?

– Was soll das heißen? Was sind, Ihrer Meinung nach, »ungewöhnliche« Todesursachen?

– Nun, vielleicht irgendeine seltene Krankheit... ach, nein, eben das haben Sie mir schon gesagt, ich rede Blödsinn. Bitte entschuldigen Sie – warf er rasch ein, denn in Kings halbgeschlossenen Augen entdeckte er eine immer deutlicher zum Vorschein kommende Ironie. Er schloß die Tür mit aufrichtiger Erleichterung. Er blieb einen Augenblick davor stehen, bis er Kings leises Pfeifen hörte. »Den habe ich ja in geradezu glänzende Laune versetzt« – dachte er. – »Ich habe die Nase voll...«

Er ging zu Fuß nach unten.

Im Gebäude herrschte bereits Nacht, die Beleuchtung war eingeschaltet; draußen war erst der frühe Abend angebrochen. Der starke Südwind trocknete die Pfützen von den

Bürgersteigen auf. Gregory pfiff im Gehen vor sich hin, bis ihm aufging, daß er die Melodie wiederholte, die King gepfiffen hatte. Er preßte die Lippen zusammen. Eine schlanke Frau ging einen Schritt vor ihm. Sie hatte einen kleinen Fleck auf der Kleidung. Nein, das war eine kleine Daunenfeder. Oder ein Wattebausch. Als er sie überholte, öffnete er bereits leicht den Mund und griff nach seinem Hut, um sie darauf aufmerksam zu machen. Aber er schwieg, steckte seine Hand wieder in die Tasche und beschleunigte den Schritt. Erst nach einem Augenblick, als er darüber nachdachte, kam er darauf, weshalb er ihr nichts davon gesagt hatte. Sie hatte eine dünne, häßliche Nase.

»Was mir andauernd für ein Blödsinn im Kopf umhergeht« – dachte er verärgert.

Er ging zur Untergrundbahn und nahm den nächsten Zug Richtung Norden. An der Wand stehend, blätterte er eine Zeitung durch und verfolgte mechanisch, über den Rand spähend, die am Fenster vorüberfliegenden Stationsnamen. Er stieg in Wooden Hills aus. Die Bahn fuhr ab und erfüllte die Tunnelröhren mit ihrem Dröhnen. Er trat in eine offenstehende Telephonzelle und schlug das Telephonbuch auf. Aufmerksam glitt er mit dem Finger an der Namensspalte entlang, bis er ihn gefunden hatte: Sciss, Harvey. Ph. D., M. A., Bridgewater 87 69 51. Er nahm den Hörer ab und wählte sorgfältig die Nummer. Während er wartete, zog er die Tür zu. Für einen Augenblick war nur das gleichmäßige Summen des Rufzeichens zu hören, danach ein Klicken und die Stimme einer Frau:

– Ja bitte?

– Ist Dr. Sciss da?

– Nein. Wer ist da?

– Gregory von Scotland Yard.

Ein kurzes Schweigen setzte ein, gleichsam ein Zaudern. Er hörte die Frau atmen.

– Der Doktor wird in einer Viertelstunde wieder hier sein – sagte die Stimme schließlich mit einem gewissen Zögern.

– In einer Viertelstunde? – wiederholte er lebhaft.

– Voraussichtlich. Soll ich ausrichten, daß Sie angerufen haben?

– Nein danke. Vielleicht ...

Ohne zu Ende zu sprechen, hängte er den Hörer ein und betrachtete aufmerksam seine Hand, die auf dem Telephonbuch ruhte. Die Lichter flackerten durch die Glaswände der Kabine, ein Zug lief in den Bahnhof ein. Ohne nachzudenken, verließ er die Zelle, warf einen Blick auf die unter den Betondecken leuchtenden Richtungsanzeiger und stieg in den letzten Wagen.

Bis Bridgewater dauerte die Fahrt ungefähr zwanzig Minuten. Die ganze Zeit über dachte er nach, wessen Stimme er im Telephon gehört hatte. Sciss war nicht verheiratet. Seine Mutter? Die Stimme war zu jung. Vielleicht seine Haushälterin? Er versuchte, sich an ihren Tonfall zu erinnern –; matt und gleichzeitig klangvoll war er gewesen – als ob wer weiß wieviel davon abhinge. Und das nur, um nicht an den Ablauf seines Gesprächs mit Sciss zu denken. Er wünschte dieses Gespräch nicht, er fürchtete einfach, daß auch dieser – mit Sicherheit letzte – Faden ihm unter den Händen zerreißen würde. Die U-Bahn-Station befand sich an einer breiten Geschäftsstraße, über dieser verlief die Bahntrasse, die vom Gepolter der Züge erschüttert wurde. Sciss wohnte in der Nähe, es war dort fast dunkel und ohne jeden Verkehr; eine einsame Lichtreklame flimmerte grün über dem Nachbarhaus. Das Haus, das Gregory betrat, war eine im Halbdunkel liegende formlose Masse von über den Bürgersteig ragenden Gesimsen und Balkonen. Der schmutzigfahle Reflex der Reklame, der von den gegenüberliegenden Fenstern zurückgeworfen wurde, erhellte den Flur; das Treppenhaus lag im Dunkeln. Er drückte auf den Knopf der Flurbeleuchtung und ging die Treppe hinauf. Sciss würde ihn zweifellos mit seinen trockenen Deduktionen verspotten. Er würde ihn nicht nur im Gefühl, eine Schlappe erlitten zu haben, verlassen, sondern auch überzeugt von seiner eigenen Dummheit. Der Wissenschaftler ließ nie eine Gelegenheit aus, denjenigen, mit denen er in Berührung kam zu beweisen, wie sehr er ihnen überlegen war. Gregory wollte auf die Klingel drücken, als er die Türspalte bemerkte, die übrigens völlig dunkel war. Die Tür war unverschlossen. »Eigentlich sollte ich klingeln« – dachte er und schob sie vorsichtig auf. Sie gab lautlos nach. Er trat ein. Um sein Gesicht strich angenehm warme Luft, sehr trocken, mit einem schwer faßbaren, kaum wahrnehmbaren Geruch wie von verstaubtem, erwärmtem Leder. In dieser bewegungslosen Wärme regte sich eine Spur von kühlem und morschem Kellerduft, wie ein Hauch aus einer Katakombe. Dieser Geruch war so fehl am Platze, daß Gregory, verwundert, geblendet durch die Dunkelheit des Vorzimmers, längere Zeit prüfend die Luft einsog, bis er einen waagerechten Lichtstreifen erblickte und durch das Dunkel auf ihn zuging.

Er stieß gegen die leicht angelehnte Tür eines Zimmers, in dem an der Wand eine durch einen Schranktürflügel verdeckte, auf dem Fußboden stehende Schreibtischlampe brannte. Ein riesiger, dreiarmiger Schatten zeichnete sich an der Decke ab und bewegte sich regelmäßig bald nach der einen, bald nach der anderen Seite, als ob ein monströser Vogel einmal den linken, dann den rechten Flügel hob.

Hinter Gregorys Rücken, vom Vorzimmer her, ertönte das durchdringende, obgleich leise, beinahe in ein Pfeifen übergehende Zischen eines Gasbrenners, das durch das Tikken gegen Blech schlagender Tropfen unterbrochen wurde. Ansonsten herrschte völlige Stille, nein – er hörte ein angestrengtes menschliches Atmen.

Der Raum war groß und viereckig, eine Ecke war abgewinkelt; dort befand sich ein dreiteiliges Fenster; es war mit einem schwarzen, nicht ganz zugezogenen Vorhang verhängt. Alle Wände waren mit Büchern vollgestellt. Gregory trat vor und erblickte Sciss, der, auf dem Boden neben dem Schreibtisch sitzend, dicke Aktendeckel mit Aufzeichnungen ordnete. Es war hier noch wärmer als im Vorzimmer, die Luft hatte die charakteristische Trockenheit zentralgeheizter Wohnungen, der unangenehme Kellergeruch war deutlich spürbar.

Gregory stand längere Zeit an der Tür, ohne zu wissen, was er tun sollte. Die peinliche Situation dehnte sich über Gebühr aus. Sciss wandte ihm den Rücken zu und arbeitete systematisch; er ordnete unablässig die Akten, die er aus den aufgezogenen Schreibtischschubladen herausnahm. Die einen wischte er ab, von den anderen blies er den Staub, den er mit der Hand fortwedelte, wobei er mißbilligend schnaubte. In Gregorys Rücken zischte immer noch das Gas, sicherlich in der Küche. Er dachte, daß sich dort die Frau zu schaffen machte, deren Stimme er am Telephon gehört hatte. Er machte noch einen Schritt vorwärts, der Fußboden knarrte, aber auch das bemerkte Sciss nicht. Einem plötzlichen Impuls nachgebend, gedankenlos, dafür aber energisch, klopfte er ... an die offenstehende Schranktür.

– Was ist – fragte Sciss, und sein dreieckiger, mit zerzaustem Haar bedeckter Kopf wandte sich dem Detektiv zu.

– Guten Abend und ... Entschuldigung – sagte Gregory ein wenig zu laut. – Ich weiß nicht, ob Sie sich an mich erinnern, ich bin Gregory von Scotland Yard. Wir haben uns in der Zentrale bei Inspektor Sheppard gesehen ... Die Wohnungstür war offen und ...

– Ja. Ich erinnere mich. Was wünschen Sie?

Sciss stand mit einiger Mühe auf, stieß mit dem Fuß den nächsten Aktenstapel beiseite und nahm auf dem Schreibtisch Platz, wobei er sich die Finger mit einem Taschentuch säuberte.

– Ich führte die Untersuchung dieser ... Serie durch – sagte Gregory mit einiger Anstrengung. – Inspektor Sheppard hat mir Ihren letzten Brief gezeigt. Sie schließen darin die Möglichkeit weiterer ... weiterer Vorfälle aus. Wegen dieser Sache bin ich unter anderem gekommen ...

– Schon gut. Allerdings habe ich betont, daß ich Erklärungen erst nach einer gewissen Frist abgeben kann. Ich arbeite allein und weiß nicht, ob ...

Er brach ab. Das war nicht seine Art. Er steckte die Hände in die Taschen und ging mit steifen langen Schritten an dem Detektiv vorüber, der unverändert am selben Fleck stand. Er trat ans Fenster, machte auf dem Absatz kehrt, setzte sich unvermutet auf den Heizkörper, umfaßte mit den Händen die Knie und starrte in das Licht der auf dem Boden stehenden Lampe. Längere Zeit herrschte Schweigen.

– Übrigens, vielleicht ist dies auch unwichtig – sagte Sciss plötzlich. – In meinen Plänen ist eine Veränderung eingetreten ... eine einigermaßen grundlegende Veränderung.

Gregory stand im Mantel und hörte zu, wobei ihm gleichzeitig bewußt wurde, daß Sciss nicht zu ihm zurückkehrte, sondern aus der Distanz sprach.

– Ich bin bei meinem Arzt gewesen. Ich fühle mich schon seit einiger Zeit schlecht. Meine Leistungsfähigkeit ist merklich abgesunken. Auf der Grundlage des arithmetischen Mittels des Alters meiner Eltern habe ich prognostiziert, daß ich ungefähr fünfunddreißig Jahre vor mir habe. Nicht berücksichtigt habe ich den Einfluß intensiver geistiger Arbeit auf den Kreislauf. Ich habe ... viel weniger vor mir. Das hat Einfluß auf die Sachlage. Ich weiß noch nicht, ob ...

Er stand so rasch und mit einem derartigen Schwung auf, als beabsichtigte er, mitten im Wort abbrechend hinauszugehen und Gregory allein zurückzulassen, der sich darüber noch nicht einmal gewundert hätte. Dieser wußte nicht, mit welcher Miene er diese überraschenden Eingeständnisse aufnehmen sollte, er zweifelte nicht an ihrer Richtigkeit. In der Ruhe, in der unbewegten Gelassenheit, mit der Sciss sprach und die zu seinen ruckartigen Bewegungen im Kontrast stand – er sprang auf, ging ein paar Schritte und nahm irgendwo Platz wie ein gereiztes, gequältes Insekt –, war etwas Erschütterndes, ähnlich wie in seiner spröden Stimme, die beinahe verzweifelt klang. Er verließ nicht den Raum, sondern nahm auf einem kleinen Kanapee an der gegenüberliegenden Wand Platz. Über seinem Vogelkopf, an dessen Schläfen sich die grauen Haare kräuselten, hob sich dunkel ein großes Bild ab, die »Wahnsinnige« von Klee.

– Ich hatte Pläne für die beiden nächsten Jahrzehnte gemacht. Das dritte sollte meine Reserve sein. Ich muß das jetzt ändern. Ich muß meine Pläne überprüfen – alles Zweitrangige, Nichtschöpferische aussortieren. Zweitrangig – angesichts des Herzinfarkts. Ich möchte nichts Unvollendetes hinterlassen.

Gregory schwieg noch immer.

– Ich weiß nicht, ob ich diese Angelegenheit weiterführen werde. In letzter Konsequenz handelt es sich um ein triviales Problem: die Zusammenfassung von Hypothesen. Ich liebe so etwas nicht. Das interessiert mich nicht. Die detaillierte Aufbereitung der statistischen Daten würde Wochen erfordern. Vielleicht Monate, angesichts des Mangels an geeigneten Rechenmaschinen.

– Unsere Leute ... – begann Gregory, aber er konnte nicht fortfahren.

– Ihre Leute sind überflüssig, weil es sich hier nicht um

eine Ermittlung handelt, sondern um eine wissenschaftliche Arbeit – unterbrach ihn Sciss und erhob sich. – Was wollen Sie? Erklärungen? Sie werden Sie erhalten.

Er blickte auf die Uhr.

– Ich wollte mich ohnehin ausruhen – sagte er. – Diese Angelegenheit hat nichts mit Kriminologie zu tun. Es wurde überhaupt keine Straftat begangen, genausowenig, wie wenn ein Meteor einen Menschen erschlägt.

– Sie meinen, daß als Handlungsursache ... Naturkräfte in Betracht kommen? – fragte Gregory und bedauerte dies gleichzeitig, denn er hatte sich vorgenommen, zu schweigen und sein Gegenüber reden zu lassen.

– Bitte, unterbrechen Sie mich nicht. Für eine Diskussion habe ich keine Zeit. Wissen Sie, was »Naturkräfte« sind? Ich nicht. Das Problem ist ein exakt methodologisches, und seine Oberfläche, das scheinbar Kriminelle, hat aufgehört, mich zu interessieren. Übrigens hat sie mich nie interessiert.

Er ging, während er sprach, zur Wand, schaltete das Deckenlicht ein und blickte auf den Leutnant. Auf seinen feinen Lippen erschien ein Lächeln.

– Bitte, sehen Sie hierher – er wies auf den geöffneten Schrank. Gregory ging auf ihn zu und erblickte darin eine Karte Englands, die mit einem roten Aussatz bedeckt war. Die blutrote Sprenkelung war ungleichmäßig verteilt, verdichtete sich jedoch an einigen Stellen, an denen sie Orte mit fleckigem Schorf einrahmte. Die blassesten Flecken befanden sich an der unteren rechten Seite nördlich des Kanalufers, etwa zwei Handbreit groß.

– Das ist kein Problem für Sie, daher wird sich auch die Erklärung für Sie als wertlos erweisen, aber es gibt keine andere – sagte Sciss, der immer noch kühl und dünn lächelte. – Erkennen Sie diesen besonders blassen Ort?

– Ja, das ist die Grafschaft Norfolk, die Gegend, in der die Leichen gestohlen wurden.

– Nein. Diese Karte zeigt die Verteilung der Krebsanfälligkeit in England während der letzten neunzehn Jahre. Das Gebiet mit der niedrigsten Anfälligkeitsrate, die um dreißig Prozent unter dem Durchschnitt der letzten fünfzig Jahre liegt, deckt sich mit den Grenzen des Gebiets, in dem die Leichen verschwanden. Mit anderen Worten: Wir haben es mit einer umgekehrten Proportionalität zu tun, die ihren Niederschlag in der von mir aufgestellten Formel findet. Im Augenblick lasse ich sie außer acht, da sie Ihnen nicht viel sagen würde.

Sein kaum wahrnehmbares Lächeln hatte etwas Beleidigendes an sich.

– Die erste Pflicht besteht darin, seine Annahmen auf Fakten zu stützen – begann Sciss. – Ich, bitte sehr, bin von Fakten ausgegangen. Es sind Leichen verschwunden. Auf welche Art? Vermutlich sind sie selbst irgendwohin gegangen. Hat ihnen jemand dabei geholfen? Ja, wenn Sie als Polizist sich eine derartige Formulierung wünschen. Es hat ihnen derjenige geholfen, der bewirkt, daß die Windungen der Schneckenhäuser rechts herum verlaufen und daß nur einmal in zehn Millionen Fällen eine Windung links herum auftaucht. Der Faktor der statistischen Regelmäßigkeit. Meine Aufgabe bestand in der Aufdeckung des Konnexes bestimmter Phänomene mit anderen Phänomenen. Die Wissenschaft hat niemals etwas anderes getan und wird niemals etwas anderes machen – bis an ihr Ende. Eine Wiederauferstehung? Ganz und gar nicht. Das wäre zuviel gesagt. Ich behaupte nicht, daß diese Leichen zu leben anfingen, daß die Herzen zu schlagen, die Gehirne – zu denken begannen, daß die Blutgerinnsel sich verflüssigten. Die in Leichen auftretenden Prozesse sind in diesem Sinne nicht umkehrbar. Anders wäre es, würden Sie mich fragen, ob sich die Leichen bewegt, ob sie ihre räumliche Lage verändert haben. Das würde ich positiv beantworten. Aber das sind nur die Fakten. Jetzt die Erklärungen.

Er trat näher an die Karte heran, hob die Hand. Er lächelte nicht mehr. Er sprach rasch, energisch, mit einer hohen Stimme, die bisweilen einen triumphierenden Klang annahm.

– Man kann nur das erforschen, was eine Regelmäßigkeit in der Struktur seiner Erscheinungen aufweist. Eine derartige Regelmäßigkeit liegt vor. Die Aufgabe bestand darin, die Verbindung dieser Phänomene mit anderen Phänomenen aufzudecken; und das ist mir gelungen. Das ist der normale Forschungsvorgang. Weshalb fallen Steine? Weil es die Gravitation gibt. Was ist Gravitation? Wir wissen es nicht, aber wir können ihre Gesetzmäßigkeiten bestimmen. Steine fallen immer, die Menschen gewöhnen sich daran. Ein Phänomen, das, im alltäglichen Verständnis, nicht aufhört, unbegreiflich zu bleiben, wird zu etwas ganz Normalem. Wenn Menschen- oder Tierleichen sich seit eh und je und häufig vom Ort, an dem sie gestorben sind, entfernt hätten, wenn es immer so gewesen wäre, würde sich die Polizei für die Vorfälle in Norfolk überhaupt nicht interessieren. Meine Aufgabe bestand darin, den Ort dieser Serie seltener, ungewöhnlicher und dadurch Aufsehen erregender Phänomene zu bestimmen im Kontext anderer Phänomene, die bereits seit langer Zeit beobachtet, bekannt und vorhanden sind. Und zwar seit so langer Zeit, daß sie nicht mehr die Verwunderung der Passanten und der Polizei erregen. Ein derartiges Phänomen ist die Krebsanfälligkeit. Ich hatte die Kirchenbücher der gesamten Gegend sowie auch die Sterberegister der Krankenhäuser des letzten halben Jahrhunderts zur Verfügung. Ich stieß auf erhebliche Schwierigkeiten, weil Krebs vor fünfzig Jahren keine klar abgegrenzte Krankheit war, welche die Ärzte wie heute identifizieren konnten. Im Rahmen des Möglichen habe ich die Daten über die Häufigkeit krebsbedingter Todesfälle gesammelt und in diese Karte eingetragen; das Resultat haben Sie vor sich.

Er schaltete das Licht aus und kehrte zum Schreibtisch zurück. Jetzt erst wurde Gregory klar, woher der unangenehme Geruch stammte: Hinter der Schranktür in der Ecke standen niedrige, lange Kästen, gefüllt mit dickleibigen Folianten, braun geworden vom Alter, mit aufgequollenen und verschimmelten Buchdeckeln.

– Extrem kurzgefaßt verhält sich die Sache folgendermaßen: Die Krebsanfälligkeit verläuft nach einer bestimmten, zyklischen Regelmäßigkeit. Ihr Anstieg rührt vom Ende des neunzehnten Jahrhunderts her und verläuft keineswegs gleichmäßig. Immer häufiger erkranken Menschen an Krebs und sterben daran. Die Grafschaft Norfolk und ihre Umgebung bilden eine Insel der relativ niedrigsten Anfälligkeit. Das heißt: sie hielt sich etwa auf diesem Niveau im Verlauf der letzten dreißig Jahre. Indessen wuchs die Anfälligkeit in den umliegenden Landstrichen weiter an. Als die Differenz der Anfälligkeit zwischen dieser Insel und den sie umgebenden Gebieten eine bestimmte Größenordnung überstieg, begannen die Leichen zu verschwinden. Das Zentrum, das heißt der Ort des ersten Verschwindens, ist nicht die geometrische, räumliche Mitte der Insel, sondern der Ort, an dem die Krebsanfälligkeit ein Minimum erreicht hatte. Von dort aus hat sich das Phänomen in der bezeichneten Weise wie eine Welle ausgebreitet, mit einer konstanten Geschwindigkeit, die von der Temperatur abhängig ist und so weiter. Ich habe bereits darüber gesprochen und Sie sollten sich daran erinnern. Beim letzten Vorfall stieß die Erscheinung bis zu den Grenzen der »Insel« vor. Die Formel, die ich aus den Statistiken der Krebsanfälligkeit herleitete, schließt die Möglichkeit weiterer Vorfälle von verschwindenden Leichen außerhalb des Territoriums der »Insel« aus. Auf dieser Grundlage habe ich an Sheppard geschrieben.

Sciss verstummte, wandte sich um und hob langsam die Lampe vom Boden auf. Er behielt sie einen Augenblick in der Hand, als ob er nicht genau wußte, was er mit ihr anfangen sollte; schließlich stellte er sie auf dem Schreibtisch ab.

– Nur auf dieser Grundlage haben Sie Ihre Hypothese aufgebaut ...? – fragte Gregory gedämpft, der sich äußerste Zurückhaltung auferlegte.

– Nein. Nicht nur darauf.

Sciss kreuzte die Arme über der Brust.

– Während die Leichen in den früheren Fällen sozusagen »endgültig« verschwanden, das heißt, sich über eine ungewisse Distanz und in eine nicht bekannte Richtung entfernt haben, war im letzten Fall ihre Translokation verhältnismäßig gering. Weshalb? Weil das Phänomen im Grenzgebiet der »Insel« auftrat. Der Koeffizient meiner Formel ermöglichte es mir, das genauer zu bestimmen, denn die Krebsanfälligkeit im Bereich der »Insel« geht in das Niveau des sie umgebenden Gebiets nicht sprunghaft, sondern graduell über.

Wieder trat Schweigen ein, Gregory hörte erneut das Zischen des Gasbrenners.

– Ja – sagte er schließlich. – Und was ist nach Ihrer Auffassung die Ursache für diese Fälle von »Verschwinden« und die damit zusammenhängenden Bewegungen?

Sciss lächelte unmerklich und sah Gregory mit offenbar gutmütiger Heiterkeit an.

– Ich bitte Sie, das erste und zweite habe ich Ihnen vorgestellt, bitte verhalten Sie sich nicht wie das Kind, dem man das Schaltbild eines Rundfunkempfängers und die Maxwellsche Gleichung zeigt und das trotzdem fragt: »Ja, aber warum spricht dieser Kasten?« Weder Ihnen noch

Ihren Vorgesetzen ist es doch in den Sinn gekommen, eine Untersuchung gegen den einzuleiten, der bewirkt, daß Menschen an Krebs erkranken? Nicht wahr? Ebensowenig fahnden Sie auch, soweit ich weiß, nach dem Urheber der asiatischen Grippe?

Gregory preßte die Kiefer zusammen und zwang sich bewußt, ruhig zu bleiben.

– Gut – sagte er – Sie haben Ihrer Meinung nach recht. Halten Sie aber das Phänomen einer Wiederauferstehung an sich, nein, Entschuldigung, des Verrückens, des Aufstehens und Gehens von Leichen nach dem Tode bereits kraft Ihrer Erklärung für völlig verständlich, natürlich und weiterer Erforschung nicht bedürftig?

– Halten Sie mich für einen Idioten? – fragte Sciss in einem merkwürdig milden Tonfall und setzte sich auf die Heizung. – Es ist evident, daß es hier noch eine Menge Dinge für Biochemiker, Physiologen und Biologen zu erforschen gibt, aber nicht für die Polizei. Auf einem anderen Blatt steht, daß die Forschungsarbeiten lange Zeit in Anspruch nehmen und sogar fünfzig Jahre lang kein definitives Resultat liefern können – wie bei der Krebsforschung. Sichere Ergebnisse kann im Augenblick nur meine Domäne liefern – die Statistik. Ebenso wie bei der Krebsforschung. Was nun diesen Fall betrifft, so werden sich eine Vielzahl miteinander konkurrierender Hypothesen ergeben. Es werden dabei auch solche entstehen, die bei der breiten Masse Anklang finden und die Auflage der Boulevardpresse sicherstellen. Ein Phänomen, das mit fliegenden Untertassen, mit Sternen zusammenhängt, was weiß ich womit. Aber was geht mich das schon an?

– Und welchen Platz finden in Ihrer statistischen Erklärung diese ... Kadaver, die in der Nähe des Ortes gefunden worden sind, von dem die Leichen verschwanden?

– fragte Gregory, als ob er nicht die deutlicher werdenden Anzeichen von Ärger in Sciss Stimme gehört hätte.

– Das interessiert Sie ...? Ach ja ... – sagte Sciss mit plötzlicher Ruhe. Er umfaßte seine Knie mit seinen mageren, ineinander verschränkten Händen.

– Ich habe das nicht mathematisch erforscht. Die einfachste, aber auch primitivste Annahme bestünde darin, diese Tiere als »Vehiculum«, das heißt als Transporteur des Faktors, der die Leichen bewegt, zu erklären. Man könnte, sagen wir, diesen »Faktor« als spezifisches »Agens« biologischer Natur ansehen – in dem Sinne, wie wir für einen ähnlichen Faktor das halten, was die Entstehung von Krebs bewirkt. Nehmen wir an, daß dieses »etwas«, das ein Krebsgeschwür verursacht, sich unter bestimmten Bedingungen in unseren Faktor verwandeln kann. Daß es sich kleiner Haustiere für den Transport von einem Ort zum nächsten bedient. Eine derartige Rolle spielen zum Beispiel die Ratten bei Pestepidemien.

– Eine Art Bakterie? – regte Gregory zögernd an. Er stützte sich mit der Hand am Schrankflügel ab und lauschte, nicht Sciss, sondern dessen großen Schatten auf dem Boden betrachtend, mit zusammengezogenen Augenbrauen.

– Das habe ich nicht gesagt. Ich weiß es nicht. Ich weiß gar nichts. Das ist eine Hypothese auf tönernen Füßen. Hipotheses non fingo. Ich vertrage das nicht, ich stelle keine Hypothesen auf. Vielleicht würde ich mich mit diesem Problem befassen, wenn ich Zeit hätte.

– Vielleicht keine Bakterie, aber auf jeden Fall, wie Sie sagen, ein biologischer Faktor. Wie wäre es mit Mikroorganismen, mit intelligenten Mikroorganismen dazu? Erheblich intelligenten. Denn sie handeln mit einer an Menschen erinnernden Umsicht.

– Mir scheint, daß Sie als erster von dieser Geschichte profitieren wollen, es läßt sich da ein gar nicht so übler Artikel für die Presse zusammenstoppeln, über diese denkenden Mikroben, nicht wahr? – Sciss' Stimme bebte, nicht vor Spott, sondern vor Zorn. Als ob er nichts gehört hätte, ging Gregory langsam, sehr langsam auf ihn zu; er sprach immer nachdrücklicher und schneller, als ob er von der Flamme einer unerwarteten Erleuchtung erfaßt worden wäre:

– Im Zentrum der niedrigen Krankheitsanfälligkeit begann der Faktor mit vollständigem Überblick zu handeln, wie ein Bewußtsein besitzendes Wesen, aber ihm fehlte noch Erfahrung. Er wußte zum Beispiel nicht, daß es für nackte Leichen, wie soll ich sagen, unschicklich ist, unter Menschen zu erscheinen, daß daraus Unannehmlichkeiten und Schwierigkeiten entstehen können. Als er den nächsten Toten der Serie in Bewegung setzte, sorgte er für angemessene Kleidung. Mit den Zähnen des Toten zerriß er den Vorhang, der die selbst nach dem Tode anstößige Nacktheit bedeckte. Später hat er lesen gelernt, denn wie sonst hätte er die Wetterberichte studieren können. Aber dieses Licht des Verstandes wurde durch die allzu starke Annäherung an die Grenze des Gebiets der niedrigen Krebsanfälligkeit getrübt. Dort konnte er nur noch erstarrte Glieder in schlecht koordinierte Bewegungen versetzen, in gewisser Weise eine Art von makabrer Gymnastik, das Aufstehen und das neckische Hinausschauen durch das Fenster der Leichenhalle ...

– Wie genau Sie das wissen. Haben Sie es gesehen? – fragte Sciss, ohne das Gesicht zu verziehen.

– Nein, ich habe es nicht gesehen, aber ich weiß, was einen englischen Konstabler aus der Fassung bringen kann. Ein Totentanz. Während sein Bewußtsein langsam ermattete, erinnerte er sich an Holbein und mittelalterliche Darstellungen von sich tummelnden Skeletten.

– Wer?

Gregory erkannte die Stimme des Wissenschaftlers kaum wieder.

– Was für – wunderte er sich – was für ein »wer«? Der »biologische Faktor«, der statistisch belegt ist. Ich wiederhole nur Ihre Worte.

Sciss stand auf, als Gregory bereits leicht seine Knie berührte. Der Detektiv war seinem Gesicht so nahe gekommen, daß er nur die Augen mit den verengten Pupillen sah, blaß und starr. Sie standen so einen Augenblick, dann wich Gregory zurück und begann zu lachen. Dieses Lachen gelang ihm recht gut, es klang befreit und täuschte Natürlichkeit vor. Sciss sah ihn an, betrachtete ihn, bis plötzlich sein Gesicht krampfhaft zuckte und auch er anfing zu lachen. Schlagartig trat Stille ein. Dann ging Sciss an den Schreibtisch, setzte sich in den Sessel, streckte seinen Körper und trommelte eine Zeitlang mit den Fingern auf die Tischplatte.

– Sie sind davon überzeugt, daß ich es gewesen bin – sagte er. – Nicht wahr? – Gregory hatte so viel Offenheit nicht erwartet. Er hatte keine Antwort parat. Er stand da, schweigend, groß, unbeholfen und suchte verzweifelt nach einem Wegweiser auf dieser neuen Stufe ihrer Begegnung.

– Danach halten Sie mich nicht für einen Idioten, wie ich vor einem Augenblick anzunehmen geneigt war, sondern für einen Wahnsinnigen. Damit droht mir entweder die Festnahme oder die Einweisung in eine psychiatrische Anstalt. Beide Möglichkeiten kommen mir ungelegen, insbesondere jetzt, in Anbetracht meines Gesundheitszustandes. Im übrigen hat es mir um unnütz vertane Zeit immer leid getan. Ich habe einen Fehler begangen, als ich mich zur Zusammenarbeit mit Sheppard beschwatzen ließ. Es ist passiert. Was kann ich tun, um Sie von dieser falschen Hypothese abzubringen?

– Sie waren heute beim Arzt? – fragte Gregory leise und ging auf den Schreibtisch zu.

– Ja. Bei Professor Vaugham. Er hat von vier bis sechs Sprechstunde. Ich habe den Termin vor einer Woche telephonisch abgemacht.

– Was das Ergebnis der Untersuchung betrifft, so unterliegt es der ärztlichen Schweigepflicht ...

– Ich werde den Professor anrufen und ihn bitten, daß er Ihnen alles mitteilt, was er mir gesagt hat. Und weiter?

– Ist das Ihr Wagen, der auf dem Hof vor der Garage steht?

– Ich weiß es nicht. Ich habe einen grauen Chrysler. Auf dem Hof stehen oft mehrere Fahrzeuge, im Haus ist eine Gemeinschaftsgarage.

– Ich würde gerne ... – setzte Gregory an, als das Telephon läutete. Sciss nahm den Hörer ab und beugte sich über den Apparat.

– Sciss – sagte er. Im Hörer erklang eine aufgeregte Stimme.

– Was? – sagte Sciss. Und lauter: – Wo? Wo?

Dann hörte er nur noch zu, ohne etwas zu sagen. Gregory trat langsam an den Schreibtisch und blickte wie zufällig auf die Uhr. Es ging auf neun zu.

– Gut. Ja – sagte Sciss schließlich, machte eine Bewegung, als ob er den Hörer auflegen wollte, hob ihn statt dessen wieder ans Ohr und fügte hinzu:

– Ja, ja, Mr. Gregory ist bei mir, ich werde ihm das mitteilen. – Er warf den Hörer auf die Gabel, stand auf und trat an die Karte, die im offenstehenden Schrank hing. Gregory folgte ihm.

– Es ist eine Leiche gefunden worden, wie es scheint, eine von denen, die verschwunden sind – sagte Sciss so leise, als ob er über etwas anderes nachdächte. Er beugte sich über die Karte und trug mit einem Schreiber, den er aus der

Tasche gezogen hatte, ein kleines Zeichen an der Grenze der »Insel« ein.

– In Beverley Court, auf dem Grund des Klärbeckens, nachdem das Wasser abgelassen worden ist. Eine männliche Leiche.

– Wer hat angerufen? – fragte Gregory.

– Wie? Ich weiß es nicht. Ich habe nicht danach gefragt. Er hat seinen Namen genannt, aber ich habe nicht darauf geachtet. Sicherlich einer von Ihnen, von Scotland Yard. Ein Sergeant oder so. Aber das könnte hinkommen. Sie mußten wieder auftauchen – der Reihe nach, wie Kugeln, die aus einer Kanone abgefeuert werden, obgleich ...

Er verstummte. Gregory stand etwas seitlich über ihm und blickte ihm mit zusammengekniffenen Augen ins Gesicht. Er lauschte beinahe angespannt Sciss' rhythmischem Atmen.

– Sie meinen, sie kehren zurück ... alle? – fragte er endlich. Sciss blickte zu ihm empor und richtete sich rasch auf. Er atmete tiefer, seine Wangen nahmen einen rötlichen Ton an.

– Ich weiß es nicht. Es ist möglich, es ist sogar wahrscheinlich. Wenn es so kommt, wird die ganze Serie zu Ende gehen ... und abgeschlossen sein und mit ihr – alles. Vielleicht bin ich zu spät dahintergekommen. Die entsprechenden Photoapparate, Infrarotgeräte, hätten hinreichend eindeutige Aufnahmen liefern können, so daß mir diese ... diese Lächerlichkeit erspart geblieben wäre.

– Folgt Beverley Court aus Ihrer Formel? Das heißt – entspricht diese Lokalisierung der mit Ihrer Hilfe vorgenommenen Deduktion? – fragte Gregory leichthin.

– Die Frage ist schlecht gestellt – erwiderte Sciss. – Die Orte, an denen die Leichen wiedergefunden werden, das heißt, an denen ihre Bewegung, ihre Translokation aufhört – kann ich nicht bestimmen. Lediglich die Zeit, die vom

Moment des Verschwindens bis zum Augenblick des Aufhörens des Phänomens verläuft, läßt sich annähernd berechnen. Nur schätzungsweise. Zuletzt werden die Leichen wieder auftauchen, die als erste verschwunden sind. Sie können sich das selbst damit erklären, daß der »Faktor« sie mit einer möglichst hohen Quantität an Bewegungsenergie ausgestattet hat, daß ihre Ladung dagegen an der Grenze des Gebiets bereits verbraucht war und lediglich dazu ausreichte, eine Reihe unkoordinierter Bewegungen hervorzubringen. Aber, nicht wahr, Sie merken, daß ich fasele. Oder daß ich lüge, was schließlich auf dasselbe hinausläuft. Würden Sie mich jetzt allein lassen? Ich habe heute noch eine Menge zu tun – Sciss wies auf die Kästen mit den verschimmelten Büchern. Gregory nickte.

– Ich gehe gleich. Noch eine Frage: Waren Sie mit dem Auto beim Arzt?

– Nein. Ich bin mit der U-Bahn gefahren und damit auch zurückgekehrt. Auch ich habe eine Frage: Was haben Sie mit mir vor? Es geht mir nur darum, möglichst lange ungehindert arbeiten zu können. Das verstehen Sie doch? – bat er.

Gregory knöpfte seinen Mantel zu, der schwer an ihm hing, als ob er sich in Bleiplatten verwandelt hätte, schöpfte tief Atem und spürte noch einmal den kaum merklichen Kellergeruch.

– Meine Absichten? Vorerst habe ich keine. Ich möchte Sie darauf hinweisen, daß ich weder eine Verdächtigung noch eine Anklage formuliert habe – mit keinem Wort.

Er nickte ihm zu und ging in das dunkle Vorzimmer hinaus. Im Halbdunkel erblickte er einen blassen Flecken, der die Gesichtszüge einer Frau annahm und augenblicklich verschwand; das Zuschlagen von Türen war zu hören. Er tastete sich zum Ausgang und ging nach unten, wobei er auf dem Leuchtzifferblatt noch einmal die Zeit überprüfte. Vom Hausflur her trat er nicht auf die Straße, sondern wandte sich in die entgegengesetzte Richtung, zum Hof, in dem ein langer, grauer Wagen stand. Er ging langsam um ihn herum, ohne im schwachen Licht, das aus den Hinterhoffenstern schien, viel erkennen zu können. Der Wagen war dunkel, abgeschlossen, nur die spiegelnden Reflexe der Häuserfenster bewegten sich als Reigen winziger Lichter auf der vernickelten Stoßstange im Rhythmus von Gregorys Schritten. Er berührte die Motorhaube, sie war kalt. Das bewies jedoch gar nichts; an den Kühler heranzukommen, war allerdings schwierig. Er mußte sich ziemlich bücken, um eine Hand tief in eine Spalte hineinzuzwängen, die von verchromten Beschlägen eingerahmt war und an das wulstige Maul eines Seeungeheuers erinnerte. Er zuckte zusammen und richtete sich auf, als er ein leichtes Knacken hörte. In einem Fenster des ersten Stockwerks erblickte er Sciss. Er kam zum Schluß, daß er das Auto nicht weiter untersuchen müsse, da Sciss durch sein Verhalten den Verdacht bestätigte. Auf einmal fühlte er sich verlegen, als ob er bei einer schäbigen Handlung ertappt worden wäre, und dieses Gefühl verstärkte sich noch, als er, Sciss genauer beobachtend, bemerkte, daß dieser gar nicht auf den Hof blickte. Er stand am geöffneten Fenster, dann ließ er sich langsam und ungeschickt auf der Fensterbank nieder, zog die Knie mit hinauf und stützte den Kopf in die Hände, mit einer Geste der Ermattung. Diese Pose stand im Widerspruch zum Bild, das Gregory sich von Sciss gemacht hatte, so daß er sich auf den Zehenspitzen in den Schatten zurückzog und dabei auf ein Stück Blech trat, das sich unter seinen Sohlen mit entsetzlichem Lärm verbog. Sciss spähte nach unten. Gregory blieb regungslos stehen, es lief ihm kalt über den Rücken, er war wütend und wußte nicht weiter. Er war nicht sicher, ob man ihn vom Fenster her sehen konnte, aber Sciss blickte immer noch hinunter;

obgleich Gregory weder seine Augen noch sein Gesicht sah, spürte er einen verächtlichen Blick auf sich ruhen.

Er wagte nicht an eine weitere Untersuchung des Wagens zu denken, senkte den Kopf, krümmte sich zusammen und schlich wie ein geprügelter Hund davon.

Bevor er zur U-Bahn hinunterging, faßte er sich so weit, daß er sich imstande fühlte, das absurde Erlebnis auf dem Hof zu bewerten – so absurd, daß er sich aus dem Gleichgewicht hatte bringen lassen. Denn er war fast sicher, daß er Sciss' Wagen am späten Nachmittag in der Stadt gesehen hatte. Den Fahrer des Wagens hatte er nicht erkannt, aber am hinteren Kotflügel hatte er eine Beule bemerkt, die vielleicht von einer früheren Karambolage herrührte. Bei ihrer Begegnung hatte dies zunächst nicht seine Aufmerksamkeit erregt, er war mit seinen eigenen Gedanken beschäftigt gewesen; aber es hatte an Bedeutung gewonnen, als Sciss ausgesagt hatte, daß er mit der U-Bahn beim Arzt gewesen sei. Die Feststellung, daß Sciss log, war, für sich genommen, nicht allzu bedeutsam, sie erlaubte es ihm jedoch – er spürte dies deutlich –, die Skrupel und Widerstände zu überwinden, die er dem Wissenschaftler gegenüber empfand. Darüber hinaus hatte sie die Aura des Mitgefühls abgetragen, die ihn während des fatalen Besuchs beherrscht hatte. Jetzt jedoch wußte er schon wieder nicht weiter; die Zuverlässigkeit seiner Beobachtung vom späten Nachmittag war mit diesem überaus unglücklichen »beinahe« belastet, das ihr jeglichen Wert nahm. Er konnte sich nur damit trösten, daß er eine Diskrepanz entdeckt hatte zwischen den Beteuerungen Sciss', der ihn mit dem Hinweis auf seine Vielzahl noch zu erledigender Arbeiten loswerden wollte, und dessen Hockerei auf dem Fensterbrett. Allzugut erinnerte er sich jedoch an Sciss' Haltung, die Kraftlosigkeit seiner Silhouette, den gesenkten Kopf, der in völliger Regungslosigkeit gegen den Fensterrahmen gelehnt war. Aber wenn diese Ermattung lediglich durch ihr Wortgefecht hervorgerufen und wegen der albernen Ritterlichkeit des Detektivs nicht bis zum Ende ausgenutzt worden war, der, anstatt die vorübergehende Schwäche seines Kontrahenten auszuschlachten, weggegangen war, vielleicht eine Minute, bevor die entscheidenden Worte gefallen wären?

Nachdem Gregory sich mit diesen Gedanken im Labyrinth der zahllosen Möglichkeiten verloren hatte, wollte er, restlos verärgert, nur noch nach Hause und sich an die Zusammenfassung der »Fakten« in seinem dicken Notizbuch machen.

Als er aus der U-Bahn stieg, war es beinahe elf geworden. Gleich vor der Kurve, hinter der das Haus der Fenshaws lag, befand sich in einer Mauernische der Stammplatz eines blinden Bettlers, der mit einem räudigen, fürchterlichen Köter zu seinen Füßen auf die Passanten zu warten pflegte. Er besaß eine Mundharmonika, in die er nur dann blies, wenn jemand näherkam; er versuchte auch gar nicht vorzugeben, daß er Musik machte, sie diente ihm einfach als Signal. Das Alter dieses Menschen konnte man eher an seiner Kleidung als an seiner Physiognomie ablesen, die von einem Bart mit undefinierbarem Farbton überwuchert war. Wenn Gregory spätnachts nach Hause kam oder in aller Herrgottsfrühe wegging, traf er ihn immer am selben Platz an, wie das ewige Gewissen. Der Bettler gehörte zum Charakter der kleinen Straße auf eine ähnlich selbstverständliche Weise wie die kleinen Erker der Mauer, zwischen denen er saß, und es wäre Gregory niemals in den Sinn gekommen, daß er durch die stillschweigende Duldung seiner Anwesenheit an einem Vergehen teilhatte. Immerhin war er ein Polizist, und die polizeilichen Vorschriften verboten Bettelei.

Obgleich er niemals an diesen Menschen dachte, dessen

Körper man nur mit Ekel unter der schmutzstarrenden Kleidung vermuten konnte, mußte der Alte doch irgendwo in seinem Gedächtnis herumspuken, ja, er weckte sogar bestimmte Gefühle, die sich darin äußerten, daß Gregory unmerklich seinen Schritt beschleunigte. Er lehnte Almosen an Bettler ab, obgleich das weder in seinem Charakter noch in seinem Beruf begründet war. Trotzdem pflegte er aus ihm selbst nicht bekannten Motiven heraus Bettlern nichts zu geben; es schien, daß hier eine unbestimmte Art von Schamgefühl mit ins Spiel kam. An diesem Abend jedoch, er war bereits am Standort des Alten vorübergegangen (er sah übrigens nur den durch das Licht einer entfernten Laterne angestrahlten Hund auf dem Boden sitzen; für diesen Hund empfand er bisweilen Mitgefühl), kehrte er, für ihn selbst völlig überraschend, um und ging auf die dunkle Ecke zu, mit einem Geldstück in der Hand, das er aus der Tasche gezogen hatte. Dabei ergab sich eine dieser unbedeutenden Situationen, von denen man niemandem etwas zu Ohren kommen läßt, sondern an die man sich höchstens mit dem Gefühl unbeschreiblicher Peinlichkeit erinnert. Gregory, überzeugt, daß der Bettler seine Hand ausstrecken würde, schob die Münze, die er in der Hand hielt, mehrere Male in das verschwommene Dunkel der Mauernische, stieß jedoch jedesmal gegen die bei der Berührung sich widerwärtig anfühlenden Lumpen; der Alte schien es mit der Entgegennahme der Gabe überhaupt nicht eilig zu haben, sondern führte die Mundharmonika an die Lippen und spielte irgendwie ungeschickt und chaotisch. Da Gregory bereits von Abscheu erfüllt war und in den ausgefransten Stoffetzen, die den zusammengekauerten Körper bedeckten, keine Tasche entdecken konnte, legte er das Geldstück aufs Geratewohl hin und eilte davon, als an seinem Fuß etwas leise zu klingeln begann; im schwachen Licht der Straßenlaterne blitzte seine eigene Münze auf und rollte hinter ihm her. Gregory hob sie instinktiv auf und schleuderte sie in die dunkle Mauerecke. Ein heiseres, ersticktes Aufstöhnen antwortete ihm. Gregory, der Verzweiflung nahe, ging mit möglichst großen Schritten davon, beinahe, als ob er flüchtete. Der ganze Quatsch, der vielleicht eine Minute gedauert hatte, versetzte ihn in eine geradezu idiotische Erregung, von der er sich erst unmittelbar vor dem Haus befreien konnte, als er das Licht in seinem Zimmer erblickte. Ohne die üblichen komplizierten Vorsichtsmaßregeln zu beachten, stürzte er die Treppe hinauf und erreichte die Tür ein wenig außer Atem. Er blieb einen Augenblick vor der Schwelle stehen und lauschte aufmerksam in die Stille hinein; sie war vollkommen. Er warf noch einen Blick auf das Zifferblatt – es war ein Viertel nach elf –, dann öffnete er die Tür. Unter der verglasten Terrassentür saß jemand hinter dem Schreibtisch – Sheppard. Als er Gregory sah, blickte er vom Buch auf, das er gerade las.

– Guten Abend, Leutnant – sagte der Chefinspektor – gut, daß Sie schon da sind.

Teil V

Gregory war so verblüfft, daß er weder antwortete noch den Hut abnahm, sondern in der Tür stehenblieb mit einem offensichtlich nicht allzu intelligenten Gesichtsausdruck, denn Sheppard lächelte ein wenig.

– Würden Sie bitte die Tür schließen? – sagte er schließlich, als sich die stumme Szene über Gebühr ausdehnte. Gregory kam zur Besinnung, legte den Mantel ab, gab dem Inspektor die Hand und blickte ihn erwartungsvoll an.

– Ich bin gekommen, um zu erfahren, was Sie bei Sciss erreicht haben – sagte Sheppard, der wieder Platz genommen hatte und sich mit dem Ellenbogen auf das Buch stützte, bei dessen Lektüre Gregory ihn angetroffen hatte. Er sprach völlig ruhig wie immer, aber beim Wort »erreicht« witterte Gregory Ironie; er bemühte sich bei seiner Antwort in den Ton treuherziger Aufrichtigkeit zu verfallen:

– Nun, Herr Inspektor, es hätte genügt, mir das zu sagen, dann hätte ich angerufen; das heißt selbstverständlich nicht, daß ich nicht froh bin, daß Sie gekommen sind, aber daß Sie dafür extra ... – leierte er rasch herunter. Sheppard versuchte jedoch gar nicht erst, auf ein so leicht zu durchschauendes Spiel einzugehen, sondern unterbrach mit einer wegwerfenden Geste den Wortschwall.

– Lassen Sie uns doch nicht Blindekuh spielen, Leutnant – sagte er. – Sie vermuten schon ganz richtig; ich bin nicht nur gekommen, um Ihnen zuzuhören. Ich denke, daß Sie einen Fehler gemacht haben, einen ziemlich wesentlichen Fehler, als Sie diesen Trick mit dem Telephon arrangiert haben. Ja, mit dem Anruf bei Sciss, während Sie bei ihm waren. Sie haben Gregson angewiesen, wegen dieser angeblich wiedergefundenen Leiche anzurufen, um Sciss' Reaktion zu kontrollieren. Also, um Ihre Erzählung abzukürzen, ich erdreiste mich zu behaupten, daß Sie dadurch nichts erfahren haben, daß dieser Bluff kein Resultat erbracht hat. Und ich irre mich nicht. Habe ich recht?

Die letzten Worte sprach er schärfer aus. Gregory wirkte düster, er hatte plötzlich jeglichen Elan verloren. Er rieb die vor Kälte steifen Hände, setzte sich rittlings auf einen Stuhl und brummte:

– Ja.

Seine ganze Beredsamkeit war versiegt. Sheppard, der ihm eine Schachtel Players zuschob und selbst eine Zigarette herausnahm, fuhr fort:

– Das ist ein allzu beliebter Dreh, schulmäßig par excellence, mit teuflisch kurzen Beinen. Sie haben nichts oder fast nichts herausgefunden, Sciss dagegen weiß oder wird morgen wissen, was auf dasselbe hinausläuft, daß Sie ihn verdächtigen, mehr noch, daß Sie ihm eine ganz und gar unfaire Falle gestellt haben. Wenn man Ihrer Auffassung folgt, daß er auf jeden Fall der Täter oder Mittäter ist, haben Sie ihm genau dadurch einen Dienst in Form einer Warnung geleistet. Denn daran, daß ein so umsichtiger Mensch wie der Täter bei einer derart deutlichen Warnung seine Vorsichtsmaßnahmen verzehnfachen wird – daran zweifeln Sie doch nicht?

Gregory schwieg und rieb sich die erstarrten Hände. Sheppard dagegen schloß, immer noch unverändert gelassen, und nur eine tiefe Falte zwischen den zusammengezogenen Augenbrauen widersprach dieser Ruhe:

– Daß Sie mir nichts von Ihrem Plan gesagt haben, ist Ihre Sache, denn ich bemühe mich im Rahmen des Möglichen, die Handlungsfreiheit ernst zu nehmen, die ein Inspektor haben muß, der bei mir eine Untersuchung durchführt. Aber daß Sie nicht mit mir über Ihren Verdacht hinsichtlich Sciss gesprochen haben, war nicht besonders klug, weil ich Ihnen über Sciss einiges hätte mitteilen können –

nicht als Vorgesetzter, sondern als ein Mensch, der ihn seit ziemlich langer Zeit kennt. Denn Ihren Verdacht gegen *meine* Person haben Sie wohl inzwischen revidiert, oder?

Gregory bekam für einen Augenblick rote Ohren.

– Sie irren sich nicht – sagte er und blickte Sheppard an. – Ich habe mich wie ein Idiot verhalten. Und als einzige Entschuldigung kann ich anführen, daß ich nie, niemals an ein Wunder glauben werde, und sollte es mich den Verstand kosten.

– In dieser Sache müssen wir den ungläubigen Thomas spielen, das ist nun einmal das traurige Privileg unseres Berufs – sagte Sheppard, der heiter wurde, als ob die Tatsache, daß der junge Mann rot wurde, ihm Genugtuung bereitete. – Jedenfalls bin ich nicht gekommen, um Ihnen eine Strafpredigt zu halten, sondern um Ihnen soweit wie möglich zu helfen. Zur Sache. Was war bei Sciss los?

Mit dem Gefühl unverhoffter psychischer Erleichterung machte sich Gregory an die detaillierte Schilderung des gesamten Besuchs, ohne den Moment auszusparen, den er für seine Niederlage hielt. Etwa in der Mitte der Erzählung, als er zu der sonderbaren Szene mit dem angespannten Schweigen kam, nach dem der Doktor und er gelacht hatten, hörte er ein von jenseits der Wand kommendes gedämpftes und weit entfernt klingendes Geräusch und alles in ihm sträubte sich.

Mr. Fenshaw eröffnete sein nächtliches akustisches Mysterium.

Er sprach weiter, rasch, sehr beredt, gleichzeitig aber wurde ihm immer heißer, denn es war unvermeidlich, daß der Inspektor früher oder später auf diese in ihrer Rätselhaftigkeit schaurigen und sinnlosen Geräusche aufmerksam werden mußte, und dann würde auch er wider Willen in die Sphäre dieses unerklärlichen Spuks hineingezogen werden. Er dachte übrigens nicht allzu genau darüber nach, er malte sich nicht aus, was geschehen würde, sondern lauschte nur auf den hinter der Wand immer vernehmlicher werdenden Mr. Fenshaw mit derselben Hartnäckigkeit, mit der ein kranker Zahn Schmerz hervorruft. Eine Serie von klappernden Geräuschen setzte ein, dann ein weiches und feuchtes Klatschen. Gregory hob seine Stimme und erzählte immer nachdrücklicher, betont schwungvoll, um nur nicht den Inspektor auf die Geräusche aufmerksam werden zu lassen. Deshalb vermutlich verstummte er nach dem Abschluß seines Berichts nicht, sondern machte sich, im unwiderstehlichen Wunsch, Mr. Fenshaw weiterhin zu übertönen, an die Darlegung dessen, was er sich unter anderen Umständen sicherlich erspart hätte, nämlich die gründliche Analyse der »statistischen Hypothese« von Sciss.

– Ich weiß nicht, wie er auf diese Geschichte mit dem Krebs gekommen ist – sagte er – aber die Existenz dieser »Insel« mit der geringen Krankheitsanfälligkeit muß eine Tatsache sein. Natürlich könnte man vergleichende Untersuchungen in größerem Maßstab durchführen, sagen wir, in ganz Europa, um nachzuweisen, ob es nicht und wenn ja, wo dann noch andere Inseln wie in der Grafschaft Norfolk gibt. Das würde vielleicht die Basis seiner Hypothese erschüttern. Ich habe mit ihm nicht darüber gesprochen, außerdem hat er insoweit recht, als dies tatsächlich keine Arbeit für uns wäre. Die Polizei würde sich bei der Überprüfung einer wissenschaftlichen Hypothese in der Tat völlig lächerlich machen. Was nun die Folgerungen betrifft, so war Sciss natürlich zu clever, um mich mit phantastischen Versionen zu verwirren, im Gegenteil, er selbst hat sich über so etwas lustig gemacht. Was also haben wir in der Hand? Ich habe darüber nachgedacht, das sind die Schlüsse, zu denen ich gelangt bin: Die erste Variante ist vorsichtiger; sie geht lediglich von der Annahme aus, daß wir es mit einer merkwürdigen Veränderung der Ursache zu tun haben, die Krebs hervorruft; nehmen wir an, daß es sich um ein nicht näher bekanntes Virus handelt. In diesem Falle könnte der Gedankengang so aussehen: Der Krebs tritt im Organismus als Chaos auf, der Organismus aber ist der Antipode zum Chaos, ist die Ordnung, das System der Lebensprozesse im lebendigen Körper. Dieser »Faktor des Chaos« also, wie ihn der Krebs, das Krebsvirus darstellt, verwandelt sich unter bestimmten Umständen, ohne zu existieren aufzuhören, und obgleich es weiter im fraglichen Milieu vegetiert, erkranken die Menschen nicht mehr an Krebs; dennoch hält es sich weiter in ihren Körpern auf. Schließlich verändert es sich derart, daß es ganz neue Fähigkeiten entwickelt, aus einem Faktor des Chaos wird es zum Faktor irgendeiner neuen – postmortalen – Ordnung, das heißt, indem es gewissermaßen eine bestimmte Zeit hindurch diese Art des Chaos, der Verwesung, wie sie der Tod mit sich bringt, bekämpft, bemüht es sich, die Lebensprozesse im bereits endgültig toten Organismus aufrechtzuerhalten. Eine Erscheinung dieser Aktivität ist somit das Verrücken lebloser Körper, die Bewegungen der Leichen, die das Resultat einer ungewöhnlichen Symbiose des Lebendigen, das heißt des mutierten Virus, mit dem Toten, der Leiche, sind. Offensichtlich geht es nicht mehr darum, daß sich der Verstand gegen eine derartige »Erklärung« sträubt; diese ist vielmehr überaus unvollständig, denn dieser »Ordnungsfaktor« bewirkt ja nicht irgendwelche Bewegungen, sondern aufeinander abgestimmte, koordinierte. Was ist das für ein »Virus«, das bewirkt, daß eine Leiche aufsteht, sich Bekleidung verschafft und sich auf eine so raffinierte Weise entfernt, daß niemand sie bemerken kann?

Gregory brach ab, als ob er auf eine Reaktion Sheppards wartete, aber in diesem Augenblick erzitterte die Wand, die seine Aufmerksamkeit fesselte, unter einem dichten, leichten Trommelwirbel, als ob im Zimmer von Mr. Fenshaw ein seltsamer *horizontaler* Regen aus dicken, elastischen Tropfen gegen sie prasselte – er begann noch schneller und lauter zu sprechen:

– Das Krebsvirus ist etwas höchst Wahrscheinliches, dagegen läßt sich prinzipiell Unwahrscheinliches nicht durch Wahrscheinliches erklären, hier benötigt man bereits eher das Unwahrscheinliche, und deshalb hat Sciss natürlich, anscheinend beiläufig, meine Aufmerksamkeit auf »fliegende Untertassen« gelenkt, das heißt auf die Möglichkeit einer »außerirdischen« Erklärung. In dieser zweiten Version gewinnt die Angelegenheit kosmische Ausmaße; wir haben es mit einer Art »erstem Kontakt« der Erde und ihrer Bewohner zu Erscheinungen anderer Sterne zu tun. Sehen wir uns ein Beispiel an: Irgendwelche vernunftbegabte Wesen, die jedoch in einer unserem Verständnis fremden Weise funktionieren, wünschen, die Menschen näher kennenzulernen, wählen dafür die Methode, etwas für uns nicht Wahrnehmbares, eine Art von »Forschungsinstrumenten« auf die Erde zu schicken. Diese »Instrumente« – eben das ist der mikroskopisch kleine Faktor, der heruntersinkt, nehmen wir an, von einer »fliegenden Untertasse« abgeworfen, in der Gestalt einer unsichtbaren Emulsion, greift keine lebenden Organismen an, sondern ist nur auf tote »abgerichtet«, »adressiert«, und weshalb? Sagen wir deshalb, um nicht Lebewesen Schaden zuzufügen (das würde von der »Humanität« der Ankömmlinge von den Sternen zeugen). Auf welche Weise kann ein Mechaniker am besten die Konstruktion und das Funktionieren einer Maschine kennenlernen? Indem er sie in Betrieb nimmt und ihre Funktionsweise erforscht, nicht wahr? Eben das macht der »Faktor« oder auch das »Instrument«: Er setzt für eine bestimmte Zeit Leichen »in Gang« und gewinnt während dieses Prozesses für die »Fremden« die nötigen Kenntnisse. Dieses Phänomen läßt sich selbst in einer derartigen gedanklichen Konstruktion nicht verstehen, und das gilt für viele Ursachen. Erstens, der »Faktor« scheint vernünftig, zielgerichtet zu handeln, somit ist er kein Instrument nach unserem Verständnis wie zum Beispiel ein Hammer, sondern vielmehr eine Art »dressierter Bakterien« – dressiert ebenso wie unsere Jagdhunde; zweitens besteht eine unverständliche Beziehung des »Faktors« zur Krebskrankheit. Wenn ich, koste es was es wolle, auch diese Erscheinung hypothetisch erklären sollte, würde ich etwas in dieser Art konstruieren: Im Gebiet der niedrigen Krebserkrankungsrate erkranken die Menschen nicht deshalb nicht, weil es dort keine Krebsviren gibt, sondern weil sie dagegen immun sind; daher können wir annehmen, daß sich die Immunität von Menschen umgekehrt proportional verhält zur Immunität gegen den »von den Sternen gesandten Faktor« – damit retten wir auch die Statistik und unsere ganze Erklärung...

Gregory hörte auf. Im Zimmer sowie im angrenzenden Schlafzimmer von Mr. Fenshaw herrschte Stille. Sheppard, der schweigend zuhörte und nur von Zeit zu Zeit dem Detektiv einen Blick zugeworfen hatte, als ob er sich nicht so sehr über das, was er sagte, wunderte, als vielmehr über das Ungestüm, mit dem er es vorbrachte, bemerkte beiläufig:

– An das alles glauben Sie natürlich nicht...

– Keinen Augenblick lang – erwiderte Gregory, irgendwie seltsam ermattet. Es war ihm plötzlich einerlei, ob hinter der Wand Ruhe herrschte oder nicht; er wünschte, wieder allein gelassen zu werden wie zum Zeitpunkt, als er Sciss verlassen hatte. Er schwieg also, der Inspektor dagegen sprach weiter:

– Sie mußten viel lesen und studieren, Ihre Ausdrucksweise ist ausgesprochen »unpolizeilich«. Aber warum nicht, man muß die Sprache des Gegners genau kennen ... Sciss würde auf jeden Fall mit Ihnen zufrieden sein. Sie verdächtigen ihn weiter, nicht wahr? Was für eine Motivation liegt Ihrer Meinung nach seinem Verhalten zugrunde?

– Es ist nicht so, daß ich ihn verdächtige. Das würde bedeuten, daß ich angreife, statt dessen bin ich weiter in der Defensive, und zwar noch verzweifelter als zuvor. Es geht mir wie einer Ratte, die in die Enge getrieben worden ist. Ich wehre mich nur gegen das Element des »Wunders« in dieser Angelegenheit. Dennoch, Herr Inspektor ... Wenn man eine derartige Hypothese weiterentwickelt, kann man sich am Ende auf alles und jedes einigen, daß, sagen wir mal, derartige Einwirkungen des »Faktors« periodisch auftreten, in großen Intervallen, daß das letzte Absinken der Krebsanfälligkeit etwa vor zweitausend Jahren stattgefunden hat, nicht in England, sondern in Vorderasien, und daß im Zusammenhang damit damals eine Reihe von »Auferstehungen« stattgefunden hat: Lazarus, wie Sie wissen, und dann war da noch jemand ... Wenn wir auch nur eine Sekunde lang diese Geschichten ernst nehmen, dann öffnet sich die Erde unter unseren Füßen, verwandelt sich der feste Grund in Gallert, Menschen können erscheinen und verschwinden, alles ist möglich und die Polizei muß die Uniformen wegwerfen, sich zerstreuen, verschwinden ... übrigens nicht nur die Polizei. Wir müssen einen Schuldigen finden, und wenn diese Serie in der Tat zum Abschluß gekommen ist, dann führt ihr ganzer Verlauf in die immer weiter zurückliegende Vergangenheit; wir werden ein paar Gipsabdrücke übrigbehalten, einige nicht ganz widerspruchsfreie Berichte von nicht übermäßig intelligenten Friedhofswärtern und Totengräbern – und was können wir damit anfangen? Es bleibt uns nur noch die Konzentration auf die *Rückkehr* der Leichen. Ich bin jetzt restlos davon überzeugt, daß Sie recht haben: Mein Bluff hat keine besonderen Resultate erbracht, Sciss wurde durch diesen Anruf überhaupt nicht überrascht, und dennoch, lassen Sie mich sehen ... gestatten Sie!

Er sprang auf, seine Augen flackerten.

– Sciss hat mir im Zusammenhang mit dem Anruf etwas sehr Konkretes gesagt. Daß er nämlich nicht nur das Wiederauftauchen der Leichen erwartet, sondern daß er mit Hilfe seiner Formel berechnen kann, wann sie erscheinen, das heißt: wann ihre Bewegungsenergie erschöpft ist, so hat er das genannt ... Es muß alles unternommen werden, damit diese Rückkehr wenigstens einmal vor Zeugen stattfindet!

– Einen Augenblick – warf Sheppard ein, der sich schon seit geraumes Zeit bemühte, etwas zu sagen, aber Gregory schien das nicht zu bemerken; anscheinend hatte er die Anwesenheit des Inspektors vollkommen vergessen. Er lief nervös im Zimmer umher.

– Sie stellen die Alternative: Sciss – oder der »Faktor« auf. Und sie schließen sogleich das zweite Element aus: den Faktor, so daß lediglich ein plumper Schwindel übrigbleibt, ein makabrer Scherz in der Leichenhalle. Wenn aber nun keines dieser Elemente zutrifft? Wenn es weder Sciss war noch der »Faktor«? Beziehungsweise, wenn es jemand war, der lediglich den »Faktor« erfunden, synthetisiert, geschaffen und ihn danach den Leichen für experimentelle Zwecke eingeimpft hat?

– Glauben Sie daran!? – rief Gregory und stürzte zum Schreibtisch. Er blieb davor stehen und blickte heftig atmend auf den zufrieden wirkenden Inspektor. – Wenn Sie daran glauben, das ... das ... Unsinn! Niemand hat so etwas erfunden! Das wäre nämlich eine nobelpreiswürdige Entdeckung, was weiß ich ... Die ganze Welt würde es wissen. Das zum ersten. Und zum zweiten, Sciss ...

Gregory brach ab. Es trat eine tiefe, vollkommene Stille

ein, in der erschreckend deutlich langsame, aufeinanderfolgende, regelmäßige knarrende Geräusche zu hören waren, die nicht mehr von jenseits der Wand kamen, sondern aus dem Zimmer, in dem sich beide befanden. Diese Erscheinung hatte Gregory schon mehrmals in großen, mehrwöchigen Intervallen gehört, bisher hatten sie jedoch nur dann stattgefunden, wenn er im Dunkeln im Bett lag. Beim erstenmal hatte ihn diese Serie von knarrenden Geräuschen, die sich seiner Schlafstelle näherten, sogar aus dem Schlummer aufgestört; er war in der festen Überzeugung erwacht, daß sich jemand im Zimmer befand und auf bloßen Füßen auf ihn zuschlich. Er hatte sofort das Licht eingeschaltet, aber niemand war da. Das zweitemal geschah es sehr spät, kurz vor dem Morgengrauen, als er, als Folge von Mr. Fenshaws Treiben von Schlaflosigkeit gequält, erstarrt dalag, in einer Art Dämmerzustand. Auch diesmal schaltete er das Licht ein, ergebnislos, wie beim erstenmal. Beim drittenmal achtete er nicht mehr besonders auf das Knarren, denn er sagte sich, daß sich in alten Häusern die Fußböden ungleichmäßig verziehen und daß dies nur dann zu hören sei, wenn völlige Stille herrscht, in der Nacht. Jetzt jedoch wurde das Zimmer von der Schreibtischlampe hell erleuchtet; die Möbel, die mit Sicherheit ebenso alt waren wie das Parkett, gaben keinen Laut von sich. Dagegen knackte das Parkett leise, aber deutlich in der Nähe des Kamins. Dann knarrte es wieder, aber diesmal näher, mehr in der Mitte des Zimmers – zweimal, etwas rascher, einmal vor Gregory, das zweitemal hinter ihm. Und erneut herrschte völlige Ruhe. Nach einem Augenblick, während dessen Gregory bewegungslos mit hochgezogenen Schultern verharrte, kam aus Mr. Fenshaws Zimmer, so schwach, wie aus wesentlich größerer Entfernung, ein Kichern ... oder Weinen? – sehr schwach, greisenhaft, möglicherweise durch eine Decke gedämpft, das in einem kraftlosen Hüsteln endete. Und wieder war es still.

– Zum zweiten; Sciss hat sich teilweise selbst widersprochen ...

Gregory bemühte sich vergeblich, den gerissenen Faden wiederaufzunehmen, die Pause war zu lang gewesen, er konnte nicht länger vorgeben, daß nichts passiert war. Er bewegte mehrmals ratlos den Kopf, als ob er Wasser aus dem Ohr schütteln wollte, und setzte sich auf den Stuhl.

– Ich verstehe – sagte Sheppard, der sich auf seinem Sitz vorbeugte und ihn aufmerksam betrachtete. – Sie verdächtigen Sciss, weil Sie meinen, dazu verpflichtet zu sein. Sicherlich haben Sie auch festzustellen versucht, wo Sciss sich während sämtlicher kritischer Nächte aufgehalten hat? Wenn er auch nur für eine Nacht ein ausreichendes Alibi hätte, würde der Verdacht in sich zusammenfallen – es sei denn, man würde Komplizenschaft als Hypothese annehmen, Wundertaten per procuram. Und dann?

»Er hat nichts bemerkt? Gibt es das denn?« – schoß es Gregory durch den Kopf. – »Das ist unmöglich, vielleicht ... vielleicht hört er schlecht! Ja sicher, das Alter.« – Er bemühte sich krampfhaft, sich zu konzentrieren und rekonstruierte innerlich Sheppards letzte Worte, die ihm noch im Ohr klangen, deren Bedeutung ihm jedoch nicht bewußt geworden war.

– Aber ja ... natürlich – stammelte er. Und wieder zu sich kommend: – Sciss ist ein solcher Eigenbrötler, daß von einem sicheren Alibi keine Rede sein kann. Er hätte verhört werden müssen, aber ich habe das nicht gemacht. Ja, ich habe die Untersuchung vermasselt. Ich habe sie vermasselt ... Selbst diese Frau, die ihm den Haushalt führt, habe ich nicht vernommen ...

– Eine Frau? ... – sagte Sheppard mit deutlicher Verwunderung. Er blickte Gregory an, als ob er ein Lachen unterdrückte. – Das ist doch seine Schwester! Nein, wirklich, Gregory, man kann nicht behaupten, daß Sie allzu viel ausgerichtet haben! Wenn Sie diese Frau nicht verhören wollten, dann hätten Sie besser mich verhören sollen! An dem Tag, an dem die Leiche in Lewes verschwand – Sie erinnern sich, zwischen drei und fünf nachts – war Sciss bei mir.

– Bei Ihnen? – flüsterte Gregory.

– Ja. Ich hatte ihn damals bereits zur Mitarbeit herangezogen, zunächst privat, das heißt, ich legte ihm bei mir zu Hause die Materialsammlung vor. Er ist nach Mitternacht gegangen; ich kann nicht sagen, ob es fünf Minuten nach zwölf war oder auf halb eins zuging, aber selbst wenn man davon ausgeht, daß Mitternacht gerade erst vorüber war, hätte er im Wagen mit Höchstgeschwindigkeit nach Lewes fahren müssen, und auch so bezweifle ich, daß er den Ort vor drei Uhr früh erreicht hätte. Eher so gegen vier. Aber das ist nicht das wichtigste. Wie Sie wissen, Leutnant, gibt es verschiedene Arten der Unwahrscheinlichkeit; auf materiellem Gebiet zum Beispiel neunundneunzigmal Kopf bei hundert Münzenwürfen; andererseits gibt es jedoch Unwahrscheinlichkeiten auf psychologischer Ebene, Dinge, die an das absolut Unmögliche grenzen. Ich kenne Sciss seit Jahren, er ist ein unausstehlicher Mensch, ein Egozentriker, eine Mischung aus Rasierklinge und Glassplitter, bei aller Brillanz seines Geistes arrogant, bar jeglichen Taktgefühls; vielleicht läßt er einfach außer Betracht, daß bestimmte Regeln zwischenmenschlichen Verkehrs nicht so sehr aus Höflichkeit eingehalten werden, sondern nur zur Erleichterung des Zusammenlebens. Ich hege hinsichtlich seiner Person keinerlei Illusionen, aber daß er sich auf allen vieren unter alten Särgen in Leichenhallen verstecken könnte, daß er die aufklappenden Kiefer von Leichen mit Pflastern zusammenkleben würde, daß er im

Schnee Spuren eindrücken würde, daß er sich mit der Unterbrechung der Totenstarre abplagen sollte, nur um einen toten Körper wie eine Puppe zu schütteln und damit einen Polizisten zu erschrecken – all das trifft überhaupt nicht auf den Sciss zu, den ich kenne. Bitte beachten Sie, ich behaupte nicht, daß er keine Straftaten begehen könnte, oder sogar Verbrechen, ich meine nur, daß er sie nicht unter so makaber-trivialen Umständen begehen könnte. Einen der beiden Sciss' kann es nicht geben, entweder den, der diesen ganzen Friedhofsmummenschanz veranstaltet hat, oder den, den ich kenne. Das heißt, um ihn zu inszenieren, hätte er im Alltagsleben beständig einen völlig anderen Menschen als den spielen müssen, der er in Wirklichkeit ist, oder, um es vorsichtiger auszudrücken, der er zu sein scheint, wenn er all das getan hat, dessen Sie ihn bezichtigen. Halten Sie eine derart konsequente Schauspielerei für möglich?

– Ich habe Ihnen schon gesagt, daß mir alles möglich erscheint, was mich von der Notwendigkeit befreit, an ein Wunder zu glauben – sagte Gregory dumpf, der wieder heftig seine Hände rieb, als begänne er zu frieren. – Ich kann mir den Luxus einer derartigen Psychologisierung nicht erlauben. Ich muß einen Täter haben, ich muß ihn um jeden Preis haben. Vielleicht ist Sciss wahnsinnig – im gewissen Sinne des Wortes –, vielleicht ist er ein Monomane, vielleicht leidet er an Schizophrenie, einer Spaltung des Ego, vielleicht hat er einen Komplizen, oder seine Theorie deckt den wahren Täter – es gibt viele Varianten, sollen sich doch die Sachverständigen darum kümmern.

– Können Sie mir eine Frage beantworten? – sagte Sheppard sehr sanft – wobei ich ausdrücklich betonen möchte, daß ich Ihnen auf keinen Fall etwas suggerieren, aufgrund meiner Position aufdrängen möchte und ausdrücklich zugebe, daß ich in dieser Angelegenheit nichts, aber auch gar nichts weiß.

– Wie lautet die Frage? – warf Gregory scharf, beinahe brutal ein und fühlte, daß er bleich wurde.

– Warum lassen Sie überhaupt nicht die Möglichkeit einer anderen Erklärung außerhalb des kriminalistischen Bereichs zu?

– Ich habe das doch schon gesagt, ich habe es so oft gesagt! Weil die Alternative ein Wunder wäre!

– Meinen Sie das? – sagte Sheppard, der plötzlich bekümmert wirkte. Er stand auf und glättete seine Rockschöße. – Hoffentlich ist es so. Sciss' Alibi, über das ich gesprochen habe, läßt sich rasch überprüfen, nicht wahr, Leutnant? Ich denke an den Fall in Lewes, weil ich Sciss nur bis Mitternacht gesehen habe. Mein Mantel, glaube ich, ist doch hier? Danke sehr, vielleicht kommt ein Wetterumschwung, mein Rheumatismus meldet sich, und ich kann kaum den Arm heben. Danke sehr. Es ist schon nach Mitternacht. Ich bin zu lange geblieben. Auf Wiedersehen! Aha, noch eines, so für die Freizeit; vielleicht könnten Sie gewissermaßen zur Übung herausfinden und mir mitteilen, wer hier im Zimmer so geknarrt hat, während wir uns unterhalten haben? Nun, weil das doch auch kein Wunder war, nicht wahr? Oh, bitte, bitte wundern Sie sich nicht, Sie haben das doch genau bemerkt! Vielleicht sogar zu genau? Zum Ausgang geht es die Treppe hinunter und durch den Salon mit den Spiegeln, oder irre ich mich? Nein, bitte bringen Sie mich nicht hinaus. Die Haustür ist verschlossen, aber ich habe den Schlüssel im Schloß stecken sehen. Vielleicht schließen Sie später ab, in dieser Gegend verkehren keine Diebe. Gute Nacht und vor allem Ruhe und Umsicht, Herr Leutnant.

Er ging hinaus, und Gregory folgte ihm, ohne sich über das, was er machte, richtig im klaren zu sein. Der Inspektor durchquerte die Zimmerflucht mit den offenstehenden Türen, ohne zu zögern, und ging die Treppe hinunter zum Tor. Der Detektiv folgte ihm langsam und hielt sich am Geländer fest wie ein Betrunkener. Das Tor ging leise zu. Gregory erreichte es, drückte es zu, drehte automatisch zweimal den Schlüssel um, dann kehrte er in sein Zimmer zurück, der Kopf dröhnte ihm, die Augen brannten wie Feuer. Er warf sich so, wie er war, quer auf das Bett. Das Haus war völlig ruhig, in den Fenstern schimmerten die Strahlen weit entfernter Lichter, die Uhr tickte leise; er blieb so liegen, ohne zu wissen wie lange.

Nach einiger Zeit kam es ihm so vor, als sei die Schreibtischlampe schwächer geworden als vorher. »Ich bin wohl sehr erschöpft – dachte er – ich muß mich hinlegen und schlafen, sonst schaffe ich morgen nichts.« Aber trotzdem rührte er sich nicht. Ein wolkenartiges Gebilde oder eine winzige Rauchfahne zog über den Sessel dahin, in dem kurz zuvor Sheppard gesessen hatte, aber das war ihm gleichgültig; er blieb kraftlos liegen und lauschte seinem eigenen Atem. Plötzlich ertönte ein Klopfen.

Ein dreimaliges, deutlich voneinander abgesetztes Pochen ließ ihn zur Tür blicken. Er blieb jedoch weiter liegen. Das Pochen wiederholte sich. Er wollte »herein« sagen, aber es ging nicht; seine Kehle war ausgedörrt wie nach einer Sauferei. Er stand auf und ging zur Tür. Er legte die Hand auf die Klinke und erstarrte, denn plötzlich wurde er wie durch einen starken Lichtstrahl von der Vorahnung geblendet, *wer* dort hinter der Tür stand. Er riß die Klinke herunter und beugte sich in die Dunkelheit hinaus; das Herz stockte ihm für einen Augenblick. Es war niemand da. Er lief im langen Lichtstreifen, der aus der geöffneten Tür fiel, mit ausgestreckten Armen hinaus, um nicht gegen den zu prallen, der ganz in der Nähe sein mußte – er stieß jedoch auf nichts.

Er ging im stärker werdenden Widerhall seiner Schritte immer weiter. »Wie groß dieses Haus ist« – dachte er; gleichzeitig erblickte er eine hohe Silhouette, die sich in den seitlichen Korridor zurückzog. Er stürzte hin, als Antwort war ein leichtes Getrappel zu hören, der andere flüchtete vor ihm. Plötzlich sah er vor sich eine Tür zuschlagen, er jagte hinterher und konnte gerade noch vor den Pfosten eines mit himmelblauen Bezügen zugedeckten Bettes anhalten. Er wollte sich betreten zurückziehen, denn er erkannte Mr. Fenshaws Zimmer. Eine Lampe mit einer geäderten Alabasterkuppel hing so niedrig über dem Tisch, daß sie ihn beinahe berührte; der Tisch war an das Bett gerückt worden, weiter hinten stand ein Schrank mit gewölbten Türen, und an der Wand, die an sein Zimmer grenzte, lehnten zwei Modellpuppen, wie sie in Modesalons verwendet werden. Sie waren nackt, und das Licht der Lampe glänzte auf ihren langen, cremefarbenen Gliedern. Beide hatten hübsches, echtes Haar – es waren Mannequins – und die eine, die Gregory zugewandt war, und ein höfliches totes Lächeln im Gesicht hatte, klopfte gleichmäßig mit dem Finger gegen die Wand. Gregory war starr vor Staunen.

Im selben Moment erblickte er den auf dem Boden hinter dem Mannequin sitzenden alten Mr. Fenshaw, der leise kicherte, als ob er ununterbrochen hüstelte, und in beiden Händen Fäden hielt, die zu den Händen und dem Rumpf der Mannequins liefen und die er geschickt mit Hilfe kleiner Hebel manipulierte, wie man sie hinter den Kulissen von Marionettentheatern sehen kann.

– Nein, nein – sagte er – Sie brauchen sich nicht zu fürchten, wissen Sie das nicht? Sicherlich haben diese Laute Sie nicht schlafen lassen? Das ist mir sehr peinlich, aber ich kann das nur nachts machen. Ich beschwöre Geister, wissen Sie.

– Aber man braucht dafür doch einen Tisch – sagte Gregory dümmlich und sah sich ziellos im Zimmer um.

– Tische sind schon altmodisch, jetzt macht man es so – sagte Mr. Fenshaw, der immer noch an den Fäden zog.

Gregory antwortete darauf nichts. Hinter Mr. Fenshaws Rücken hing eine bis zum Boden reichende Übergardine mit gelben Fransen; auf der einen Seite wölbte sie sich ein wenig, als ob sie sorgsam über einen senkrechten, großen Gegenstand gezogen worden wäre.

Gregory wandte sich rasch wieder an Mr. Fenshaw mit der unglaublich idiotischen Frage nach dem Hersteller der Mannequins. Lobte seine Geschicklichkeit, mit der er die Puppen dirigierte und zog sich gleichzeitig ein wenig zurück, etwas seitlich zur Portiere hin, bis er mit dem Arm gegen sie stieß. Eine breite Falte bildete sich unter dem Druck seines Arms – bis er auf Widerstand traf, Gregory wußte jetzt, daß dort ein Mensch stand. Er atmete tief durch und blieb sekundenlang mit gespannten Muskeln stehen, dann begann er durch das Zimmer zu gehen und erregt laut vorzutragen. Er vertraute Mr. Fenshaw in geradezu geschmackloser Ausführlichkeit seine nächtlichen Ängste an und da er nicht sicher war, dadurch den Argwohn des anderen genügend einzuschläfern, begann er, ohne zu zögern, von der Untersuchung zu sprechen. Er blieb mal vor den Mannequins stehen, mal vor dem Vorhang, bald sprach er sie an, bald jenen, als ob er Mr. Fenshaw nicht mehr wahrnahm. Dieses Spiel gab ihm das Gefühl wachsender Überlegenheit; zielbewußt steigerte er das Risiko der Situation und wählte bewußt doppelsinnige Worte, wenn er sie gegen den unbewegt gewölbten gelben Stoff des Vorhangs schleuderte, mit triumphierendem und zugleich beklommenen Herzen. Er lachte laut und ließ rasche Blicke durch das Zimmer schweifen, als spielte er in einer Komödie einen Detektiv und wäre nicht tatsächlich einer. In seinem Kopf dröhnte ununterbrochen der Schrei: »Hinaus! Ich sehe dich!« Er sprach immer schneller und verworrener und schleuderte zusammenhanglose Sätze von sich. Als er mit dem Rücken zu dem Verborgenen stand, so nah, daß er die Wärme seines regungslosen Körpers spürte, erblickte er in den Augen des sich vom Boden aufrichtenden alten Mr. Fenshaw eine Mischung aus Grausen und Mitleid. Irgend etwas hatte ihn gepackt, er konnte sich nicht losreißen, ruderte mit den Armen, der Atem stockte ihm, eine lähmende, kalte Schärfe drang in seine Brust und alles rings um ihn schien zu einem Standphoto zu gerinnen. Er fiel weich und dachte mit ungewöhnlichem Erstaunen: »Also das ist der Tod, er beruht darauf, daß alles erstarrt, aber wo bleibt der Schmerz?« – und mit ersterbendem Bewußtsein wartete er auf den Todeskampf und versuchte die Augen möglichst weit aufzureißen. Zwischen dem weitgeöffneten Vorhang, den er vom Boden her sah, stand ein grauhaariger Mann. Er beugte sich mit intensiver Aufmerksamkeit über Gregory. »Ich sehe nichts mehr« – dachte der Leutnant verzweifelt, obgleich er ihn noch sah – »ich werde nicht erfahren, welcher von beiden es ist.« Die Umgebung verwandelte sich in eine dröhnende Glocke, dann begriff er wortlos, daß der Mann ihn erschlagen hatte, den er hatte bezwingen wollen, daß der andere gesiegt hatte. Und damit war der Traum beendet – im dunklen Zimmer, in dem erkalteter, bitterer Geruch von Tabaksrauch in der Luft lag, läutete das Telphon, verstummte und läutete erneut. Je wacher er wurde – das Aufwachen war ebenso quälend wie der Alptraum – desto deutlicher wurde ihm klar, daß das monotone Klingelzeichen schon seit längerer Zeit ertönte.

– Gregory – stotterte er in den Hörer und stützte sich mit aller Kraft auf den ausgestreckten Arm; das Zimmer drehte sich um ihn.

– Hier Gregson. Ich rufe schon seit einer halben Stunde

an. Hör zu, Alter, eine Meldung aus Beavers Home ist eingetroffen, sie haben dort die Leiche dieses Typs gefunden, der vor drei Wochen verschwunden ist.

– Was? – rief Gregory angsterfüllt. – Wo? Was für eine Leiche?

– Mann Gottes, du pennst ja noch! Es handelt sich um den Körper dieses Seemanns – er hieß Aloney –, der aus dem Prosektorium verschwunden ist. Sie haben ihn in einem Schrottlager gefunden, in entsetzlichem Zustand, er muß dort schon lange gelegen haben.

– In Beverley ...? – sagte Gregory leise; in seinem Kopf hämmerte es wie nach einem Rausch.

– Nein, in Beavers Home, wach endlich auf! Das ist zehn Meilen weiter nördlich. Dort, wo das große Gestüt von Lord Altringham ist, du weißt schon, wo.

– Wer hat ihn gefunden?

– Arbeiter, gestern abend, aber der Posten hat uns erst jetzt benachrichtigt. In irgend so 'nem Plunder, mitten auf dem Feld vor der Baracke. Voller Rost, Blechteilen, dort liegen ganze Stapel davon herum. Fährst du hin?

– Nein. Ich kann nicht – stieß Gregory heftig hervor und fügte sofort ruhiger hinzu:

– Ich fühle mich schlecht, vielleicht habe ich Grippe. Soll Calls hinfahren, ruf ihn an, ja? Und einen Arzt. Sörensen wird sicher nicht können, das heißt, er will nicht. Soll doch King fahren. Mach das bitte klar, Gregson, hörst du? Calls weiß mit solchen Sachen gut Bescheid. Aha, einen Photographen soll er mitnehmen. Aber das weißt du ja selbst. Ich kann wirklich nicht.

Er brach ab, weil er fühlte, daß er zuviel redete. Einen Augenblick lang herrschte im Hörer Schweigen.

– Wie du willst – erklärte Gregson schließlich. – Wenn du krank bist, ist es klar, daß du nicht kommen kannst. Ich dachte nur, dir wäre daran gelegen.

– Na klar! Ich möchte wissen, was sie dort gefunden haben. Ich werde gleich ein paar Tabletten schlucken, Aspirin und so weiter, ich glaube, daß ich dann wieder auf die Beine komme. Zum Yard werde ich so etwa ... gegen eins kommen. Sag Calls, daß ich auf ihn warte.

Gregory legte den Hörer aus der Hand und trat ans Fenster. Es dämmerte; er wußte, daß er nicht mehr einschlafen würde. Er öffnete weit die Tür zur Terrasse und betrachtete, in der durchdringenden, feuchten Luft stehend, die die Gardine hin und herbewegte, den farblosen Himmel des neuen Tages.

Teil VI

Es war ein paar Minuten vor vier, als Gregory sich vor dem »Ritz« einfand. Er warf einen Blick auf die Uhr, die auf der Säule der Straßenbahnhaltestelle angebracht war, und blieb vor dem Schaukasten stehen, in dem sich langsam die von innen her beleuchteten Photos des neuen Films drehten. Er betrachtete unaufmerksam die langbeinigen Weiber in zerrissener Unterwäsche, die maskierten Gangster und die Autos, die in Staubwolken zerschellten. Vor dem Restaurant hielten dicke amerikanische Straßenkreuzer. Aus einem schwarzen Packard stieg ein Touristenpaar aus Übersee – sie alt, häßlich geschminkt, in einer brillantenbesetzten Zobelstola, er schlank, jung, in diskretes Grau gekleidet. Er hielt die Handtasche der Frau in der Hand und wartete geduldig, bis sie aus dem Auto stieg. Hinter der Woge des unaufhörlich fließenden Verkehrs, auf der gegenüberliegenden Straßenseite, leuchtete über dem Kino die Neonreklame, die in den umliegenden Fensterscheiben und Schaufenstern bläuliche Reflexe aufleuchten ließ. Die Uhr zeigte vier. Gregory ging zum Eingang. Der Vormittag war so verlaufen, wie er es vorhergesehen hatte. Der sehnsüchtig erwartete Calls hatte das Protokoll der Leichenbeschauung und den Bericht über die Umstände seiner Entdeckung mitgebracht, das eine wie das andere eigentlich wertlos. Das Aufstellen einer »Leichenfalle« war ganz offensichtlich eine Fiktion. Es war unmöglich, Polizisten auf einer Fläche von zweihundert Quadratkilometern zu postieren.

Der betreßte Portier riß vor ihm die Tür auf. Er trug Handschuhe von besserer Qualität als Gregory. Der Leutnant fühlte sich unwohl, er konnte sich nur mit Mühe vorstellen, wie diese Begegnung verlaufen würde. Sciss hatte ihn gegen zwölf angerufen und ihm ein gemeinsames Essen vorgeschlagen. Er war die Höflichkeit in Person gewesen und schien sich überhaupt nicht mehr an den vorangegangenen Abend zu erinnern. Er erwähnte mit keinem Wort den unglücklichen Bluff mit dem Telephonanruf. Der »Zweite Akt« – dachte Gregory, als er sich im Saal umsah. Er erblickte Sciss, wich den ihm entgegeneilenden befrackten Kellnern aus und trat an einen von Palmen umgebenen Tisch. Er war befremdet, als er zwei unbekannte Männer erblickte, zwischen denen Sciss saß. Sie begrüßten sich, Gregory nahm etwas steif Platz, im Rücken hatte er eine scharlachrote Tapete, an den Seiten Palmen in Majolikakübeln. Der Tisch stand auf einem Podest, vom dem man den gesamten Innenraum des »Ritz« überblicken konnte, die mondänen Frauen, die von unten her beleuchteten, farbigen Fontänen und die Säulen im pseudomauretanischen Stil. Sciss reichte ihm die Karte; Gregory gab vor, sie zu studieren und runzelte die Stirn. Er hatte das Gefühl, zum Narren gehalten zu werden.

Seine Annahme, daß Sciss ein ausführliches Gespräch wünschte, verflüchtigte sich. »Ich Esel, er will mir mit seinen Beziehungen imponieren« – dachte er und betrachtete mit betonter Gleichgültigkeit seine Tischnachbarn. Es handelte sich um Armour Black und Dr. McCatt. Black war ihm durch seine Bücher und Photos aus den Illustrierten bekannt. Der Schriftsteller, der sich auf dem Gipfel seiner Popularität befand, war etwa fünfzig Jahre alt. Eine ganze Serie von Kurzgeschichten, die man nach Jahren des Totgeschwiegenwerdens veröffentlichte, hatte ihm endlich Ruhm eingebracht. Er hielt sich ausgezeichnet, und man konnte sehen, daß die Zeitungsphotos, die ihn beim Tennis oder Angeln zeigten, nicht aus der Vergangenheit stammten. Er hatte große, gepflegte Hände, einen breiten Kopf mit dunklen Haaren, eine fleischige Nase und dicke Augenlider, dunkler als sein Gesicht, das älter wirkte, wenn er die Augen schloß. Er machte das mehrmals für längere Zeit, als ob er sich einem Dialog mit sich selbst überließe. Der zweite Mann war wesentlich jünger, aber nur dem Anschein nach: sehr schmächtig, jungenhaft, mit einem stark hervorspringenden Adamsapfel, der ihm den Hals zu sprengen schien, einem etwas zu weiten Kragen und eng zusammenstehenden blauen Augen. Er benahm sich exzentrisch, bald heftete er seinen etwas verglast wirkenden Blick auf das vor ihm stehende Weinglas, bald krümmte er sich zusammen, dann scheinbar wieder zu sich kommend, richtete er sich auf und blieb eine Minute lang überaus steif sitzen. Er sah sich im Saal mit offenem Mund um, schaute plötzlich Gregory an, durchbohrte ihn mit seinem durchdringenden Blick und lächelte danach unverhofft wie ein Lausejunge. Er war als Typ Sciss ähnlich, vielleicht deshalb, dachte Gregory, weil er Wissenschaftler ist. Während Sciss ihn jedoch an einen langbeinigen Vogel erinnerte, hatte McCatt eher etwas von einem Nagetier an sich.

Diesen Strom zoologischer Assoziationen unterbrach ein belangloser Streit zwischen Black und Sciss.

– Nein, bloß nicht »Château Margot« – erklärte der Schriftsteller kategorisch, der mit der Weinkarte fuchtelte. – Das verdirbt einem jeglichen Appetit. Es tötet den Geschmack und bringt die Magensäfte in Aufruhr. Und überhaupt – er blickte mit äußerstem Widerwillen auf die Karte – es gibt hier nichts. Nichts! Aber das macht ja nichts. Ich bin schon an Opfer gewöhnt.

– Aber ich bitte dich – Sciss war ernstlich verlegen. Der Oberkellner kam, der Gregory an einen berühmten Dirigenten erinnerte. Black murmelte und schimpfte noch, als die Vorspeisen gebracht wurden. Sciss machte eine Bemerkung über einen neuen Roman, aber seine Worte versanken in Schweigen. Black gab sich noch nicht einmal die

Mühe, darauf zu antworten, er blickte nur mit vollem Mund Sciss an, und seine funkelnden Augen drückten Empörung aus, als ob der Doktor Gott weiß was für eine Taktlosigkeit begangen hätte. »Dieser berühmte Freund hält ihn an der kurzen Leine« – dachte Gregory mit Genugtuung. Sie aßen schweigend weiter, während der Lärm im Saal zunahm. McCatt zündete sich zwischen Suppe und Hauptgang eine Zigarette an, warf versehentlich das brennende Streichholz in sein Weinglas und fischte es mühsam wieder heraus. Da Gregory keine andere Beschäftigung hatte, sah er ihm bei seinen Bemühungen zu. Sie hatten das Essen fast glücklich beendet, als sich Black vernehmen ließ:

– Ich war schon etwas milder gestimmt. Aber, Harvey, wenn ich an deiner Stelle wäre, würde ich Gewissensbisse empfinden. Diese Ente – was hat man bloß in ihrem letzten Lebensabschnitt mit ihr angestellt! Die Beerdigung mißhandelter Wesen hat immer etwas Appetitzügelndes an sich.

– Aber Armour ... – stotterte Sciss, der nicht wußte, was er sagen sollte. Er wollte lachen, aber es gelang ihm nicht. Black nickte langsam.

– Ich sage im Grunde ja gar nichts dagegen. Hier treffen wir uns – Geier aus allen vier Himmelsrichtungen. Und dann diese Äpfel, was für eine Perfidie, ein wehrloses Geschöpf mit Äpfeln zu steinigen! Oder? Apropos, du hast doch sicher schon die Statistik der übernatürlichen Friedhofsvorkommnisse fertiggestellt?

– Ich kann sie dir geben. Ich sage dir, sie enthält nichts Übersinnliches. Du wirst es selbst sehen.

– Nichts Übersinnliches? Das ist ja fatal! Mein Lieber, angesichts dessen will ich deine Statistik nicht haben. Auf keinen Fall!

Gregory amüsierte sich nicht schlecht, als er sah, welche Qualen Sciss erduldete, der sich gegenüber dem Tonfall des Schriftstellers hilflos zeigte.

– Aber das ist doch interessant – bemerkte McCatt gutmütig. – Als Problem ist es sicherlich interessant.

– Als Problem? Das habe ich schon gehört. Ein Plagiat des Evangeliums, nicht mehr. Was noch?

– Kannst du nicht einen Augenblick lang ernsthaft sein? – fragte Sciss mit unverhohlener Ungeduld.

– Aber ich bin niemals ernsthafter als jetzt, wenn ich scherze!

– Hör mal, mir ist da diese Geschichte eingefallen – sagte McCatt zu Sciss. – Die Sache mit den Pferden aus Elberfeld. Weißt du, diese Pferde, die lesen und rechnen konnten. Damals sah es auch nach der Alternative: Wunder oder Betrug aus.

– Aber es war doch kein Betrug, nicht wahr? Das hat sich doch am Ende herausgestellt – warf Black ein.

– Natürlich war es keiner. Dieser Kerl, der die Pferde dressiert hat – ich kann mich nicht an seinen Namen erinnern –, hat überhaupt nicht betrogen. Er glaubte auch daran, daß Pferde sich tatsächlich unterhalten und rechnen können. Sie trommelten mit den Hufen die Zahlen und Buchstaben des Alphabets und fanden die richtigen Lösungen dadurch, daß sie ihren Herrn beobachteten. Mit einem Wort, sie lasen sie nicht von seinem Mund ab, sondern aus seinem ganzen Gebaren, aus Veränderungen des Mienenspiels, unmerklichen Gesten, einem Entspannen der Haltung, aus so unscheinbaren Bewegungen, daß sie für einen menschlichen Beobachter nicht wahrnehmbar waren. Nun, diese Vorstellungen haben unter der äußerst strengen Kontrolle von Wissenschaftlern stattgefunden!

– Und hat ihnen das genügt?

– Es ist kaum glaubhaft, aber es war so. Und somit hatte der traditionelle Standpunkt, der immer eine von zwei Möglichkeiten akzeptierte – ein Wunder oder einen Bluff – sich als falsch erwiesen. Denn es existierte eine dritte.

– Ich suche den Täter – erwiderte der Leutnant ruhig.

– Ach, ja? Natürlich... natürlich, als Spezialist für »Singularismen«. Sie glauben also nicht an ein Virus?

– Natürlich glaube ich daran. Das ist ein ganz besonderes Virus. Glücklicherweise hat es viele besondere Kennzeichen. Es bevorzugt zum Beispiel Dunkelheit und Einöde, deshalb operiert es ausschließlich nachts, in verfallenen Dörfern. Es meidet Polizisten wie die Pest, offensichtlich sind sie besonders immun. Für seine Operationen bevorzugt es Kadaver, am liebsten krepierte Katzen. Es hat auch literarische Interessen, allerdings beschränken sie sich auf die Lektüre von Wettervorhersagen.

Es war sehenswert, wie der Schriftsteller Gregory mit wachsender Heiterkeit zuhörte. Sein Gesichtsausdruck veränderte sich, er wirkte zunehmend entspannt, als er rasch zu sprechen begann:

– Das sind so vage Kennzeichen, daß so mancher Ihrem Steckbrief entsprechen würde, Inspektor. Zum Beispiel der, der die Erde mit Steinen bewirft. Meteoriten gehen auch meistens in Wüsten nieder, weit außerhalb des Blickfeldes von Menschen und Polizei, dazu noch nachts, noch mehr vor Tagesanbruch, worin sich eine besondere Perfidie zeigt, weil die Wachtposten dann, durch den langen Nachtdienst ermüdet, fest schlafen. Wenn Sie Sciss fragen, wird er sagen, daß der Teil der Erde, der am häufigsten mit Meteoriten bombardiert wird, in einer Zone abnehmender Nacht liegt und damit die Fahrtrichtung unserer kosmischen Reise darstellt, und es ist doch bekannt, daß immer mehr Blätter gegen die vordere als gegen die Heckscheibe eines fahrenden Autos fliegen. Wenn Sie allerdings unbedingt einen Täter haben müssen...

– Es geht nicht darum, daß Meteoriten herunterfallen und Viren handeln, sondern darum, daß lebendige und konkrete Personen diese Erscheinungen imitieren können.

Nur einen solchen Täter suche ich, auf meine Weise und ganz irdisch, ohne mich um den Urheber der Meteoriten und Sterne zu kümmern ... – antwortete Gregory in schärferem Ton als beabsichtigt. Der Schriftsteller blickte ihn unentwegt an.

– Oh, Sie werden ihn haben. Das garantiere ich Ihnen. Das steht fest. Übrigens ... Sie haben ihn bereits.

– So? – Der Leutnant zog die Augenbrauen hoch.

– Nun, vielleicht werden Sie ihn nicht fassen, das heißt: keine ausreichende Zahl von Indizien und Beweisen sammeln, um die Hand auf ihn legen zu können, aber da liegt der Hase nicht im Pfeffer. Ein nichtgefaßter Täter – das wäre eine Schlappe für Sie, noch ein Fall, der unerledigt zu den Akten gelegt würde. Ein Täter dagegen, den es nicht gibt, den es überhaupt nicht gegeben hat – das ist etwas ganz anderes, das ist wie der Brand eines Archivs, eine Sprachenverwirrung des so hochgeschätzten Inhalts der polizeilichen Akten, das Ende der Welt! Die Existenz eines Täters, ob gefaßt oder nicht, ist für Sie keine Frage von Erfolg oder Niederlage, sondern von Sinn oder Sinnlosigkeit Ihres Handelns. Und weil dieser Mensch für Sie Frieden, Erlösung, Errettung bedeutet, werden Sie ihn auf irgendeine Weise fassen, werden Sie diesen ausgemachten Schurken erwischen, selbst wenn er gar nicht existieren sollte.

– Mit einem Wort, ich bin das Opfer von Verfolgungswahn, ein Besessener, der den Fakten zum Trotz handelt? – fragte Gregory und kniff die Augen zusammen. Er hatte von dieser Unterhaltung genug und war bereit, sie zu beenden, und sei es durch Arroganz.

– Die Presse wartet jetzt erregt auf die Enthüllungen des Konstablers, der in der Nähe der Leichenhalle geflüchtet ist – sagte Black. – Sie auch? Erhoffen Sie sich viel davon?

– Nein.

– Das habe ich gewußt – verkündete ihm der Schriftsteller trocken. – Wenn er erwacht und sagt, er habe mit eigenen Augen eine Wiederauferstehung gesehen, werden Sie denken, daß ihm das so vorgekommen ist, daß man den Aussagen eines Menschen keinen Glauben schenken kann, der eine schwere Gehirnerschütterung erlitten hat, was Ihnen übrigens jeder Arzt bestätigen wird. Entweder werden Sie sagen, daß der Täter noch raffinierter vorgegangen sei, als sie vermutet hatten, daß er unsichtbare Nylonfäden verwendete, oder aber, daß er sich mit einer absolut schwarzen Substanz getarnt hat, so daß er unsichtbar war. Für Sie, Inspektor, existiert nur ein Barabas und kein Wunder, und deshalb werden Sie, auch wenn Sie selbst eine derartige Szene gesehen und die Stimme haben sprechen hören: »Lazarus, steh auf!« – Sie selbst bleiben. Sie selbst, das heißt: das Opfer einer Halluzination oder einer Täuschung oder eines ausgeklügelten Schwindels. Ich sage Ihnen: Niemals werden Sie auf einen Täter verzichten, weil seine Existenz die Ihrige impliziert!

Gregory, der sich vorgenommen hatte, alles gleichmütig anzuhören, was gesagt werden würde, versuchte zu lächeln, aber er schaffte es nicht. Er spürte, daß er blaß wurde.

– Ich bin also einer der Wächter vor dem Heiligen Grab? – sagte er. – Oder vielleicht doch ein Saulus – vor der Bekehrung? Lassen Sie mir nicht diese Chance?

– Nein – erwiderte der Schriftsteller. – Nicht ich, Sie geben sich selbst keine Chance. Das ist weder eine Frage der Methodologie noch der Statistik, sondern des Glaubens. Sie glauben an einen Täter, und daher muß es so sein. Es muß Polizisten geben, und es muß derartige Gräber geben.

– Das ist ja noch besser – sagte Gregory und lachte unnatürlich. – Ich mache noch nicht einmal das, was ich will, sondern erfülle nur das Schema einer Tragödie? Vielleicht einer Tragikomödie? Wenn Sie schon so höflich sind, wären Sie bereit, die Rolle des Chors zu übernehmen ...

– Aber selbstverständlich. Das ist mein Beruf – entgegnete der Schriftsteller heftig.

Sciss, der dem Gespräch mit wachsender Ungeduld zuhörte, hielt es nicht mehr länger aus.

– Armour, mein Lieber – redete Sciss ihm zu – treibe die Sache doch nicht ins Absurde. Ich weiß, daß du das liebst, Paradoxe sind für dich das, was für den Fisch Wasser ist.

– Der Fisch erschafft nicht das Wasser – wandte Black ein, aber der Doktor hörte ihm nicht zu.

– Es geht nicht um Lyrik, um eine Dramatisierung, sondern um Fakten. Entia non sunt multiplicanda – das weißt du doch. Die Ermittlung der Struktur von Ereignissen hat nichts mit Glauben zu tun. Die oberste Arbeitshypothese, von der die Forschung ausgeht, kann falsch sein. So eine falsche Hypothese ist eben die Behauptung, es existiere ein »menschlicher« Täter ...

– Fakten existieren nur dort, wo es keine Menschen gibt – erwiderte der Schriftsteller. – Sobald sie in Erscheinung treten, sind sie nur noch Interpretationen. Fakten? Vor tausend Jahren dagegen wäre diese Erscheinung Anlaß zur Begründung einer neuen Religion gewesen. Und, sicherlich, einer Antireligion, Scharen von Gläubigen und Priestern wären zusammengeströmt, Massenvisionen, leere Särge wären zu Reliquien zerstückelt worden, Blinde wären sehend, Taube wieder hörend geworden ... Heutzutage, das gebe ich zu, wäre eine derartige Szene weniger dramatisch, weniger mythologisiert, und der Henker droht dir für deine statistischen Häresien keine Folter an – statt dessen machen Revolverblätter damit ihr Geschäft. Die Fakten? Mein Lieber, das ist deine Sache und die des Inspektors. Ihr beide seid Bekenner der Art, wie sie sich unsere Zeit leisten kann. Herr Inspektor, ich hoffe doch, daß Sie mir diese kleine Kontroverse nicht übelnehmen. Ich kenne Sie nicht, daher kann ich nicht fest behaupten, daß Sie kein Paulus werden. Aber wenn es so wäre – Scotland Yard bleibt. Denn die Polizei bekehrt sich niemals. Ich weiß nicht, ob ihr das bemerkt habt?

– Du kehrst doch alles ins Lächerliche – murrte Sciss unwillig. McCatt unterhielt sich einen Augenblick lang leise mit ihm, dann brachen sie auf. Vor der Garderobe fand sich Gregory neben Sciss wieder, der sich ihm plötzlich zuwandte und mit gesenkter Stimme sagte:

– Haben Sie mir etwas mitzuteilen?

Gregory zögerte, schließlich reichte er ihm impulsiv die Hand und erwiderte:

– Bitte denken Sie nicht an mich, und arbeiten Sie ruhig weiter.

– Danke – sagte Sciss. Seine Stimme zitterte, so daß Gregory sich wunderte und verlegen wurde. Armour Blacks Wagen stand vor dem »Ritz«; Sciss stieg mit ein, Gregory blieb dagegen mit McCatt zurück und wollte sich gerade von ihm verabschieden, als der Wissenschaftler ihm vorschlug, ihn zu begleiten.

Sie hatten beide dieselbe Größe und ertappten sich beim Gehen mehrere Male dabei, wie sie sich scheinbar zufällig aus den Augenwinkeln beobachteten. Sie hätten sich eigentlich anlächeln sollen, aber keiner von beiden tat es. McCatt blieb an einem Obststand stehen und kaufte Bananen. Als er eine schälte, blickte er Gregory an.

– Mögen Sie Bananen?

– Nicht besonders.

– Haben Sie es eilig?

– Nein.

– Wie wärs' mit einem Spielchen? – fragte McCatt und zeigte auf einen Passageneingang, über dem die Reklame einer Spielhalle angebracht war.

Gregory munterte dieser Gedanke auf, er nickte und betrat hinter dem Wissenschaftler den Raum. Ein paar Teenager mit fettglänzenden Haartollen beobachteten finster einen anderen, der mit einem Strahl blauer Funken auf ein kleines Flugzeug feuerte, das hinter der Scheibe eines Glaskastens kreiste. McCatt ging einfach weiter in den Saal hinein und wich den Reihen der Glücksräder und Rouletts aus. Der Automat, vor dem er stehenblieb, war ein oben verglaster Metallkasten, unter seiner Platte lag eine grüne Landschaft voller Büsche und Bäume. Der Wissenschaftler warf routinemäßig eine Münze ein, zog an einem Hebel und sagte:

– Kennen Sie das?

– Nein.

– Die Hottentotten jagen ein Känguruh. In Australien gibt es keine Hottentotten, aber was macht das schon? Ich spiele das Känguruh. Achtung!

Er zog an einem Knopf. Ein kleines Känguruh sprang aus einer schwarzen Öffnung und stürzte in das dichte Gestrüpp. Gregory zog an seinem Hebel – drei merkwürdige schwarze Figürchen tauchten an der Seite auf. Er manipulierte sie mit den Handgriffen und schob sie an den verdächtigen Ort heran. Im letzten Moment sprang das Känguruh heraus, durchbrach die Kette der Treiber und entwischte erneut in das Dickicht. Mehrere Male durchzogen sie auf diese Weise die künstliche Landschaft und das Känguruh entwischte immer wieder im letzten Augenblick. Gregory erfaßte schließlich, worin der Trick bestand; einen Hottentotten schob er an den Ort heran, an dem das Känguruh verschwunden war, die beiden anderen hielt er in Reserve. Er postierte sie so, daß McCatt keine Fluchtmöglichkeit mehr blieb. Mit der nächsten Bewegung packte er das Känguruh.

– Für das erstemal sind Sie sehr geschickt – lobte McCatt.

Seine Augen glänzten, er lachte wie ein Junge. Gregory zuckte mit den Achseln; er kam sich ein wenig albern vor.

– Vielleicht liegt es am Beruf, ich bin ja ein »Greifer«.

– Nein, daran liegt es nicht; man muß dazu seinen Kopf gebrauchen. Sie könnten das nicht weiterspielen, denn Sie haben bereits das Prinzip erfaßt. Das kann mathematisch analysiert werden, wissen Sie? Sciss hält nichts von derartigem Zeitvertreib, das ist ein Manko, ein echtes Manko...

Während er das sagte, schlenderte er durch das Spalier der Automaten, warf einen Penny in die Musikbox, setzte regenbogenfarbene Glücksräder in Bewegung, zog einen Hebel, und urplötzlich fiel ihm eine ganze Rolle Kupfergeld in die aufgehaltene Hand. Die Teenager vom Flugzeugschießstand wurden darauf aufmerksam, umringten ihn nach und nach und sahen zu, wie McCatt nachlässig die gewonnenen Münzen in die Tasche schob. Aber McCatt versuchte kein zweites Mal sein Glück. Sie gingen zum Ausgang und wichen dem Typ aus, der mit verbissenem und zugleich stumpfem Gesichtsausdruck immer neue Münzen in den Apparat steckte und pausenlos feuerte.

Etwas weiter öffnete sich eine zweite Passage mit zahlreichen Läden. Gregory erkannte sie – dort war er vor kurzem umhergeirrt; weiter drinnen erblickte er den großen Spiegel, welcher den Weg versperrte.

– Dort geht es nicht weiter – bemerkte er und blieb stehen.

– Ich weiß. Sie verdächtigen Sciss, nicht wahr?

Gregory antwortete nicht sofort.

– Ist er Ihr Freund?

– Man kann es so nennen. Obgleich... er hat keine Freunde.

– Aha, es ist unmöglich, sich mit ihm zu befreunden –

sagte Gregory mit überraschendem Nachdruck. – Nur ... Sie sollten mir nicht derartige Fragen stellen.

– Auch nicht rhetorische? Es ist doch klar, daß Sie ihn verdächtigen. Das heißt, nicht unbedingt der Autorenschaft dieser Fälle von Verschwinden, aber, sagen wir, der ... Beihilfe. Auch das ist jedoch nicht stichhaltig. Sie werden sich in absehbarer Zeit selbst davon überzeugen. Nur soviel: Werden Sie die Untersuchung einstellen, wenn Sie selbst, mit eigenen Augen, so etwas wie eine Auferstehung sehen? Ein Toter, der sich wieder aufrichtet und sich bewegt ...

– Hat Sciss Sie gebeten, mich danach zu fragen? – fragte Gregory trocken. Sie standen mitten in der Passage, ohne zu wissen, wie sie dorthin gekommen waren. Sie hielten vor einem Schaufenster an, in dem ein Dekorateur ohne Schuhe, lediglich in Socken, ein Kleid von einer schlanken, goldhaarigen Schaufensterpuppe abnahm. Gregory fiel unverhofft sein Traum ein. Er sah aufmerksam zu, wie unter dem Goldlamé der allzu rosige und feine Körper des Mannequins zum Vorschein kam.

– Schade, daß Sie es so verstanden haben – erwiderte McCatt langsam. Er nickte leicht, machte auf dem Absatz kehrt, ging fort und ließ Gregory vor dem Schaufenster zurück.

Der Leutnant ging noch ein paar Schritte weiter in die Passage hinein, aber als er sein Spiegelbild erblickte, kehrte er um. Auf der Straße flammten immer mehr Schaufenster auf, der Verkehr wurde stärker als gewöhnlich am Abend, er ging unaufmerksam weiter, wurde angerempelt, schließlich bog er in eine Seitenstraße ein. Nach etwa einer Minute ertappte er sich dabei, daß er vor einem Torweg stand, an dessen beiden Seiten die Schaukästen eines Photographen aufgehängt waren. Er erfaßte mit einem Blick alle Hochzeitsphotos der aneinandergeschmiegten Paare, die durch die Farbretuschen schablonenhaft wirkten, das hilflose Lächeln unter den Brautschleiern und die demonstrative Robustheit der Männer im Smoking. Vom Hof dröhnte der Lärm eines Autos herüber. Er ging hinein. An einem Auto mit aufgeklappter Motorhaube kniete ein Mann in einer aufgeknöpften Lederjacke und lauschte mit geschlossenen Augen dem anschwellenden Motorengeheul. In den geöffneten Türen der Garage waren die Hauben anderer Wagen zu sehen. An der Wand lagen leere Kanister und Felgen herum. Der Mann in der Jacke öffnete die Augen, als ob er Gregorys Gegenwart gespürt hätte, und fuhr hoch. Sein Gesicht verriet einen Ausdruck angespannter Aufmerksamkeit.

– Womit kann ich dienen? Möchten Sie einen Wagen leihen?

– Was? Äh ... kann man hier Autos mieten? – antwortete Gregory beinahe automatisch.

– Natürlich. Bitte sehr. Möchten Sie etwas Neues? Ich habe einen Buick, letztes Modell, mit Automatik, eingefahren, läuft wie eine eins. Stundenweise?

– Nein ... das heißt ja. Für einen Abend. Gut, ich nehme den Buick – entschied sich Gregory. – Nehmen Sie eine Kaution?

– Das kommt darauf an ...

Gregory zeigte seinen Dienstausweis vor. Der andere lächelte und verbeugte sich.

– Für Sie, Herr Inspektor, natürlich ohne Kaution. Die fünfzehn Schillinge können Sie später bezahlen. Den Buick also, ja? Soll ich ihn auftanken?

– Ja bitte. Dauert es lange?

– Ach wo, nur einen Moment.

Der Mann in der Jacke verschwand in der halbdunklen Garage. Einer der dunklen Wagen erzitterte und fuhr leise zur Betonauffahrt. Gregory zahlte und legte das Geld in die grobe, vom Öl glänzende Hand des Autoverleihers.

Er schlug die Tür zu, setzte sich bequem zurecht, probierte mit dem Fuß das Pedalspiel aus, legte den Gang ein und bog vorsichtig in die Straße ein. Es war noch relativ hell.

Der Wagen war tatsächlich neu und leicht zu lenken. An der Kreuzung wandte er sich während der Rotphase um, um durch die hintere Panoramascheibe die Länge des Wagens abzuschätzen, an die er nicht gewöhnt war. Eine Zeitlang fuhr er im dichten Gedränge, dann lockerte sich der Verkehr etwas auf. Er gab Gas. Es war angenehm, die Beschleunigung der Maschine zu spüren. Es waren jetzt weniger Personenwagen unterwegs, statt dessen mehr dreirädrige Motorräder, alte Lieferwagen, die Waren verteilten, und grellbemalte Lastkraftwagen mit Firmenaufschriften. Er war bereits im East End, als er bemerkte, daß er keine Zigaretten hatte.

Er fuhr durch mehrere enge Gassen mit Parkverbot, bis er einen kleinen Platz mit einer Gruppe verdorrter Bäume und einem alten, eisernen Brunnen fand, der ihn an einen Vogelkäfig erinnerte. Er setzte den Buick zurück, bis er ihn mit den Reifen leicht am Kantstein streifen hörte und stieg aus. Den Tabakladen, den er vom Auto aus gesehen hatte, konnte er nicht finden. Er kannte diese Gegend nicht, er war hier nie gewesen. Er bog in die nächste Straße ein. Es begann zu dämmern. Unter der grellen Beleuchtung eines kleinen Kinos trieben sich zwei, drei langaufgeschossene Jünglinge mit fettigen Frisuren herum. Sie hatten ihre Hände in den zerknitterten, engen Hosen vergraben, standen vor dem Schaukasten mit den Photos und warteten geduldig darauf, daß der rotierende Ständer ihnen die nächste Aufnahme zeigte. Gregory blieb hinter dem Kino in einem Strom heißer Luft stehen. Dort war eine Imbißstube sperrangelweit geöffnet, drinnen brutzelten in einer Bratpfanne Würstchen, im Rauch bewegten sich ein paar Typen, ähnlich denen, die er vor dem Kino gesehen hatte. Endlich fand er den Tabakladen. Der Inhaber, klein wie ein Buckliger mit einem flachen Gesicht und ungewöhnlich kurzem Hals, reichte ihm eine Packung amerikanischer Zigaretten. Im Hinausgehen stieß Gregory auf einen zweiten Zwerg; dieser wirkte in sich zusammengeschrumpft, hatte überaus dicke und kurze Arme und Beine, dafür aber einen zu kleinen Kopf; er stieg aus einem dreirädrigen Wagen, der mit Kuchenblechen beladen war, auf denen sich mit Zucker bestreute Schnitten befanden. Gregory riß das Zellophanband auf, zündete sich eine Zigarette an und sog den Rauch tief ein. Er wollte auf einem anderen Weg zum Auto zurückkehren, ging auf die gegenüberliegende Straßenseite und setzte seinen Weg fort auf der Suche nach einer Querstraße, durch die er nach rechts abbiegen könnte. Er kam an einer weiteren Imbißstube vorbei, die ebenfalls weit geöffnet war, mit einem rotgrünweißen Fähnchen, das wie ein Lappen über dem Eingang hing, dünn wie ein Darm; einer Spielhalle voller Leute, einem Lebensmittelladen sowie einem weiteren mit Hausrat. Zinkwannen und Eimer versperrten den Gehweg zur Hälfte. Auf einem kleinen, gelben Stuhl saß in der Tür der einen schwarzen Sweater tragende Besitzer, er rauchte eine Pfeife und blickte ruhig auf einen Kinderwagen, der auf der gegenüberliegenden Seite der Straße stand. Von dorther ertönte eine beschwingte Melodie. Gregory machte halt. In dem Wagen, der ihm halb bis zur Brust reichte, stand ein Mensch oder besser ein Körper ohne Hände, dessen Kopf in raschen Schwingungen von rechts nach links hüpfte und auf einer von einem Stativ befestigten Mundharmonika einen Marsch blies. Gregory fingerte nervös an einem Häufchen Münzen in der Tasche herum. Schließlich zwang er sich geradezu mit Gewalt, wegzugehen. Die hohen Töne der Mundharmonika begleiteten ihn noch lange. Er zuckte bei dem Gedanken zusammen, der ihm für einen Augenblick die Psyche des Musikanten nahebrachte. Erst danach wurde er sich bewußt, daß auch er in gewisser Weise ein Zwerg war; er klammerte sich an diese Feststellung. Die »Straße der Zwerge« – dachte er. Wie nicht selten in derartigen Situationen, schien es ihm auf einmal, als besäße diese Serie eine deutliche, wenn auch verborgene Bedeutung. Schließlich war es schwierig, alles auf den Zufall zu schieben. Es wurde immer dunkler, Straßenlaternen gab es nicht, lediglich aus den Ladenfenstern fielen etwas hellere Lichtstreifen. Dunkel hob sich zwischen ihnen ein Einschnitt ab – es war die Gasse, die er suchte.

Die Querstraße war fast leer. Eine einsame Gaslaterne leuchtete etwa auf halber Höhe; sie war mit einem gebogenen Eisenarm an einer Mauer befestigt und spiegelte sich in den gegenüberliegenden schwarzen Fenstern wie in schmutzigem Wasser. Er ging gemächlich weiter, sog kräftig an der Zigarette, bis der feuchte Tabak ein, zweimal auf seinen Lippen brodelte. An der Ecke war ein Antiquitätenladen – so stand es jedenfalls auf dem Aushängeschild –, aber in der Vitrine lagen lediglich ein Haufen verstaubter Pappkartons und Photos von Filmstars, die wie ein Kartenspiel verstreut waren. Er kam auf die Straße, die in den kleinen Platz mündete.

Bei dem eisernen Brunnen liefen Kinder umher, versteckten sich hinter der käfigartigen Verkleidung, welche die Form eines Bischofshuts hatte, und bewarfen seinen Buick mit Aststücken.

– Na, nun reicht's aber, hört ihr!? – rief er, als er aus dem Schatten trat. Die Kinder flüchteten mit einem Aufschrei, der eher fröhlich als erschrocken klang. Er stieg ein und warf den Motor an. Als er sich mit Hilfe der Wagenfenster von der Außenwelt abgeschlossen hatte, ergriff ihn für einen Augenblick ein Gefühl, als ob er die Verbindung zu etwas abgerissen hätte, was ihn noch einmal reuen würde, aber nicht jetzt, nicht sofort. Es war, als ob er etwas Unvollendetes, gerade Begonnenes aufgeben sollte. Er zögerte nur eine Sekunde lang den Gang einzulegen, aber seine Finger betätigten wie von selbst den Hebel, und der Wagen rollte die Ausfahrt hinunter. Er bremste vorsichtig und bog in die Hauptstraße ein, deren Name an ihm vorüberflog, ohne daß er ihn entziffern konnte.

Die Uhr wurde von der Armaturenbeleuchtung rötlich angestrahlt, die Zeiger standen auf sieben. Die Zeit verging ihm heute schnell. Die Erinnerung an den Fall überkam ihn, er verdrängte sie augenblicklich. Er wollte die Angelegenheit an den Rand seines Bewußtseins verbannen, noch nicht einmal an sie denken, als rechnete er damit, daß sie – sich selbst überlassen – sich entwirren, klären würde und daß sie, sobald er sie wieder in Angriff nähme, bereits geregelt oder wenigstens auf dem Wege dazu sein würde.

Als er das East End verließ, erblickte er mitten auf der breiten Hauptstraße das rhythmische Blinken eines nach rechts abbiegenden Wagens, das sich auf der dunklen Karosserie widerspiegelte, die am Kotflügel eingedrückt war. Er erkannte diese Einbeulung und bremste automatisch ab, um hinter dem anderen zu bleiben. Das war nicht schwierig.

Der dunkelgraue Sedan bog noch einmal ab, diesmal in eine leere Straße mit Bäumen am Straßenrand. Gregory ließ ihm etwas Vorsprung, um nicht aufzufallen, und schaltete die Scheinwerfer aus. Diese Fahrerei dauerte ziemlich lange. Ein paarmal fürchtete Gregory vor Kreuzungen, daß ihm der andere entkommen würde, er gab dann Gas, aber er wollte nicht zu nahe auffahren. Im übrigen waren immer noch wenig Autos unterwegs; das häufige Aufleuchten der Bremslichter – Sciss fuhr sehr vorsichtig – bot ein gutes Ziel. Gregory ärgerte sich ein wenig, denn er konnte noch immer nicht herausbekommen, welche Richtung sie nahmen. Plötzlich erblickte er hoch über sich die blauen Buchstaben einer Reklameschrift und augenblicklich fügte sich alles für ihn nahtlos zusammen. Es handelte sich um eine Filiale der City Bank, in der Nähe befand sich ein Café, das er noch von früher her kannte. Der dunkle Sedan hielt am Bürgersteig. Gregory faßte einen raschen Entschluß; er ging das Risiko ein, Sciss aus den Augen zu verlieren, der bereits ausstieg, fuhr bis zum nächsten Häuserblock vor, stoppte unter einem Kastanienbaum, der den Buick vor dem Lichtkegel der Laterne abschirmte, warf die Wagentür zu und kehrte ohne ersichtliche Eile zurück, um Sciss zu suchen. Dieser war verschwunden. Vor dem Café zögerte Gregory, er versuchte, durch das Fenster hineinzusehen, aber er konnte nichts erkennen; die Scheibe war mit Anschlägen zugeklebt. Er stellte den Mantelkragen hoch und ging mit dem unbestimmten Gefühl hinein, eine Dummheit zu begehen.

Das Café bestand aus mehreren Sälen, dreien oder vieren, er hatte nie gewußt, wie viele es eigentlich waren. Die Räume waren weitläufig, kleine Marmortische füllten sie aus. Sie waren durch Stellwände voneinander abgeteilt, die mit abgewetztem, rotem Samt bespannt waren, demselben, der die durchgesessenen Sofas bedeckte.

Im schmalen Spiegel am Durchgang vom ersten Saal zum zweiten erblickte er Sciss, der von seinem Tisch her etwas zu einem Kellner sagte. Gregory zog sich sofort zurück. Er suchte nach einem möglichst im Hintergrund liegenden Winkel, von dem aus er Sciss noch im Auge behalten konnte. Die Möglichkeit dazu war nicht eben günstig. Als er sich auf den Platz setzte, für den er sich entschieden hatte, versperrten ihm die Stellwände, die ein wenig an auf einer Seite offene Puppenhäuser erinnerten, den Blick auf den Tisch des Wissenschaftlers. Der Kellner kam bereits auf ihn zu, daher konnte er sich schlecht woanders hinsetzen. Er bestellte einen Grog und breitete die Sonntagsbeilage der »Times« vor sich aus. Daß er Sciss nicht sehen konnte und wie ein Hund vor dem Fuchsbau saß, ärgerte ihn. Er nahm sich das Kreuzworträtsel vor und spähte verstohlen auf den Spalt zwischen den Stellwänden und der gegenüberliegenden Wand. Nach etwa zehn Minuten, während er seinen laschen, übermäßig gesüßten Grog schlürfte, erhob sich Sciss plötzlich, durchquerte sämtliche Säle und blickte umher, als suche er jemanden. Gregory gelang es gerade noch, sich hinter der auf dem Geländer ausgebreiteten »Times« zu verstecken. Sciss bemerkte den Leutnant nicht und kehrte zu seiner »Box« zurück, aber jetzt setzte er sich so, daß Gregory seine langen Beine mit den grellgelben Schuhen sehen konnte. Weitere zehn Minuten vergingen, weiter hinten, beim Billardtisch, lärmten einige Studenten und stritten sich lustlos. Die Tür schlug auf und zu, und jedesmal beugte sich Sciss aus seinem Versteck vor, bis er sich schließlich mit einem feierlichen Lächeln erhob. Das Mädchen, das in der Tür stand, zögerte einen Augenblick und ging dann zu ihm hin; ihre flache Tasche, die sie sich über die Schulter gehängt hatte, schlug ihr gegen die Hüfte. Sie trug einen lila Mantel mit einer Kapuze, aus der hellblonde Haare hervorschauten. Ihr Gesicht konnte Gregory nicht erkennen. Sie stand jetzt vor Sciss, der rasch und heftig auf sie einredete. Er berührte ihren Mantel, sie schüttelte den Kopf, zwängte sich zwischen Stellwand und Tisch durch und beide verschwanden. Gregory machte sich die momentane Unruhe zunutze, welche die Studenten im Hinterzimmer veranstalteten, schlenderte scheinbar zufällig durch das gesamte Café, kehrte durch den zweiten Durchgang zurück und wählte seinen Weg dabei so geschickt, daß der dort aufgehängte Spiegel es ihm erlaubte, einen Blick in das Sanktuarium Sciss' und des Mädchens zu werfen. Er gab sich den Anschein, als suchte er eine bestimmte Nummer einer Zeitung und ging von Tisch zu Tisch, bis er einen günstigen Beobachtungspunkt gefunden hatte. Er ließ sich auf ein rotes Sofa fallen, dessen Federn sich wie Rippen abzeichneten. Der Spiegel war ziemlich getrübt, aber die schwache Beleuchtung und das undeutliche Spiegelbild boten einen gewissen Schutz gegen Sciss. Gregory erblickte ihn scheinbar von oben und sah in den Spiegel wie auf ein Bild. Sciss rückte seinen Stuhl an das Sofa heran und sprach lebhaft; er war dabei so nahe herangekommen, daß er nicht auf das Mädchen schaute, sondern lediglich auf den Tisch, als ob er sich an diesen wendete; dieser Eindruck wurde durch die perspektivische Verkürzung verstärkt, unter der Gregory die Szene beobachtete. Das Mädchen hatte ein kindliches Gesicht, einen vollen Mund und war vielleicht siebzehn Jahre alt, nicht mehr. Sie knöpfte den Mantel auf, zog ihn jedoch nicht aus, sondern schob nur die Kapuze von den Haaren, die über ihre Schultern fielen. Sie saß aufrecht, lehnte sich gegen die rote Tapete und starrte vor sich hin, nicht auf Sciss, sondern auf einen Punkt neben ihm; sie war unnatürlich ruhig und regungslos und machte den Eindruck, als ob sie sich unbequem fühlte, ja, sich sogar ein wenig quälte. Sciss sprach ununterbrochen. Er beugte sich zu ihr herunter, dann wich er zurück, als ob er zurückgestoßen worden wäre, neigte sich zur Seite und näherte wieder seine sich schnell bewegenden Lippen ihrem Gesicht, ohne sie anzusehen. Gleichzeitig bewegte sich seine knochige Hand, die auf dem Tisch lag, im Takt dessen, was er sagte, hob sich ein wenig und fiel auf die Platte zurück, bald krümmten sich die Finger, bald streckten sie sich folgsam flach aus. Ein, zweimal streichelte sie den Tisch, als liebkoste sie ihn heimlich, es wirkte albern und kläglich. Gregory hatte jedesmal das Bedürfnis, den Blick abzuwenden, aber er schaute weiter zu. Das Mädchen lächelte einmal, lediglich mit den Lippen, ihre Augen blieben unbewegt, danach setzte sie sich, jetzt bereits ohne zu zittern, mit gesenkten Kopf und hörte nur noch zu. Gregory blickte von unten in den Spiegel und sah sie von oben herab, die Schatten auf den Wangen, die von den Haaren herrührten, und die Stupsnase. Einen Augenblick lang nahm er den Glanz ihrer Augen wahr, aber nur sehr flüchtig. Sciss verstummte. Er saß neben ihr, als sei er plötzlich allein, zusammengekrümmt, mit seinem gequälten Gesichtsausdruck, den er annahm, wenn er sprach, und der sich jetzt verflüchtigte, löste wie auftauende Spuren im Schnee. Er blickte auf die Tischplatte, griff nach der Papierserviette, kritzelte rasch einige Worte darauf, faltete sie an den Ecken zusammen und schob sie ihr zu. Sie wollte sie nicht nehmen. Er bat sie eindringlich darum, ja bedrängte sie. Schließlich ergriff sie die Serviette, legte sie ungeöffnet auf den Tisch zurück und schob sie ihm mit den Fingerspitzen zu. Sciss ergriff ihre Hand. Sie wich empört zurück und starrte ihn mit weitaufgerissenen Augen an. Gregory schien es, als ob ihr Gesicht um eine Schattierung dunkler wurde. Sciss hörte ihr zu, danach beugte er sich zu ihr herüber und begann langsam, nachdrücklich zu sprechen, wobei er seine Worte mit Handbewegungen stark, eindringlich unterstrich, als wolle er sie in die Marmorplatte des Tisches eingravieren. Als er zu Ende geredet hatte, umklammerte er ihren Rand beidhändig, als wolle er sie von sich stoßen. Die Lippen des Mädchens bewegten sich, Gregory las ein »Nein« von ihnen ab. Sciss lehnte sich in seinen Stuhl zurück und wandte sein Gesicht dem Saal zu. Gregory bemühte sich zu erkennen, was mit der Serviette geschehen war. Er konnte sie zuerst nicht erblicken, dann sah er zu den Füßen des Mädchens unter dem Tisch plötzlich etwas liegen. Sciss erhob sich. Er wartete nicht auf den Kellner, sondern legte ein paar Geldstücke auf den Tisch und ging ohne Eile zur Tür. Dort blieb er stehen. Sie ging hinter ihm her, zog die Kapuze über den Kopf und versuchte gar nicht erst, ihre immer weiter vorquellenden Haare zu bändigen. Sie hatte eine knabenhafte Figur und lange Beine wie ein Teenager. Die Tür hatte sich kaum hinter ihnen geschlossen, als Gregory schon zum Tisch eilte, an dem sie gesessen hatten; er griff nach der Serviette, steckte sie in die Tasche und trat auf die Straße. Der Sedan setzte sich gerade in Bewegung. Das Mädchen saß neben Sciss. Ohne den Versuch zu unternehmen, weiter unentdeckt zu bleiben, stürzte er zu seinem Buick. Während er mit dem Türschloß rang, sah er ein Rücklicht blinken, das auf der gegenüberliegenden Straßenseite verschwand – Sciss wendete –, er sprang ins Auto und fuhr mit Vollgas an; eine Weile gelang es ihm nicht, den Chrysler einzuholen, und er verspürte zugleich Erleichterung und wilde Befriedigung, wenn sich in den davonjagenden Lichtflecken vor ihm das graue Heck des Wagens abzeichnete. Sciss war auf die obere Trasse der Durchgangsstraße nach Norden hinaufgefahren, aber an der dritten Kreuzung verließ er sie über eine gewundene Abfahrt. Sie fuhren in geringem Abstand, Gregory konnte sich das im Verkehrsgedränge erlauben; er bemühte sich, durch die Heckscheibe zu erkennen, was sich im Sedan abspielte, aber nur dann und wann waren zwei dunkle, entfernte menschliche Silhouetten zu sehen. Eine weitflächige neue Siedlung mit hellerleuchteten Häuserblocks trat in das Blickfeld. Sciss hielt plötzlich an, ohne an die Seite zu fahren. Ohne es zu wollen, überholte Gregory ihn, fuhr langsam weiter und drehte sich im Sitz um, um Sciss durch die Heckscheibe zu beobachten. Dieser jedoch setzte sich unerwartet wieder in Bewegung, passierte ihn und steuerte einen kreisförmigen Platz an. Er kehrte auf demselben Weg zurück, auf dem er hergefahren war; Gregory folgte ihm im Abstand von mehreren Wagenlängen. Die sechsgeschossigen Wohnblöcke waren inmitten ausgedehnter Rasenflächen gleichmäßig hintereinander aufgereiht, zwischen ihnen befanden sich kleinere Häuser, die von Drahtzäunen und Hecken umgeben waren. Sciss bog in eine breite Parklücke ein und stieg hinter dem Mädchen aus. Gregory beobachtete sie, bis sie im Halbdunkel der Rasenfläche verschwunden waren; die milchigen Kugellampen über den Hauseingängen leuchteten nur schwach, und Gregory bemühte sich vergeblich, die Silhouette der beiden zu entdecken. Ein Polizist näherte sich Sciss' Wagen und betrachtete ihn mißbilligend von vorn und hinten, denn das Standlicht brannte auf einer Seite sehr schwach, offensichtlich hatte sich der Kontakt gelockert; schließlich ging der Polizist weiter. Gregory wartete nun schon über fünf Minuten, aber er war sich irgendwie sicher, daß Sciss nichts ausrichten und bald zurückkommen würde. Er stieg aus und schlenderte über den Bürgersteig, dann hörte er Schritte, Sciss kehrte zurück, er trug einen Staubmantel, sein Kopf war unbedeckt, die Haare standen ihm über den Ohren wie Flügel von Fledermäusen, sie waren vom anschwellenden Wind zerzaust. Gregory stieg in sein Auto, ohne die Tür zuzuschlagen, um Sciss nicht durch den Knall auf sich aufmerksam zu machen, und beobachtete ihn; gleichzeitig suchte er in seinen Taschen nach der Zigarettenpackung. Er hatte das starke Bedürfnis zu rauchen. Sciss blieb ziemlich lange mit herabhängenden Armen neben seinem Wagen stehen, dann strich er mit den Fingerspitzen über die Motorhaube, als wolle er nachprüfen, ob sie staubig sei, aber er blickte seine Finger nicht an, sondern stieg ein und löschte das Standlicht. Gregory warf sofort den Motor an und wartete ab. Sciss fuhr nicht los. Gregory schaltete den Motor wieder aus; plötzlich fiel ihm die Serviette wieder ein, er durchstöberte seine Taschen nach ihr, richtete sich auf und hielt das Seidenpapier im dunkeln – er wollte die Innenbeleuchtung nicht einschalten – an das Armaturenbrett. Im rötlichen Widerschein erkannte er einige Worte, die er mühsam entzifferte. Es handelte sich um Sciss' Adresse mit seiner Telephonnummer und seinem Namen. Gregory kam auf den Gedanken, daß sich das Mädchen vielleicht umzog und Sciss auf sie wartete, aber er verwarf diesen Einfall sogleich wieder. Er war sicher, daß Sciss auf nichts wartete und sich nichts erhoffte. Der grünlich phosphoreszierende Zeiger auf dem Armaturenbrett zeigte neun Uhr an, sie hielten bereits seit fast einer halben Stunde. Gregory hatte schon zwei Zigaretten geraucht, er warf die Kippen aus dem Fenster, eine Zeitlang drehte er an der Sendereinstellung des Radios, dann, als er davon genug hatte, stieg er aus und trat an Sciss' Wagen heran. Kurz bevor er diesen erreicht hatte, zögerte er, ging jedoch schließlich weiter.

Sciss hatte sein Gesicht in die auf dem Lenkrad verschränkten Hände vergraben. Das seitlich hereinfallende und durch das Wagendach abgeschnittene Licht einer Straßenlaterne glänzte in seinen silbrigen Haaren, so daß seine Schläfen von weitem den Eindruck der »Fledermausflügel« hervorriefen. Gregory blieb leicht gebeugt und unschlüssig stehen. Endlich zog er sich zurück, kehrte so leise wie möglich zu seinem Buick zurück, blickte sich um – in Sciss' Wagen rührte sich nichts –, stieg ins Auto, fuhr rasant an, schlug das Steuer leicht nach links ein, beschleunigte auf der gerade leeren Fahrbahn und kehrte in einem großen Bogen mit überhöhter Geschwindigkeit an den alten Platz zurück. Die dunkle Masse des Chrysler wuchs vor seinen Augen empor; als ein Zusammenstoß unvermeidlich schien, trat er hart auf die Bremse, bis sie kreischte, und brachte den Wagen mit kurzem, scharfem Schleudern zum Stehen; er prallte dabei jedoch heftig gegen Sciss' hintere Stoßstange, so daß das Blech knirschte. Er sprang sofort aus dem Auto und eilte zum Chrysler.

– Entschuldigen Sie bitte vielmals! – rief er. – Meine Bremsen sind nicht in Ordnung, hoffentlich ist Ihrem Wagen nichts passiert. Ach, Sie sind es! – fügte er leise hinzu und blieb stehen.

Sciss, den der Aufprall nach vorn geschleudert hatte, öffnete die Tür, streckte ein Bein aus dem Wagen, als wolle er aussteigen, tat das aber nicht, sondern sah Gregory an, der ein ziemlich dummes Gesicht machte.

– Ach, Sie sind es? Wie geht es ... Gregory, äh? Die Polizei fährt friedliche Bürger an ... – sagte er.

Sie gingen um das Heck des Wagens und inspizierten ihn. Er war heil, die Stoßstange hatte die Wucht des Aufpralls aufgefangen, wie Gregory es erhofft hatte.

– Wie haben Sie das eigentlich fertiggekriegt? – fragte Sciss und reckte sich.

– Ich habe mir den Wagen geliehen und seinen Bremsen zuviel zugetraut. Ich fahre leidenschaftlich gern so schneidig durch die Gegend, vielleicht aus Frustration, weil ich kein Auto habe.

Gregory hatte das Gefühl, zuviel zu reden, und er brach abrupt ab.

– Ach, Sie haben kein Auto? – wiederholte Sciss. Er sagte das mechanisch, als ob er über etwas ganz anderes nachdächte. Er streifte den linken Handschuh über, knöpfte ihn zu und knautschte den anderen in seiner rechten Hand zusammen. Sie standen immer noch vor ihren ineinander verkeilten Wagen.

»Jetzt werde ich ihn einladen« – dachte Gregory.

– Nein, ich habe keins – sagte er. – Die Tugend der Armut steht bei der Polizei nach wie vor hoch im Kurs. Auf jeden Fall, es ist alles meine Schuld; oder aber das Schicksal hat es so gewollt, daß wir den Abend zusammen verbringen, vielleicht bei einem gemeinsamen Abendessen. Es ist Zeit zum Abendessen, finden Sie nicht auch?

– Wohl in einem Schnellimbiß, mit Rücksicht auf Ihre Armut – brummte Sciss. Er blickte suchend die Straße auf und ab, als hielte er nach jemandem Ausschau.

– So arm bin ich auch wieder nicht. Ich schlage eine Sternfahrt ins »Savoy« vor. Was halten Sie davon? Da gibt es oben ganz stille Winkel. Und guten Wein.

– Nein, danke. Ich trinke nicht. Ich kann nicht. Ich weiß auch nicht, warum. Übrigens – Sciss ging zum Chrysler, setzte sich hinein und sagte ganz leise: – Es ist mir alles ganz gleich.

– Na wunderbar, also fahren wir, Sie als erster, in Ordnung? – sagte Gregory und gab sich den Anschein, als habe er die Worte des Gelehrten als Annahme der Einladung verstanden. Sciss sah ihn prüfend an, beugte sich aus dem Auto, anscheinend, um Gregorys Gesicht besser erkennen zu können, schlug plötzlich die Tür zu und drückte auf den Starterknopf. Der Motor zündete nicht, denn Sciss hatte vergessen, den Zündschlüssel umzudrehen. Obwohl Gregory das bemerkte, sagte er nichts. Sciss drückte noch ein paarmal auf den Starter, aber der Motor blieb stumm, schließlich fiel ihm auf, woran es lag. Gregory, der hinter dem Lenkrad saß, war sich absolut nicht sicher, ob Sciss zum »Savoy« fahren würde, und als er hinter ihm herfuhr, wünschte er sich plötzlich, daß er es nicht täte. Aber schon an der ersten Kreuzung wurde ihm klar, daß Sciss mit ihm zu Abend essen würde.

Bis zum »Savoy« fuhren sie nicht länger als zehn Minuten. Sie stellten beide Autos auf dem Parkplatz ab. Es war bereits halb zehn, im Parterre spielte ein Orchester, in der Mitte des Saals wurde auf einer rotierenden Fläche getanzt, die von unten durch farbige Glühbirnen beleuchtet wurde. Sie mußten einen Säulengang passieren, um nach oben zu gelangen, wo man von Balkons aus den ganzen Saal überblicken konnte, und an langen Ketten hängende Kronleuchter die Augen blendeten. Gregory hörte nicht auf den Kellner, der sie mehr in die Mitte des Raumes dirigieren wollte, an eine Tischreihe, an der bereits eine reichlich aufgekratzte Gesellschaft saß, sondern ging Sciss voran, fast bis ans Ende des Balkons. Dort war ein kleiner Tisch zwischen zwei Säulen, abgesondert von den anderen. Schon waren zwei Kellner im Frack bei ihnen, der eine mit der Speise-, der andere mit der Weinkarte, die eher die Form eines dicken Buches hatte.

– Verstehen Sie denn was davon? – fragte Sciss und klappte das in Leder gebundene Buch zu.

– So einigermaßen. Als erstes würde uns, glaube ich, ein Wermut guttun. Nehmen Sie Zitrone dazu?

– Wermut? Ist mir zu bitter. Ach, meinetwegen, wenns' sein muß auch mit Zitrone.

Gregory sah den Kellner nur an, er brauchte gar nichts mehr zu sagen. Der zweite Kellner wartete geduldig in gebührendem Abstand. Gregory traf seine Entscheidungen nach längerer Überlegung; vorher hatte er Sciss gefragt, ob er einen rohen Salat haben wolle und ob Gebratenes seinem empfindlichen Magen zuträglich wäre.

Sciss beugte sich über die Balustrade und schaute beiläufig auf die Köpfe der Tanzenden. Das Orchester spielte einen Slowfox.

Gregory sah ebenfalls eine Weile nach unten, dann hob er das Wermutglas in den Lichtkegel.

– Es scheint, daß das gesagt werden muß – ließ er sich schließlich etwas mühsam vernehmen – Ich . . . ich wollte mich bei Ihnen entschuldigen.

– Wie? – Sciss sah ihn geistesabwesend an. – Ah – ging es ihm plötzlich auf – nein, nein. Es ist unnötig, darüber zu reden. Das hat keinen Sinn.

– Ich habe erst jetzt erfahren, weshalb Sie seinerzeit Ihren Posten beim Stab aufgegeben haben.

– Nun wissen Sie es also? – fragte Sciss gleichgültig. Er trank seinen Wermut in drei Zügen aus, als ob es Tee wäre. Die Zitronenscheibe war ihm dabei in den Mund geraten, er nahm sie heraus, hielt sie eine Weile zwischen den Fingern und legte sie in das leere Glas.

– Ja.

– Das ist eine alte Geschichte. Sie hätten Sie schon längst kennen müssen, wo Sie mich doch so gründlich unter die Lupe genommen haben ...

– Sie gehören zu den Menschen, über die nur diametral entgegengesetzte Ansichten existieren – sagte Gregory, als habe er Sciss' letzte Worte nicht gehört. – Alles entweder heiß oder kalt. Nichts Laues. Genauso war es auch in dieser Sache. Alles hing vom Informanten ab. Könnten Sie mir bitte selbst sagen, weshalb man Ihnen die Leitung der Operationsabteilung entzogen hat?

– Und mich einen Roten genannt hat – fügte Sciss hinzu. Entgegen Gregorys Erwartungen wurde er keineswegs lebhafter. Vornübergebeugt, stützte er sich mit dem ausgestreckten Arm gegen die Balustrade. – Warum das alles? – fragte er schließlich. – Das hat doch keinen Sinn, wozu jetzt noch derartige Exhumierungen?

– Stimmt es, daß Sie damals mit zwingender Logik den Weltuntergang vorhergesagt haben? – fragte Gregory mit gedämpfter Stimme. – Das ist für mich sehr wichtig, das verstehen Sie doch? Sie wissen ja selbst, wie die Leute alles verdrehen und verzerren, jeden Vorfall und jedes Wort. Sagen Sie mir doch bitte, wie es wirklich gewesen ist.

– Warum wollen Sie das wissen?

– Ich möchte mich informieren, möchte mich noch genauer informieren, wer Sie eigentlich sind.

– Das ist so eine alte Geschichte – wiederholte Sciss unwillig; er sah beinahe die ganze Zeit von oben auf die Tanzenden hinab. Unten flackerte jetzt Rotlicht, das die nackten Schultern der Frauen umschmeichelte. – Nein, nein, es ging nicht um den Weltuntergang. Legen Sie wirklich Wert darauf, daß ich Ihnen das erzähle?

– Ja.

– Sind Sie so neugierig? Das war so etwa 1946. Das atomare Wettrüsten hatte begonnen. Ich wußte, wenn erst einmal eine bestimmte Grenze erreicht wäre – ich denke dabei an das Maximum des Vernichtungspotentials –, würde die Vervollkommnung der Trägerwaffen beginnen ... also Raketen. Aber auch hier mußte man relativ schnell an ein Grenzstadium herankommen, das heißt: Beide Seiten haben Raketen mit Wasserstoffsprengköpfen, es existiert auch auf beiden ein gut ausgestattetes Schaltpult mit dem berüchtigten Knopf. Wenn man ihn drückt, setzen sich die Raketen in Bewegung. Innerhalb von zwanzig Minuten tritt das Ende der Welt ein, und zwar auf beiden Seiten – finis mundi ambilateralis ...

Sciss lächelte, der Kellner brachte eine Flasche Wein, entkorkte sie, goß ein paar Tropfen in Gregorys Glas, der kostete, sie durch den Mund spülte und zustimmend mit dem Kopf nickte.

Der Kellner schenkte ihm das Glas voll und entfernte sich.

– So haben Sie also 1946 gedacht? – fragte Gregory und prostete Sciss zu. Dieser kostete mit der Zungenspitze von der rubinfarbenen Flüssigkeit, nahm vorsichtig einen Schluck, danach trank er den Wein fast auf einen Zug aus, atmete tief durch und setzte das Glas mit einer Mischung aus Erstaunen und Verwirrung ab.

– Nein, das waren nur die Voraussetzungen meines Denkens. Sobald der Wettlauf einmal begonnen war, konnte er nicht mehr gestoppt werden, verstehen Sie? Er muß weitergehen. Sobald die eine Seite ein durchschlagkräftiges Geschütz entwickelt hatte, antwortete die andere mit einer um so stärkeren Panzerung. Letztendlich kann diese Kettenreaktion nur in einen Zusammenstoß einmünden, den Krieg. Und weil er in dieser Situation *finis mundi* bedeutet, muß der Rüstungswettlauf weitergehen. Werden die Anstrengungen in dieser Richtung beschleunigt, so versklavt das die Menschheit. Danach tritt zwangsläufig das höchste Stadium der Vervollkommnung der Waffentechnik ein. Aber auch das hat seine äußerste Grenze schon erreicht. Was bleibt noch übrig? Die Gehirne. Die Gehirne der Befehlshaber. Aber menschliche Gehirne zu perfektionieren ist unmöglich, also muß man auch hier zur Mechanisierung übergehen. Das nächste Stadium ist der automatische Generalstab, das heißt elektronische Maschinen mit strategischem Weitblick. Aber auch hier entsteht ein sehr interessantes Problem, eigentlich sogar zwei Probleme. McCatt hat mich darauf aufmerksam gemacht. Erstens: Gibt es überhaupt eine Grenze für die Entwicklung derartiger Elektronengehirne? Sie haben Ähnlichkeit mit Computern, die auf das Schachspiel programmiert sind. Eine Maschine, die die Pläne des Gegners auf zehn Züge im voraus berechnen kann, gewinnt immer gegen eine, die nur acht oder neun Züge im voraus berechnen kann. Je weitreichender die Voraussicht, um so größer muß das Gehirn sein. Das zum ersten.

Sciss sprach immer schneller. Gregory schien es, als habe er bereits alles vergessen, vor allem aber seinen Gesprächspartner. Er schenkte Wein nach. Sciss spielte mit seinem Weinglas herum und schob es auf dem Tischtuch hin und her. Einen Augenblick lang schien es, als wollte es umkippen. Sciss setzte es schnell an die Lippen und trank es wiederum mit einem Zuge aus. Unter ihnen breitete sich das diffuse Licht der gelben Scheinwerfer aus, Mandolinen schluchzten eine Hawaiimelodie.

– Die Konstruktion immer größerer Maschinen für die strategische Planung bedeutet – ob man will oder nicht – die Notwendigkeit der quantitativen Erweiterung der Fakten, die in ein derartiges Elektronengehirn eingespeist werden müssen. Das bedeutet wiederum die wachsende Herrschaft dieser Maschinen über die gesellschaftlichen Prozesse. Das Elektronengehirn kann z. B. zur Überzeugung gelangen, daß man diesen berüchtigten Knopf anders plazieren muß. Oder, daß der Schnitt der Infanterieuniformen geändert werden muß. Oder aber, daß man die Produktion einer bestimmten Stahlsorte vergrößern muß, das Elektronengehirn fordert dann die entsprechenden Kredite an. Wenn man ein derartiges Instrument erst einmal gebaut hat, muß man sich auch nach seinen Weisungen richten. Wenn aber ein Parlament erst lange über die Gewährung derartiger Kredite debattiert, geht wertvolle Zeit verloren. In der Zwischenzeit kann die andere Seite schon einen erheblichen Vorsprung erzielen. Die Abschaffung des parlamentarischen Entscheidungsprozesses wird nach einer gewissen Zeit zur zwingenden Notwendigkeit. Je mehr Wissen das Elektronengehirn nun in sich speichert, um so geringer werden die menschlichen Kontrollmöglichkeiten über seine Entscheidungen. Rede ich deutlich genug? Auf beiden Seiten des Ozeans entstehen zwei ständig wachsende Gehirne. Was ist die erste Forderung eines derartigen Hirns, wenn es gilt, in dem nach wie vor andauernden Wettrennen den nächsten Schritt zu tun?

– Die Erweiterung seiner Kompetenzen – sagte Gregory halblaut. Mit zusammengekniffenen Augenlidern beobachtete er Sciss, auf dessen Wangen sich rote Flecken zeigten. Unten war es plötzlich still geworden, dann brach donnernder Applaus los. Eine Frauenstimme sang. Ein junger

Mann im Smoking stellte neben ihren Tisch einen zweiten, kleineren, Kellner brachten ein Tablett voller silberner zugedeckter Platten. Sorgsam gewärmte Teller, Servietten und Gedecke erschienen.

– Nein – antwortete Sciss. – Die erste Forderung ist die Erweiterung seiner selbst – das heißt: der Ausbau des Gehirns! Die Frage der Kompetenzen ist sekundär.

– Mit einem Wort, Sie prophezeien, daß die Erde zu einem großen Schachbrett wird, und wir – zu den Bauern, mit denen zwei mechanische Spieler eine endlose Partie spielen werden?

Sciss' Gesicht wurde von Stolz erleuchtet.

– Ja. Nur, ich prophezeie es nicht. Ich ziehe lediglich meine Schlußfolgerungen. Die erste Etappe des einleitenden Prozesses neigt sich bereits mit wachsender Geschwindigkeit ihrem Ende zu. All das klingt unwahrscheinlich, ich weiß. Aber es ist so, wirklich! So ist es!

– Ja ... – murmelte Gregory. Er beugte sich über seinen Teller. – Mh ... apropos – was haben Sie seinerzeit vorgeschlagen?

– Verständigung um jeden Preis. Wie merkwürdig das auch immer klingen mag, der Weltuntergang scheint mir trotz allem das kleinere Übel im Vergleich zu dieser Schachpartie. Ich habe nur meine Schlußfolgerungen gezogen. Ich habe keine Illusionen. Es ist fatal, keine Illusionen zu haben, wissen Sie das? – sagte er und schenkte sich Wein ein. Er trank widerwillig, beinahe, als ob er sich dazu zwingen müßte, aber er trank, und das immer mehr. Gregory brauchte sich nicht mehr um die Gläser zu kümmern. Unten begann das Orchester erneut zu spielen. An ihrem Tisch ging ein Paar vorbei, ein schlanker junger Mann mit feinem Schnurrbart, seine glattrasierten Wangen schimmerten bläulich und unterstrichen die Blässe des Gesichts. Das Mädchen war noch sehr jung, sie trug über ihren nackten Schultern einen weißen Schal, der von einem Goldfaden durchwirkt war – passend zur Farbe ihrer Haare. Sciss sah ihr nach, verfolgte sie mit seinem Blick, seine Lippen verzogen sich zu einer schiefen Grimasse. Er schob den Teller zurück, schloß die Augen und verbarg seine Hände unter dem Tischtuch. Gregory kam es vor, als sei er dabei, seinen Puls zu fühlen.

– Na, und was machen wir mit diesem angebrochenen Abend, der so schön begonnen hat? – ließ er sich nach einer Weile vernehmen und hob die Augenlider. Er ordnete mit der Hand seine grauen Haare, die über den Ohren in Unordnung geraten waren, und setzte sich auf seinem Stuhl zurecht. Gregory kreuzte sein Besteck auf dem Teller. Sofort erschien ein Kellner.

– Möchten Sie Kaffee? – fragte Gregory.

– Aber gern. Geht in Ordnung – stimmte Sciss zu. Er hielt die Hände immer noch unter dem Tischtuch verborgen.

– Wie es scheint, habe ich mich betrunken ... – sagte er mit schamhaftem Lächeln und blickte mit einer Mischung aus Unsicherheit und Erstaunen um sich.

– Von Zeit zu Zeit ist das notwendig – sagte Gregory. Er füllte nur sein eigenes Glas.

Der Kaffee war heiß und stark. Sie tranken ihn schweigend. Die Luft wurde zusehends stickiger. Gregory suchte den Kellner mit den Augen, konnte ihn aber nicht sehen und stand auf. Er fand ihn hinter einer Säule und bat ihn, ein Fenster zu öffnen. Als er zurückkehrte, trieb bereits eine angenehm frische Brise den von den Kaffeetassen aufsteigenden Dampf vor sich her. Sciss saß da und mußte an der Balustrade Halt suchen, seine Augen waren eingefallen und gerötet. Sein Atem ging schwer, an den Schläfen traten deutlich sichtbar die Äderchen hervor.

– Ist Ihnen schlecht? – fragte Gregory.

– Ich kann Alkohol nicht vertragen – Sciss sprach mit

geschlossenen Augen. – Das heißt, mein Organismus verträgt ihn nicht. Mein Inneres trübt sich, wird ganz einfach trübe, das ist alles.

– Es tut mir sehr leid – sagte Gregory.

– Ach, das macht nichts. — Sciss hielt die Augen immer noch geschlossen. – Wir wollen nicht davon reden.

– Waren Sie gegen einen Präventivkrieg? Ich meine damals, sechsundvierzig?

– Ja. Nebenbei bemerkt, niemand glaubte an seine Effektivität, nicht einmal die, die ihn propagierten. Es fehlte einfach die psychologische Bereitschaft, wissen Sie. Die allgemeine Friedenseuphorie. Man kann selbst die Konklave zum Kannibalismus verführen. Man muß nur stufenweise vorgehen, Schritt für Schritt. Genau wie heute.

– Was haben Sie danach gemacht?

– Verschiedene Dinge. Ich habe viele Sachen angefangen, konnte aber eigentlich nichts zu Ende führen. Ich bin nie einem Konflikt aus dem Wege gegangen, habe ihn eher gesucht, und dabei kommt nicht viel heraus. Diese letzte Sache werde ich wohl auch nicht zu Ende führen. Ich komme immer wieder an einen toten Punkt. Tja, wenn ich ein Fatalist wäre ... aber das ist lediglich eine Frage des Charakters. Ich kann Kompromisse nicht ausstehen.

– Sie sind unverheiratet, nicht wahr?

– Ja.

Sciss sah Gregory mißtrauisch an.

– Weshalb fragen Sie danach?

Gregory zuckte die Achseln.

– Einfach so ... ich wollte es wissen. Entschuldigen Sie, wenn ich ...

– Eine überlebte Institution ... – brummte Sciss. – Kinder habe ich auch nicht, wenn Sie das genau wissen wollen. Na ja, vielleicht, wenn man sie mit dem Kopf machen würde ... Ich mag diese Lotterie der Gene nun mal nicht, wissen Sie. Mir scheint, daß ich schon lange genug Ihr Gast war. Also los: Wir sollten uns wohl auf den Weg machen.

Gregory bezahlte die Rechnung. Als sie hinuntergingen, verabschiedete sie das Orchester mit einer markerschütternden Jazznummer. Sie mußten am Rand der Tanzfläche vorbei und wurden von den tanzenden Paaren hin und her gestoßen. Draußen an der Drehtür sog Sciss voller Erleichterung die kalte Luft in die Lungen.

– Ich danke Ihnen ... für alles – sagte er schwerfällig. Gregory ging ihm nach zum Auto. Sciss suchte lange seinen Schlüssel in der Tasche, öffnete die Wagentür, knöpfte seinen Mantel auf, zog ihn aus und warf ihn dann völlig zerknittert auf den Rücksitz. Er nahm hinter dem Lenkrad Platz. Gregory stand noch immer bei ihm.

Sciss ließ die Wagentür offenstehen und machte keinerlei Anstalten loszufahren.

– Ich kann nicht fahren – sagte er.

– Ich fahre Sie nach Hause – opferte sich Gregory. – Würden Sie vielleicht zur Seite rücken?

Er beugte sich vor, um einzusteigen.

– Aber Sie haben doch auch Ihr Auto hier.

– Macht nichts. Ich hol es nachher.

Gregory stieg ein, schlug die Tür zu und fuhr mit einem Kavalierstart an.

Teil VII

Das leere Auto blieb auf dem Hof zurück. Gregory trat in den Flur. Sciss stützte sich mit geschlossenen Augen auf das Treppengeländer, um seine Mundwinkel spielte ein schwaches, ein wenig schmerzliches Lächeln. Gregory verabschiedete sich nicht – er wartete. Der andere holte Atem, es schien, als seufzte er. Plötzlich öffnete er die Augen, sie blickten sich an.

– Ich weiß nicht – ließ sich Sciss schließlich vernehmen – haben Sie Zeit?

Gregory nickte und ging schweigend neben Sciss nach oben. Sie sagten nichts. Vor der Tür blieb Sciss auf einmal mit der Hand auf der Klinke stehen, er wollte etwas sagen, hielt sogar die Tür fest, die bereits aufgegangen war, öffnete sie dann jedoch erneut.

– Ich gehe vor, es ist hier dunkel – bemerkte er.

Im Vorzimmer brannte Licht. Die Küchentür stand offen, es war niemand drinnen, lediglich der Teekessel zischte leise, er kochte auf kleiner Flamme vor sich hin. Sie hängten die Mäntel auf.

Das Zimmer bot im Licht der weißen, kugelförmigen Deckenlampe einen adretten und feiertäglichen Eindruck. Auf dem Schreibtisch stand eine lange Mauer aus Büchern einheitlichen Formats, Bleistifte und Kugelschreiber lagen symmetrisch angeordnet da, unter den Bücherborden standen an einen kleinen Glastisch herangerückt zwei sehr niedrige grüne Klubsessel mit geometrisch gemusterten, grellfarbenen Kissen. Der Tisch war mit Wein- und Schnapsgläsern sowie Schalen voller Obst und Kuchenstükken bedeckt. Teelöffel und Gabeln lagen ebenfalls da – alles war für zwei Personen vorbereitet. Sciss rieb sich seine knochigen, arthritischen Hände.

– Nehmen Sie doch unter den Büchern Platz, dort ist es angenehmer – sagte er mit forcierter Lebhaftigkeit. – Ich hatte am Nachmittag einen Gast, ich kann Ihnen die Reste anbieten.

Gregory wollte ungezwungen, fröhlich antworten, um Sciss zu helfen, aber ihm fiel nichts Passendes ein; er schob einen Sessel zurück und setzte sich auf die Lehne, den Büchern zugewandt. Vor sich sah er eine imponierende Sammlung wissenschaftlicher Literatur in mehreren Sprachen – ein Bord war mit anthropologischen Werken vollgestellt, das folgende hatte ein Plastikschild mit der Aufschrift »Mathematik«. Aus den Augenwinkeln erblickte er fleischfarbene Flecken auf Schaubildern, die aus einer geöffneten Schreibtischschublade herausschauten, aber als er hinsah, bewegte sich oder vielmehr stürzte Sciss geradezu auf seinen langen Beinen hin, stieß die Schublade mit den Knien ins Fach und schloß die Tür geräuschvoll.

– Die Unordnung, diese Unordnung – erklärte er mit gezwungen wirkender Freimütigkeit, rieb sich noch einmal die Hände und setzte sich auf den Heizkörper unter dem Fenster.

– Ich muß Ihr wiederauflebendes Interesse an meiner Person auf denselben Verdacht zurückführen wie beim erstenmal – sagte er. – Er ist zu ... zu universal.

– Sie müssen viele schlechte Erfahrungen gemacht haben – bemerkte Gregory. Er zog aufs Geratewohl dicke Bände heraus und blätterte die Seiten durch, auf denen algebraische Formeln vorbeihuschten.

– Ich denke schon. Möchten Sie Kaffee oder Tee? – Sciss erinnerte sich an seine Pflichten als Gastgeber.

– Ich nehme dasselbe wie Sie.

– Gut.

Sciss ging in die Küche. Gregory stellte die »Principia mathematica« ins Bord zurück und betrachtete eine Weile die zugeworfene Schreibtischtür. Er hätte gern einen Blick in die Schublade geworfen, aber er wagte es nicht. Durch die offene Tür konnte man die Geräusche von Sciss' Betätigung in der Küche hören. Er kehrte mit dem Tee zurück, schenkte ihn in einem engen Strahl in die Gläser und nahm Gregory gegenüber Platz.

– Vorsicht, er ist heiß – warnte er. – Sie meinen also, daß ich nicht mehr verdächtigt werde? – fragte er nach einem Augenblick. – Wissen Sie was? Ich könnte Ihnen ein weiteres Motiv beibringen, das Sie nicht in Betracht gezogen haben. Nehmen wir an, daß es mir darum ging, einen Toten zu verstecken. Vielleicht mein Opfer. Mit dem Ziel, die Situation und das Verschwinden der Leiche zu komplizieren, habe ich eine ganze Reihe davon hervorgeholt, sie in Bewegung gesetzt und eine Verwirrung angerichtet, in der mein Opfer spurlos beiseite geschafft werden konnte. Was halten Sie davon?

– Zu literarisch – erwiderte Gregory. Er blätterte träge in glatten und dicken Seiten, es war ein Band über Psychometrie. – Es gibt eine Erzählung von Chesterton mit einem ähnlichen Thema.

– Ich habe sie nicht gelesen. Ich mag Chesterton nicht. Also nein? Und weshalb hätte ich Ihrer Meinung nach etwas Derartiges machen sollen?

– Ich weiß es nicht. Ich kann Ihnen kein Motiv unterstellen. Eben deshalb habe ich meinen Verdacht aufgegeben.

– Haben Sie in meiner Vergangenheit herumgegraben? Einen Zeitplan sowie eine Karte meiner Bewegungen aufgestellt? Spuren und Abdrücke gesucht? Ich habe nichts davon bemerkt, mit einer Ausnahme.

– Ich habe die Routine von vornherein abgelegt, weil das Mosaik sich nicht zusammenfügte. Übrigens gehe ich generell bei Untersuchungen unsystematisch vor. Ich improvisiere, oder, wenn Sie es wollen, ich bin sehr unordentlich – gab Gregory zu. Er spürte etwas Steifes zwischen den Buchseiten und blätterte langsam die nächste Seite um. – Ich habe sogar eine zu meiner Nachlässigkeit passende Theorie entwickelt: Aus einer Ansammlung von Spuren folgt nichts, solange sie nicht eine bestimmte Richtung einschlagen.

– Bauen Sie auf Intuition auf? Haben Sie Bergson gelesen?

– Ja.

Die Seiten öffneten sich. Zwischen ihnen lag ein großformatiges Negativ. Auf dem darunterliegenden weißen Papier zeichnete sich der rückwärts gebeugte Körper eines Menschen ab. Gregory hob das Buch an die Augen und warf über dessen Rand Sciss, der etwas niedriger saß, einen verstohlenen Blick zu. Mit einem Finger begann er das Negativ über den Streifen unbedruckten Papiers zwischen den Spalten zu schieben. Gleichzeitig sagte er:

– Sheppard hat mir erzählt, daß Sie damals bei ihm waren, als die Leiche in Lewes verschwand. Sie haben damit ein Alibi. Ich habe mich wie ein Hund verhalten, der einen vergrabenen Knochen sucht, ich bin von Raum zu Raum gelaufen und habe nach ihm gebuddelt, obwohl gar nichts da war. Ich habe mich selbst betrogen. Es gab gar nichts zu graben, es lag kein Grund vor, nichts …

Er rückte die Aufnahme systematisch auf dem weißen Streifen zwischen den Druckspalten entlang, bis er das ganze Bild erkannte. Es handelte sich um die Photographie einer nackten Frau, die halb ausgestreckt auf einem Tisch lag. Die dunklen, in Wirklichkeit also hellen Haare, die ihr über die Schulter fielen, reichten fast bis zu den Brustwarzen, die sich als milchige Flecken abzeichneten. Um die langen Waden, die vom Tisch herabhingen, war eine weiße Perlenkette geschlungen. In der anderen Hand hielt sie einen verschwommenen, nicht genau erkennbaren Gegenstand, der quer über dem schwarzen Dreieck zwischen ihren zusammengepreßten Schenkeln lag. Ihre Lippen, die – leicht geöffnet – zu einer undefinierbaren Grimasse verzogen waren, gaben die schwarzen Punkte der Zähne frei.

– Ich glaube, daß ich mich in Ihren Augen endgültig lächerlich gemacht habe – fuhr Gregory fort.

Er warf Sciss einen kurzen Blick zu. Der nickte langsam, unmerklich lächelnd.

– Ich weiß nicht. Sie hatten einen anderen Gesichtspunkt angesprochen. Wenn wir in der Zeit der Inquisition lebten, hätten Sie vielleicht Ihr Ziel erreicht.

– Wie meinen Sie das? – fragte Gregory schnell. Er sah sich noch einmal das Negativ an, das er fest auf die Buchseite gepreßt hatte, und begriff plötzlich: Das, was er für Perlen gehalten hatte, war eine Kette. Das Mädchen war an den Knöcheln gefesselt. Er runzelte die Stirn, schlug den Band zu, stellte ihn ins Bord zurück und ließ sich vorsichtig von der Lehne auf den Sitz des Sessels gleiten.

– Ich kann Schmerzen nicht ertragen, wissen Sie. Mit der Folter könnten Sie aus mir jedes gewünschte Geständnis herauspressen. Sie würden mir die Knochen zerbrechen, aber Ihr psychisches Gleichgewicht retten. Oder vielmehr: Ihre psychische Ordnung.

– Ich verstehe Sheppard nicht, zumindest genausowenig wie den Fall selbst – sagte Gregory langsam. – Er hat mir dieses Himmelfahrtskommando übertragen und mir gleichzeitig von Anfang an keine Chance eingeräumt. Aber das interessiert Sie vermutlich nicht.

– Eigentlich nicht – Sciss setzte sein leeres Glas auf dem Tisch ab. – Ich habe getan, was ich konnte.

Gregory stand auf und schlenderte durch das Zimmer. An der gegenüberliegenden Wand hing eine eingerahmte

Photographie, eine große Aufnahme einer Skulptur, von unten her perspektivisch verkürzt, Licht und Schatten waren scharf voneinander abgegrenzt.

– Haben Sie das gemacht?

– Ja.

Sciss wandte sich nicht um.

– Sehr gut.

Gregory umfaßte mit einem Blick das ganze Zimmer und erkannte in dem auf dem Negativ abgebildeten Tisch den Schreibtisch wieder. »Diese Ziegel – waren Bücher« – dachte er. Er betrachtete die Fenster; außer den üblichen Vorhängen waren an ihnen jetzt hochgezogene und straff zusammengerollte, schwarze Rollos angebracht.

– Ich wußte gar nicht, daß Sie künstlerische Neigungen haben – erklärte er und kehrte zum Tisch zurück. Sciss blinzelte ein wenig und erhob sich etwas mühsam.

– Früher hat mir das Spaß gemacht. Ich habe davon eine ganze Menge, möchten Sie sie sehen?

– Oh, sehr gerne.

– Einen Augenblick – er suchte in seinen Taschen – wo sind die Schlüssel? Sicher im Mantel.

Er ging hinaus, ließ die Tür offen und schaltete das Licht im Vorzimmer ein. Er kehrte längere Zeit nicht zurück. Gregory hätte gern noch einen Blick in das Buch über Psychometrie geworfen, aber er scheute das Risiko. Dann erreichte ein Geräusch, ähnlich zerreißendem Stoff, sein Ohr, in der Tür erschien Sciss. Er wirkte völlig verändert. Aufrecht und mit unnatürlich langen Schritten ging er auf Gregory zu, als wollte er sich auf ihn stürzen. Er atmete schwer. Zwei Schritte vor Gregory öffnete er die Hand und ließ einen weißen, zerknitterten Papierfetzen fallen. Gregory erkannte die Serviette wieder. Sie drehte sich in der Luft und fiel auf den Boden. Sciss zog seine Mundwinkel mit unaussprechlichem Ekel nach unten. Die Wangen und das ganze Gesicht begannen Gregory plötzlich wie Feuer zu brennen.

– Was willst du noch mehr, du Kröte – schleuderte ihm Sciss im Falsett entgegen. Er würgte an seinen Worten. – Ein Geständnis? Hier hast du es: Ich war es. Hörst du? Ich! Ich allein. Ich habe die Leichen geraubt, wiederauferstehen lassen und sie weggeschafft. Ich habe mich an Leichen ergötzt wie andere an Puppen, weil es mir Spaß gemacht hat, verstehst du das? Rühre mich ja nicht an, du Kröte, du kotzt mich an!!! – Sein Gesicht lief blau an. Er wich zurück, streifte den Schreibtisch, stützte sich daran ab und fiel auf den Stuhl; mit zitternden Händen holte er ein Glasröhrchen aus der Tasche, zog den Korken mit den Zähnen heraus, keuchte, während er die öligen Tropfen einer Flüssigkeit aufsog. Allmählich wurde sein Atem leichter und tiefer. Sein Kopf lehnte am Bücherbord, er atmete konzentriert, streckte die Beine weit von sich. Seine Augen waren geschlossen. Dann riß er sich zusammen und setzte sich aufrecht hin. Gregory blickte ihn an. Er rührte sich nicht vom Fleck. Sein Gesicht brannte immer noch.

– Geh. Bitte geh – ertönte Sciss' heisere Stimme, er öffnete nicht die Augen. Gregory blieb wie angewurzelt stehen. Er schwieg und wartete, ohne zu wissen, worauf.

– Nein? Dann eben nicht – Sciss stand auf, hustete heftig und schnappte gierig nach Luft. Er richtete sich auf, fingerte am Hemdkragen, den er vorher geöffnet hatte, strich seinen Rock glatt und ging ins Vorzimmer. Nach einem Augenblick schlug die Flurtür zu.

Gregory blieb allein in der Wohnung zurück. Er konnte jetzt alle Schubladen, den ganzen Schreibtisch durchwühlen, trat sogar an ihn heran, aber er wußte, daß er nichts unternehmen würde. Er zündete sich eine Zigarette an und ging mit großen Schritten von Wand zu Wand. Er konnte keinen Gedanken fassen. Er drückte die Zigarette aus, schaute sich um, nickte und ging in das Vorzimmer. Sein Mantel lag auf dem Boden; als er ihn aufhob, sah er, daß er durch das Zerren am Rücken zerrissen war, der Aufhänger hing mit einem Stoffetzen noch an der Garderobe. Er stand mit dem Mantel in den Händen da, als das Telephon zu läuten begann. Er horchte auf. Das Telephon läutete weiter. Er ging in das Zimmer zurück und wartete darauf, daß das Klingeln aufhören würde, aber es riß nicht ab. »Ich habe zuwenig Skrupel und bin zuwenig konsequent« – dachte er. – »Ich bin ein Waschlappen.« Nein, wie war das noch? Eine Kröte. Er hob den Hörer ans Ohr.

– Hallo?

– Sind Sie es? Also doch – er erkannte Sheppards Stimme.

– Ja, ich bin es. Woher ... woher haben Sie gewußt, daß ich hier bin? – fragte Gregory. Er hatte weiche Knie, er spürte das erst jetzt.

– Wo sollen Sie um zwölf Uhr nachts sein, wenn Sie nicht zu Hause sind? – erwiderte Sheppard. – Werden Sie dort noch lange bleiben? Ist Sciss bei Ihnen?

– Nein, Sciss ist nicht da. Es ist überhaupt niemand in der Wohnung.

– Und wer ist da? Seine Schwester? – Sheppards Stimme klang schärfer.

– Nein, es ist überhaupt niemand da ...

– Wie bitte, sind Sie allein? Wie sind Sie dort hineingekommen? – Mißtrauen und Ablehnung sprachen aus der Stimme des Inspektors.

– Wir sind zusammen hergekommen, aber er ... ist weggegangen. Wir hatten ... es gab einen unangenehmen Streit – stieß Gregory mit äußerster Mühe hervor. – Ich werde später, das heißt morgen, wenn ich imstande bin ... schon gut. Was ist passiert? Weshalb rufen Sie an?

– Ja, es ist etwas passiert. Williams ist gestorben. Sie wissen, wen ich meine.

– Ja.

– Er hat vor seinem Tod das Bewußtsein wiedererlangt und wollte aussagen. Ich habe mich bemüht, Sie hinzuzuziehen, ich habe Sie sogar per Rundfunk zu erreichen versucht.

– Ich ... entschuldigen Sie, ich wußte nicht ...

– Sie brauchen sich nicht zu entschuldigen. Wir haben die Aussage auf Band genommen. Ich möchte, daß Sie sie sich anhören.

– Heute?

– Warum nicht? Warten Sie auf Sciss?

– Nein, nein ... ich wollte gerade gehen ...

– Gut. Sind Sie in der Lage, jetzt zu mir zu kommen? Ich möchte das nicht auf morgen verschieben.

– Ich kann sofort kommen – sagte Gregory matt. Er dachte an seinen Mantel und fügte hastig hinzu:

– Ich muß vorher noch kurz nach Hause. Das wird eine halbe Stunde dauern.

– Gut. Ich warte.

Sheppard legte auf. Gregory kehrte ins Vorzimmer zurück, nahm den Mantel vom Boden auf, hängte ihn über den Arm und ging die Treppe hinunter. Er warf einen Blick auf den Hof; der graue Chrysler war nicht mehr da. An der nächsten Ecke erwischte er ein Taxi und fuhr zum »Savoy«; dort stieg er in den Buick um. Der Motor war inzwischen kaltgeworden und wollte lange nicht anspringen. Während er dem Stottern der Maschine lauschte, beherrschte ihn nur ein Gedanke: Was sollte er Sheppard sagen?

Vor dem Hause der Fenshaws war das Parken verboten, aber er kümmerte sich nicht darum; er fuhr vor das Tor; im feuchten Asphalt spiegelten sich ferne Lichter. Längere

Zeit versuchte er vergeblich, den Schlüssel umzudrehen, bis er verwundert feststellte, daß das Tor geöffnet war. Das war noch niemals vorgekommen. Die große Halle war nicht ganz dunkel, sie wurde von einem sich langsam bewegenden Licht erhellt, der flackernde Widerschein erlosch regelmäßig und wuchs wieder empor an der gewölbten Decke hoch über der Treppe. Er durchquerte die Strecke bis zum Spiegelsaal auf den Zehenspitzen und hielt an der Schwelle an.

Dort, wo vorher ein Tisch gestanden hatte, befand sich ein Podest, das mit Teppichen abgedeckt war. Auf beiden Seiten brannten Kerzen, deren Flämmchen sich in den Eckspiegeln als Gassen allmählich dunkler werdender Lichter fortsetzten. Die Luft war vom Dunst geschmolzenen Stearins erfüllt, gelbliche und bläuliche flammende Zungen zuckten, eine einzelne Kerze brodelte. Dieses Bild war so ungewöhnlich, daß Gregory längere Zeit wie versteinert stehenblieb und auf die leere, längliche Stelle zwischen den Kerzenreihen starrte. Langsam hob er den Blick, es schien, als zählte er die regenbogenfarbigen Funken, die aufflammten und in den niedrig hängenden kristallenen Lüstern verschwanden. Er sah sich um – alles war leer. Er mußte den Saal durchqueren, schob sich die Wand entlang, schlich dabei auf Zehenspitzen wie ein Dieb und trat auf die undeutlich weiß schimmernden, wie Federn aufgerollten dünnen, gebogenen Späne. Erst an der Tür hörte er näher kommende Schritte. Er lief schneller in der Hoffnung, noch vor einem Zusammentreffen sein Zimmer zu erreichen. Im Dunkeln sah er vor seinen Augen goldene Fünkchen zittern. Aus dem Gang tauchte Mrs. Fenshaw auf. Sie schritt langsam, über ihrem schwarzen Kleid trug sie eine violette Stola, die mit goldenen Stickereien besetzt war, die bei jeder Bewegung schillerten. Gregory wußte nicht, wie er sich verhalten sollte, er wollte an ihr vorbeischlüpfen, aber sie wich ihm noch nicht einmal einen Schritt breit aus. Sie ging wie eine Blinde, er mußte immer weiter zurückweichen, sie schritt auf ihn zu, als ob sie ihn nicht wahrnähme. Gregory stolperte über den Teppichrand und blieb stehen. Sie befanden sich jetzt inmitten des Spiegelsaals.

– Mein Schatz! – schluchzte Mrs. Fenshaw. – Mein Schatz! Vorbei! Vorbei! Sie haben ihn schon fortgebracht! – Sie kam ihm so nahe, daß er ihren Atem im Gesicht spürte. – Er wußte, daß ich es nicht ertragen würde, er wußte es, er wußte es und hat es mir gesagt, noch heute! Alles war so wie immer, weshalb konnte es nicht weiter so bleiben? Weshalb?! – wiederholte sie, und ihr heißer Atem schlug ihm ins Gesicht, bis die Worte, die sie mit ergreifender Bewegung ausgesprochen hatte, Gregory endlich völlig belanglos vorkamen.

– Oh ... ich weiß nicht ... ist tatsächlich ... es tut mir schrecklich leid – murmelte Gregory ratlos, im Gefühl, in irgendwelchen Nonsens zu versinken, in einem unbegreiflichen Unglück, in einer Vorführung unwirklicher Ereignisse und aufrichtiger Verzweiflung. Aus der Stola, die Mrs. Fenshaw einhüllte, schob sich ihre dunkle, sehnige Hand hervor und packte ihn fest am Handgelenk ...

– Was ist passiert? Ist ... ist Mr. ... – er sprach nicht zu Ende, denn lautlos schluchzend nickte sie mit krampfartigen Bewegungen. – Ach ... so plötzlich – stotterte er. Dieses Wort ernüchterte sie. Sie blickte ihn angespannt, eindringlich an, beinahe voller Haß.

– Nein! Nicht plötzlich! Nicht plötzlich! Nein! Seit Jahren, mein Herr, seit Jahren, und immer wieder hat er es hinausgeschoben, gemeinsam haben wir es hinausgezögert, er hatte es bei mir so gut, wie es ein Mensch nur haben kann. Ich habe ihn nachts massiert, und wenn es ihm schlecht ging, habe ich ihm bis zum Morgengrauen die Hand gehalten, ich habe bei ihm gesessen, nur am Tage konnte ich allein bleiben, am Tage brauchte er mich nicht, aber jetzt herrscht wieder Nacht, ist es Nacht!!! – erneut schrie sie entsetzlich auf, ihre Stimme hallte in einem unnatürlich klingenden Echo nach. Nacht ... tönte es gebrochen, verzerrt, irgendwoher aus dem Hause zurück, aus der dunklen Zimmerflucht, die sich weit zum Treppenhaus hin öffnete, über dem Kopf der Frau, die sich krampfhaft an sein Handgelenk klammerte und mit der anderen Hand auf seine Brust einschlug. Gregory war von dieser so überaus rückhaltlosen, so aufrichtigen und starken Verzweiflung befremdet, beklommen, er begann allmählich alles zu verstehen und blickte in die unruhigen kleinen Flammen, die das leere, mit Teppichen abgedeckte Podest in der Mitte des Saales erleuchteten.

– Oh, Herr, Herr. Oh, Herr! – rief Mrs. Fenshaw und ihre Aufschreie, von denen er nicht wußte, ob sie an ihn oder an Gott gerichtet waren, gingen plötzlich in ein Schluchzen über. Eine Träne fiel als glänzender Punkt auf den Aufschlag seines Rocks; er fühlte sich erleichtert, weil sie in Weinen hatte ausbrechen können. Gleichzeitig verstummte Mrs. Fenshaw und sagte mit einer überraschend ruhigen, wenn auch noch vom Weinkrampf zitternden Stimme:

– Danke. Entschuldigen Sie. Bitte ... bitte gehen Sie. Niemand wird Sie stören. Oh, niemand! Niemandem, niemandem ...

Bei den letzten Worten drohte ihre Stimme erneut in einen gräßlichen Aufschrei überzugehen. Gregory erschrak, aber Mrs. Fenshaw, welche die Falten ihrer lilafarbenen Stola straffgezogen hatte, ging zur gegenüberliegenden Tür hinaus. Gregory lief den Korridor entlang, stürzte fast davon, bis er die Türklinke seines Zimmers in seiner Hand spürte.

Er schloß sorgfältig die Tür hinter sich, schaltete die

kleine Lampe an, setzte sich auf den Schreibtisch und starrte in das Licht, bis es ihn blendete.

Er war also krank gewesen und nun gestorben? War es irgendeine langwierige, seltsame, hartnäckige Krankheit gewesen? Sie hatte ihn gepflegt? Nur nachts? Und am Tage? Er wollte allein sein. Was hatte er gehabt? Vielleicht Atembeschwerden? Sie hatte von Massagen gesprochen? Eine Nervengeschichte? Und Schlaflosigkeit, vielleicht herzkrank, er hatte jedoch gesund ausgesehen, das heißt, er war nicht bettlägerig. Wie alt mochte er gewesen sein? Bestimmt unter siebzig. Wann war es passiert? Heute, das heißt – gestern. Er war fast rund um die Uhr unterwegs gewesen; eher war es früh oder gegen Mittag geschehen, und sie hatten ihn am Abend weggeholt. Wozu dienten denn sonst diese Kerzen?

Er zog die Beine an, weil sie zu erstarren anfingen. »So sieht die Sache also aus« – dachte er – »er war krank, pflegebedürftig, benötigte längere, komplizierte Behandlungen, aber wann schlief sie eigentlich?...«

Er fuhr hoch beim Gedanken, daß Sheppard immer noch auf ihn wartete. Er nahm seinen alten Mantel aus dem Schrank, warf ihn sich über und schlich auf Zehenspitzen aus dem Zimmer. Das Haus war still. Im Salon waren die Kerzen heruntergebrannt; er eilte in ihrem ersterbenden Schein die Treppe hinunter. Der ganze Vorgang hatte kaum eine halbe Stunde gedauert – stellte er voller Erstaunen fest, als er sich hinter das Lenkrad zwängte. Als er Westminster passierte, schlug es ein Uhr.

Sheppard öffnete ihm selbst, wie beim erstenmal. Sie gingen schweigend die Treppe hinauf.

– Entschuldigen Sie, daß ich Sie etwas habe warten lassen – sagte Gregory und hängte seinen Mantel auf – aber mein Hauswirt ist gestorben und ich mußte ... äh ... kondolieren.

Sheppard nickte kühl und wies mit einer Handbewegung auf die geöffnete Tür. Das Zimmer war unverändert – bei Tageslicht hatte sich die Kollektion von Photographien an den Wänden irgendwie anders ausgenommen, und Gregory schien es, als wirke sie unbestimmt prätentiös. Sheppard nahm hinter seinem Schreibtisch Platz, auf dem Papiere und Akten bunt durcheinandergewürfelt lagen. Er schwieg längere Zeit. Gregory war noch von der Atmosphäre des dunklen, öden Hauses mit der plötzlich stummen Wand neben seinem Bett und den verlöschenden Kerzen durchdrungen. Er rieb sich unwillkürlich das Handgelenk und wollte den Fleck abwischen, der von Mrs. Fenshaws Zupacken stammte. Er nahm vor dem Inspektor Platz und spürte zum erstenmal in dieser Nacht, wie erschöpft er war. Plötzlich fiel ihm ein, daß Sheppard auf den Bericht über den Besuch bei Sciss wartete. Dieser Gedanke widerstrebte ihm so sehr, als sollte er eine ihm nahestehende Person verraten.

– Ich habe heute den ganzen Abend über Sciss beschattet – setzte er zögernd an, brach ab und blickte den Inspektor forschend an. – Soll ich weitersprechen? . . . – fragte er.

– Ich halte das für angebracht.

Sheppard war die Ruhe in Person.

Gregory nickte. Es fiel ihm schwer, die Ereignisse des Abends zu erzählen, deshalb bemühte er sich, sie zumindest nicht zu kommentieren. Sheppard hörte ihm in den Stuhl zurückgelehnt zu, nur einmal, als er von der Photographie hörte, zuckte sein Gesicht.

Gregory hielt inne, aber der Inspektor sagte nichts. Als er den Bericht beendet hatte, hob er den Kopf und erblickte ein Lächeln, das augenblicklich von Sheppards Gesicht verschwand.

– Damit haben Sie also – endlich – sein Geständnis? – bemerkte der Inspektor. – Wenn ich mich nicht irre, haben

Sie endgültig Ihren Verdacht gegen Sciss aufgegeben – zumindest in dem Augenblick, als er Sie allein zurückließ. Oder?

Gregory wunderte sich. Er saß mit gefurchter Stirn da und wußte nicht, was er antworten sollte. Es war so, auch wenn er sich bis jetzt darüber noch keine Rechenschaft abgelegt hatte.

– Ja – murmelte er. – Ja sicher. Übrigens hatte ich schon vorher keine Hoffnung, daß dabei etwas herauskommen würde. Ich habe mich einfach so treiben lassen, ich habe mich an diesen unglücklichen Sciss geklammert, weil kein anderer mehr in Frage kam, weil es niemand anderen gab, was weiß ich, vielleicht habe ich ihn zu kompromittieren versucht. Möglich, daß es so war. Weshalb, nun, um das eigene Überlegenheitsgefühl wiederzuerlangen – er verhedderte sich immer mehr – ich weiß, daß das alles sinnlos war – schloß er. – Letztlich weiß ich nichts von Sciss, noch nicht einmal, was er vielleicht im Augenblick macht.

– Möchten Sie es wissen? – fragte der Inspektor trocken. – Vielleicht würden Sie ihn auf dem Friedhof am Grab seiner Mutter finden oder am Picadilly auf der Suche nach einer blutjungen Prostituierten. Das sind so in etwa seine Verhaltensextreme. Ich möchte nicht Ihre Anstandsdame spielen, aber auf derartige Erlebnisse, die mit einem moralischen Katzenjammer verbunden sind, müssen Sie im Polizeidienst immer gefaßt sein. Was wollen Sie weiter unternehmen?

Gregory zuckte mit den Achseln.

– Vor ein paar Wochen habe ich Ihnen allen eingebleut, sich vor der Reaktion der Presse und der Öffentlichkeit in acht zu nehmen – begann Sheppard, der mit einem Metalllineal spielte, das er zwischen den Fingern hin und her schnellen ließ – inzwischen ist nichts von dem eingetroffen, was ich erwartet hatte. Ein paar Artikel, welche die Angelegenheit auf fliegende Untertassen zurückführten, und damit war es – paradoxerweise – mit der Publizität auch schon vorbei. Einige Leserbriefe – und Schluß. Ich war mir nicht darüber im klaren, welches Ausmaß in unserer Zeit die Gleichgültigkeit gegenüber ungewöhnlichen Ereignissen erreicht hat. Ein Spaziergang auf dem Mond liegt im Bereich des Möglichen, alles ist möglich. Wir sind in dieser Sache völlig allein geblieben, so sehr, daß wir sie in aller Ruhe zu den Akten legen könnten ...

– Haben Sie mich deswegen kommen lassen?

Der Inspektor antwortete nicht.

– Sie wollten doch, daß ich mir anhöre, was Williams gesagt hat, ja? – nahm Gregory nach einer Weile den Faden wieder auf. – Vielleicht machen wir es gleich ... dann werde ich nach Hause gehen. Es ist schon spät, ich will nicht Ihre Zeit in Anspruch nehmen.

Sheppard stand auf, öffnete den flachen Tonbandkoffer, schaltete die Wiedergabe ein und bemerkte:

– Die Aufnahme ist auf seinen Wunsch gemacht worden. Die Techniker waren in Eile, das Gerät war nicht ganz in Ordnung, und der Ton ist nicht der beste. Setzen Sie sich doch etwas näher heran. Achtung.

Im magischen Auge entfaltete ein grüner Schmetterling seine Flügel und zitterte noch ein paarmal. Aus dem Lautsprecher ertönte ein gleichmäßiges Summen, es klopfte kurz, knisterte, dann kam eine weit entfernt klingende Stimme, farblos, wie aus den Windungen einer Tuba:

– Kann ich schon sprechen? Herr Kommissar, Herr Doktor, kann ich schon? Ich hatte eine gute Taschenlampe, meine Frau hat sie mir geschenkt, vor einem Jahr, für den Nachtdienst. Beim erstenmal, als ich meine Runde machte, lag er immer noch ruhig da, die Hände etwa so, aber nach der zweiten Runde hörte ich ein Gepolter, als ob ein Sack Kartoffeln heruntergefallen wäre. Ich habe durch das andere Fenster hineingeleuchtet, er lag auf dem Boden, ich dachte, er wäre aus dem Sarg gefallen, aber er bewegte sich schon, seine Beine fingen an, sich langsam zu bewegen. Ich dachte, daß ich träume und habe mir das Gesicht mit Schnee abgerieben, aber er rutschte dort immer weiter und fiel andauernd hin. Bitte nehmen Sie das weg, ich werde weitersprechen. Bitte nicht stören. Herr Kommissar, ich weiß nicht, wie lange das gedauert hat, aber es war ziemlich lange. Ich habe mit der Taschenlampe hineingeleuchtet und wußte nicht, ob ich hineingehen sollte, aber er krümmte sich und wälzte sich und kroch so bis zum Fenster, und ich konnte ihn nicht mehr so gut beobachten, denn er war direkt unter dem Fenster, an der Wand und rumorte dort herum. Und dann gingen die Fensterflügel auf.

Eine undeutliche Stimme fragte etwas, aber die Worte blieben unverständlich.

– Das weiß ich doch nicht – sagte die Stimme, die wieder näherkam – ich habe nicht bemerkt, daß die Glassplitter herunterfielen. Es kann auch so gewesen sein, aber ich weiß es nicht. Ich stand auf dieser Seite, nein, ich kriege das nicht hin. Ich stand so, und er saß irgendwie so ähnlich, ich habe nur seinen Kopf geschen, ich hätte ihn anfassen können, Herr Kommissar, er war näher als dieser Hocker da, ich habe gründlich nach drinnen geleuchtet, aber da war nichts, nur die Späne im leeren Sarg haben geschimmert und nichts, niemand war da zu sehen. Als ich mich vorbeugte, war er bereits unten, seine Beine rutschten ihm weg und er schwankte, Herr Doktor, wie ein Betrunkener, dann wankte er auf und ab und klopfte wie ein Blinder mit dem Stock, aber er machte es mit den Händen. Vielleicht hatte er auch etwas in den Händen. Ich hab gesagt: Halt, was machst du da, was ist das? – Das hab ich gesagt. Ungefähr so hab ich das gesagt.

Ein kurzes Schweigen trat ein, begleitet von einem unaufhörlichen feinen Rasseln, als ob jemand mit einer Nadel an der Membran kratzte.

– Er versuchte, die Wand hochzuklettern, bis er wieder hinfiel. Ich hab ihm befohlen, hab ihm gesagt aufzuhören, aber er lebte gar nicht, zuerst dachte ich sofort, er wäre nicht gestorben und wäre aufgewacht, aber er war tot, er hatte keine Augen, da war nichts weiter, er hat auch weder gesehen noch etwas gefühlt, sonst hätte er nicht so mit den Brettern gepoltert, und er hat da wie der Leibhaftige rumort, also, ich weiß nicht, was ich ihm zugerufen hab, und dann hat er sich so mit den Zähnen ins Fensterbrett verbissen.

Wieder wurde mit undeutlicher, gedämpfter Stimme eine Frage gestellt, lediglich das letzte Wort war verständlich: ... mit den Zähnen?

– Ich habe ihm ganz aus der Nähe ins Gesicht geleuchtet, aber seine Augen waren so trübe, also so wie bei toten Fischen, und was weiter war, weiß ich nicht.

Eine andere, nähere, tiefe Stimme ertönte:

– Wann haben Sie den Revolver gezogen? Wollten Sie schießen?

– Den Revolver? Daß ich den Revolver gezogen habe, hab ich nicht gesagt, weil ich das nicht mehr weiß. Daß ich geflohen bin? Woher soll ich das wissen? Ich weiß es nicht. Was habe ich hier auf dem Auge? Herr ... Herr Doktor ...

Eine weitere Stimme:

– ... da ist nichts, Williams. Schließen Sie die Augen, so ist es gut, jetzt geht es Ihnen gleich besser.

Eine Frauenstimme, weiter entfernt:

– Schon gut, schon gut.

Erneut Williams' Stimme, schweratmend:

– So geht es nicht mehr. Habe ich ... schon alles? Ist meine Frau da? Nein? Warum nicht? Ist sie da? Was hilft mir die Vorschrift, wenn sie von so was ... von einem Toten ... nichts schreibt.

Ein kurzer Streit war zu hören, jemand sagte laut:

– Das reicht! – und eine andere Stimme fiel ihm ins Wort:

– Williams, haben Sie das Auto gesehen? Die Scheinwerfer?

– Auto? ... ein Auto? ... – wiederholte Williams' schleppende, abgehackte Stimme. – Das steht mir vor Augen, wie er schwankte und nichts zustande brachte und wie er die Späne hinter sich herzog. Ich hätte schon durchgeblickt, wenn ich eine Schnur gesehen hätte, aber es gab keine Schnur.

– Was für eine Schnur?

– Hanf, nein? Ein Seil? Ich weiß nicht. Wo? Ach, wer so was gesehen hat, wird sich nicht mehr lange am Leben erfreuen, obwohl das unmöglich ist, Herr Kommissar, ja? Späne – nein. Stroh ... hält das ... nicht aus ...

Ein längeres Schweigen setzte ein, unterbrochen von einem Rasseln und undeutlichen Geräuschen, als ob weit weg vom Mikrophon mehrere Personen flüsternd eine erbitterte Diskussion abhielten. Ein kurzes Schlucken, ein Aufstoßen und dann eine plötzlich heiser gewordene Stimme:

– Ich gebe alles weg. Ich will nichts für mich behalten. Wo ist sie? Diese Hand, ist das ihre Hand? Bist du das?

Wieder das Rasseln, ein Poltern, als ob ein schwerer Gegenstand herangeschoben würde, das Geräusch zerspringenden Glases, das kurze Zischen ausströmenden Gases, eine Serie scharfer Knalle und eine gedämpfte Baßstimme:

– Du, stell ab. Es ist aus.

Sheppard schaltete die Spulen ab, das Band hielt an. Er kehrte zu seinem Platz hinter dem Schreibtisch zurück. Gregory blieb zusammengekrümmt sitzen. Er betrachtete die weiß gewordenen Knöchel seiner Hand, mit der er die Stuhllehne umklammert hatte. Er hatte Sheppards Anwesenheit vergessen.

»Wenn ich das alles nur zurückdrehen könnte« – dachte er. – »Alles, das Ganze, um einen Monat. Zuwenig. Um ein Jahr? Blödsinn. Ich kann mich aus der Sache nicht herauswinden ...«

– Herr Inspektor – sagte er plötzlich – wenn Sie einen anderen an meiner Stelle ausgewählt hätten, dann hätten Sie vielleicht schon den Täter hinter Schloß und Riegel. Verstehen Sie, was ich meine?

– Vielleicht. Sprechen Sie bitte weiter.

– Weiter? In meinem Physiklehrbuch, im Abschnitt über optische Täuschungen, gab es eine Zeichnung, auf der ein weißer Pokal auf dunklem Hintergrund zu sehen war oder zwei schwarze Profile von Menschen auf weißem Hintergrund. Man konnte nur das eine oder das andere erkennen, und als kleiner Junge dachte ich, daß nur eine der beiden Abbildungen real sei und daß ich nur fürs erste noch nicht wüßte, welche. Ist das nicht lächerlich, Herr Inspektor? Sie erinnern sich an unser Gespräch in diesem Zimmer – über die Ordnung. Die natürliche Ordnung der Dinge. Diese Ordnung kann man imitieren, haben Sie damals gesagt.

– Nein, das waren Sie.

– Ich? Möglich. Und wenn es nicht so ist? Wenn es nichts zum Imitieren gibt? Wenn die Welt nicht ein vor uns verstreutes Puzzlespiel ist, sondern lediglich eine Suppe, in der chaotisch Stücke umherschwimmen, die von Zeit zu Zeit rein zufällig zu einem Ganzen zusammenkleben? Während alles, was existiert, fragmentarisch, unvollendet, fehlgeboren ist, während alle Vorgänge ein Ende haben ohne Anfang oder nur eine Mitte, ein Vorderteil ohne Abschluß, sortieren wir fortwährend, sondern aus und rekonstruieren, bis wir Liebe, Verrat und Niederlage als Einheit zu sehen beginnen, obgleich wir in Wirklichkeit partikulär und zufällig sind. Unsere Gesichter, unsere Schicksale determiniert die Statistik, wir sind das Ergebnis der

Brownschen Bewegung, der Mensch ist eine unvollendete Skizze, ein zufällig entworfenes Projekt. Perfektion, Vollkommenheit, Vollendung – das sind rare Ausnahmen, die nur deshalb auftreten, weil die Fülle der Erscheinungen so unerhört, so unvorstellbar ist! Das gewaltige Ausmaß der Welt, ihre grenzenlose Vielfalt sind der Regelungsmechanismus der Alltäglichkeit, durch ihn werden scheinbare Lücken und Risse ausgefüllt, für seine eigene Erlösung sucht das menschliche Denken die zerstreuten Fragmente aus und fügt sie zusammen. Religion und Philosophie sind der Leim, fortwährend sammeln und fügen wir die auseinanderstrebenden Bruchstücke in der Statistik zusammen, um sie in ein sinnvolles Ganzes einzubinden wie zu einer Glocke unseres Ruhmes, so daß sie als eine einzige Stimme vernehmbar wären. Dabei ist es lediglich eine Suppe... Die mathematische Ordnung der Welt ist unser Gebet an die Pyramide des Chaos. Nach allen Seiten hin ragen Bruchstücke des Lebens empor jenseits der Bedeutung, die wir als einheitlich festgesetzt haben, und wir wollen und wollen das nicht sehen! Indessen existiert nur die Statistik. Der vernünftige Mensch – ist der statistische Mensch. Wird ein Kind hübsch oder häßlich? Wird es an Musik Gefallen finden? Wird es an Krebs erkranken? Alles das wird in einem Würfelspiel entschieden. Die Statistik steht bei unserer Empfängnis Pate, sie lost das Konglomerat der Gene aus, durch die unsere Körper geformt werden, sie bestimmt durch das Los unseren Tod. Die Begegnung mit der Frau, die ich lieben werde, meine Lebenserwartung, alles bestimmt der statistische Durchschnitt, also vielleicht auch, daß ich unsterblich werde? Vielleicht wird diese Unsterblichkeit auch jemandem zuteil, blindlings, durch den Zufall, von Zeit zu Zeit, ebenso wie Schönheit oder Gebrechen? Wenn aber keine eindeutigen Abläufe existieren, wenn Verzweiflung, Schönheit, Freude und Häßlichkeit Produkte der Statistik sind, dann liegt die Statistik unserer Erkenntnis zugrunde, dann existiert nur der blinde Zufall, das ewige Arrangement zufälliger Muster. Die unendliche Vielzahl der *Dinge* spottet über unsere Liebe zur *Ordnung*. Sucht – und ihr werdet sie finden; ihr werdet sie am Ende immer finden, wenn ihr nur eifrig genug sucht, denn die Statistik schließt nichts aus, sie macht alles möglich, sie hält es lediglich für mehr oder weniger wahrscheinlich. Die Geschichte aber ist die Realisierung des Brownschen Bewegungsgesetzes, ein statistischer Tanz der Moleküle, die nicht aufhören, von einer anderen irdischen Welt zu träumen ...

– Vielleicht existiert auch Gott nur zeitweilig? – warf der Inspektor kaum hörbar ein. Er hatte sich vorgebeugt und lauschte mit abgewandtem Gesicht dem, was Gregory so mühsam hervorbrachte, ohne zu wagen, den Inspektor anzusehen.

– Mag sein – erwiderte Gregory teilnahmslos. – Die Pausen seiner Existenz sind ziemlich lang, meinen Sie nicht?

Er erhob sich, trat an die Wand und starrte eine Photographie an, ohne sie zu sehen.

– Vielleicht gibt es ... – begann er und zögerte etwas – ... gibt es auch uns nur zeitweilig, das heißt mal weniger, manchmal verschwinden wir fast ganz, zerfließen wir, dann, in einer plötzlichen Kontraktion, einer plötzlichen Anstrengung, in der einen Augenblick lang das Gewimmel der Erinnerungen zusammengefaßt wird ... existieren wir für einen Tag ...

Er brach ab. Nach einer Weile sagte er mit veränderter Stimme:

– Entschuldigen Sie. Ich habe zuviel gefaselt, ich weiß selbst nicht, weshalb. Vielleicht ... reicht das für heute. Ich gehe wohl besser.

– Haben Sie keine Zeit?

Gregory blieb stehen. Er blickte Sheppard verwundert an.

– Ich habe Zeit. Aber es ist wohl schon genug ...

– Kennen Sie die Autos von Mailer?

– Mailer?

– Diese großen Lastwagen mit den Ballonreifen und goldenen und roten Streifen. Sie müssen sie schon gesehen haben.

– Ah, diese Transportfirma. »Mailer ist überall« – Gregory fiel der Reklameslogan ein. – Und was ...? – er sprach nicht weiter.

Sheppard reichte ihm, ohne sich aus dem Sessel zu erheben, eine Zeitung und wies auf eine kleine Meldung am unteren Rand. »Gestern« – las Gregory – »stieß ein LKW der Firma Mailer Company in der Nähe von Amber mit einem Güterzug zusammen. Der Fahrer, der trotz des Warnsignals auf den Übergang gefahren war, war auf der Stelle tot. Das Zugpersonal blieb unverletzt.«

Er blickte den Inspektor verständnislos an.

– Vermutlich ist er leer zurückgefahren, nach Timbridge Wells. Mailer hat dort einen Autohof – sagte Sheppard. – So an die hundert Autos. Sie fahren Lebensmittel aus, hauptsächlich Fleisch und Fisch in Kühlwagen. Sie fahren immer nachts, damit sie die Ware dann morgens ausliefern können. Spätabends fahren sie los, zwei Mann, der Fahrer und der Beifahrer.

– Hier ist aber nur von einem Fahrer die Rede – sagte Gregory langsam. Er verstand noch immer nichts.

– Ja, denn wenn der Fahrer am Bestimmungsort angekommen ist, läßt er seinen Beifahrer dort zurück, damit der helfen kann, die Waren ins Magazin auszuladen, er selbst fährt allein zurück.

– Der Beifahrer hat Glück gehabt – sagte Gregory gleichgültig.

– Sicherlich. Die Arbeit dieser Leute ist nicht leicht. Sie fahren bei jedem Wetter. Sie verkehren auf vier Routen, die an die Form eines Kreuzes erinnern: im Norden Bromley und Lovering, im Osten Dover, im Westen Horsham und Lewes und im Süden Brighton.

– Was soll das bedeuten? – sagte Gregory.

– Jeder Fahrer hat seinen Fahrplan. Er fährt jede dritte oder jede fünfte Nacht. Muß er unter erschwerten Bedingungen fahren, erhält er zusätzlich frei. In diesem Winter hatten sie kein Glück. Anfang Januar gab es keinen Schnee, erinnern Sie sich? Niederschläge traten erst im letzten Drittel des Monats auf, im Februar dagegen waren sie ziemlich häufig. Je größere Schwierigkeiten der Straßendienst mit der Schneeräumung hatte, um so geringer wurde die durchschnittliche Reisegeschwindigkeit der Autos. Von vierzig Meilen pro Stunde Anfang Januar sackte sie im Februar auf dreißig herunter, und im März, als Tauwetter und Glatteis einsetzten, verminderte sie sich nochmals um zehn Meilen.

– Weshalb erzählen Sie mir das ... – sagte Gregory mit fremder Stimme. Er stützte sich mit weit auseinandergebreiteten Armen auf den Schreibtisch und sah den Inspektor an. Der richtete seinen Blick fest auf ihn und fragte ruhig:

– Sind Sie schon mal im dichten Nebel Auto gefahren?

– Ja. Selbstverständlich. Was ...

– Dann wissen Sie also, was das für ein anstrengendes Geschäft ist. Stundenlang muß man in die milchige Brühe vor der Windschutzscheibe hineinstarren. Manche öffnen die Tür und schauen seitlich auf die Straße, aber auch das hilft nichts. Die Breite der Straße kann man nur intuitiv erfassen, durch den Nebel wird das Scheinwerferlicht diffus, schließlich weiß man nicht mehr, ob man vorwärts, seitwärts oder bergauf fährt, der Nebel wabert und brodelt vor den Augen, die vor lauter Anstrengung zu tränen beginnen. Nach einiger Zeit verfällt man in einen Zustand, in dem man die merkwürdigsten Dinge zu sehen glaubt... Umzüge von Schatten, geheimnisvolle Zeichen, die irgend jemand aus dem Nebel gibt, man kann nichts mehr in der dunklen Kabine erkennen, verliert das Gefühl für den eigenen Körper, man weiß nicht mehr, ob die Hände überhaupt noch am Lenkrad sind, eine eigentümliche Starre erfaßt den Menschen, aus der ihn nur noch die Angst herausreißen kann. Und so fährt man weiter, schweißgebadet, unter dem gleichförmigen Motorengeräusch bald einschlafend, bald wieder hochschreckend, wie von spastischen Krämpfen geschüttelt. Das ist wie ein Albtraum. Stellen Sie sich vor, daß in Ihnen schon seit vielen Jahren, seit sehr langer Zeit, bestimmte merkwürdige Vorstellungen aufkeimen, merkwürdige Gedanken von der Art, daß Sie nicht wagen würden, sie irgend jemandem zu erzählen, sie niemand anvertrauen würden... vielleicht sind es Gedanken über die Welt, darüber, wie unglaublich sie ist, vielleicht darüber, was man mit anderen Menschen machen müßte, zu ihren Lebzeiten... oder nach ihrem Tode. In wachem Zustand, tagsüber, bei der Arbeit, machen Sie sich klar, daß das Hirngespinste sind, Phantasmagorien, verbieten sich, daran zu denken, wie das jeder normale Mensch tut. Aber diese Gedanken leben in Ihnen, schlummern in Ihnen, werden immer zudringlicher. Sie lernen, sie zu verbergen, achten darauf, daß niemand sie kennenlernt, damit keiner der dummen Menschen von ihnen erfährt, denn das könnte Ihnen schaden. Sie dürfen sich ja nicht von den anderen Menschen unterscheiden. Dann erhalten Sie eine gutbezahlte, besondere Beschäftigung, die es erfordert, während der Nacht wach zu bleiben, voller gespannter Wachsamkeit. Nachts, durch die Einöde, fahren Sie einen riesigen Achttonner, Sie haben viel Zeit, sehr viel

Zeit zum Grübeln, ganz besonders, wenn Sie den leeren Wagen ganz allein fahren, ohne Ihren Beifahrer; Sie können jetzt nicht in die triviale Realität flüchten, indem Sie sich einfach mit ihm unterhalten, z. B. über die unscheinbaren, banalen Dinge, die das Leben anderer Menschen ausfüllen, während Sie hingegen ... Also, Sie fahren die ganze Zeit, der Herbst geht vorüber, der Winter kommt, Sie fahren das erstemal in den Nebel hinein. Sie geben sich alle Mühe, diese Hirngespinste von sich abzuschütteln, halten auf freier Strecke an, reiben Hände und Gesicht mit Schnee ab und fahren weiter. Stunden um Stunden vergehen im Nebel. Milch, milchige Brühe, so weit das Auge reicht, überall verschwimmendes Weiß, als hätte es nie ganz gewöhnliche, schmutzige Wege gegeben, beleuchtete Straßen, kleine Städtchen und Häuser. Sie sind allein, mutterseelenallein auf Ihrem finsteren, häßlichen Kasten. Aus der schwarzen Kabine starren Sie vor sich hin und kneifen die Augen zusammen, bemühen sich krampfhaft, das abzuschütteln, was sich immer deutlicher, immer aufdringlicher meldet, Sie fahren eine Stunde, vielleicht zwei oder sogar drei, bis der Moment kommt, wo es unabweisbar wird, unüberwindlich, es packt Sie, wird Sie selbst, und Sie wissen schon zu gut, bis zum Schluß, was jetzt getan werden muß, Sie halten an und steigen aus ...

– Was reden Sie da! – schrie Gregory. Er zitterte.

– Auf dem Autohof arbeiten 218 Fahrer. In einer derartigen Menschenansammlung findet sich immer jemand, der ... der ein wenig anders ist. Der – sagen wir mal – nicht ganz gesund ist. Was meinen Sie dazu?

Sheppards Stimme war immer noch sehr ruhig, er sprach gleichmäßig, beinahe monoton, aber gerade darin lag etwas Unerbittliches.

– Das, was jedesmal in der zweiten Nachthälfte in den kleinen Leichenhallen von Provinznestern passierte, unterschied sich in den Einzelfällen nur durch Details, verfügte jedoch über ein gemeinsames Band, das sie zu einem Ganzen vereinigte, diese Regelmäßigkeit, die nicht von Menschen geplant sein konnte, von keinem Menschen. Niemand, kein planender Verstand, wäre dazu fähig gewesen. Das haben wir doch festgestellt, nicht wahr?

Aber diese Regelmäßigkeit konnten doch äußere Umstände erzwingen. Erstens: der Fahrplan. Zweitens: Der Tatort lag bei jedem folgenden Fall immer weiter entfernt vom Zentrum. Timbridge Wells, Mailers Autohof, zu dem die leeren Lastwagen in der zweiten Nachthälfte zurückfahren, liegt sehr nahe an unserem »Zentrum«. Weshalb entfernte sich der Tatort bei jedem folgenden Fall immer weiter vom »Zentrum«? Weil sich die Durchschnittsgeschwindigkeit der Autos verringerte, denn obwohl die Fahrer immer zur gleichen Zeit von Timbridge Wells aufbrachen, erreichten sie doch immer später ihren Bestimmungsort, traten immer später die Rückfahrt an und schafften dann in der gleichen Zeit ein immer geringeres Stück Weges.

– Aber wie erklären Sie sich die identische Zeit? – stieß Gregory hervor.

– Dadurch, daß die Wirkung des Nebels, die bei der einsamen Rückfahrt Wahnvorstellungen hervorruft, annähernd genauso lange gedauert haben muß – gegen zwei Stunden. Im Laufe dieser zwei Stunden legte das Auto das erstemal, bei guter Straße, eine größere Entfernung zurück als beim folgenden Mal, und so weiter. Die zweite Regelmäßigkeit trat wegen des wachsenden Widerstands auf, den der Schnee den Rädern der Lastwagen entgegensetzte. Der Schnee lag als um so festere Decke auf der Straße, je niedriger die Temperatur war; die Motoren arbeiteten bei Frost schlechter, daher muß man das Produkt aus der Entfernung des Tatorts vom Zentrum und dem

Zeitraum, der zwischen zwei Fällen liegt, mit dem Temperaturunterschied multiplizieren, um eine konstante Größe zu bekommen. Entsprechend den immer schlechter werdenden Straßenzuständen bestimmte der Fahrdienstleiter bei Mailer, daß die Zeitabstände zwischen den einzelnen Fahrten immer größer wurden. Obwohl ein Fahrer dann bei zwei Stunden Fahrt im Nebel bei jeder der aufeinanderfolgenden Fahrten eine immer geringere Entfernung zurücklegte, wuchs der andere Faktor, die Zeit – gerechnet in Tagen zwischen zwei Fahrten – proportional, und deswegen blieb das Produkt im großen und ganzen unverändert.

– Das heißt also ... also irgendein Fahrer – ein Paranoiker, nicht wahr? Er fuhr durch die Nacht, hielt an, stahl Leichen – und – was hat er mit ihnen gemacht?

– Gegen Morgen, als er das Nebelgebiet verlassen hatte, kam er wieder zu sich, kehrte in die normale Welt zurück; jetzt bemühte er sich verzweifelt, die Spuren dieser wahnsinnigen Nacht von sich abzuschütteln. Er hatte ein ganz schönes Stück Weges zurückgelegt, war an Hügeln, flachen Schluchten, Gestrüpp, Flüssen und Sträuchern vorbeigefahren ... Angst packte ihn, er wollte einfach nicht wahrhaben, was passiert war, er nahm sich fest vor, sich in Behandlung zu begeben, andererseits hatte er Angst, seinen Job zu verlieren, und als dann der Fahrdienstleiter das Datum für seine nächste Fahrt festlegte, setzte er sich widerspruchslos hinters Lenkrad. Kein Wunder, daß er die Topographie des Terrains jetzt hundertprozentig im Kopf hatte, er kannte jeden Weg, jede Ortschaft, sämtliche Kreuzungen und Gebäude, natürlich wußte er sehr genau, wo die Friedhöfe lagen ...

Gregorys Blick glitt vom Gesicht des Inspektors herunter und heftete sich auf die aufgeschlagene Zeitung.

– Also er wars' – sagte er.

– Der Wahn mußte immer schlimmere Ausmaße annehmen – gab Sheppard langsam zurück. – Die Erinnerung an die begangenen Taten, die Furcht vor der Entdekkung, wachsendes Mißtrauen gegenüber seiner Umgebung, die krankhafte Interpretation unschuldiger Bemerkungen und Worte der Kollegen – all das mußte seinen Zustand verschlimmern, die Spannung vergrößern, in der er lebte. Man kann annehmen, daß es ihm immer schwerer fiel, wieder zu sich zu kommen, daß er immer schlechter, immer unaufmerksamer Auto fuhr, sehr leicht konnte er das Opfer eines Unfalls werden, zum Beispiel – auch eines solchen ...

Gregory trat plötzlich einen Schritt vom Schreibtisch zurück, setzte sich auf den Stuhl neben dem Bücherregal und fuhr sich mit der Hand durchs Gesicht.

– So ist das also? – sagte er. – So, so ... Und die Imitation des Wunders ... ha ha ... Entspricht das auch der Wahrheit?

– Nein – gab Sheppard ruhig zurück – aber vielleicht doch. Oder, um genauer zu sein: So könnte die Wahrheit aussehen.

– Was sagen Sie da? Inspektor, jetzt hört der Spaß aber auf!

– Nicht ich habe mir diesen Scherz ausgedacht. Nicht so hitzig, Gregory. Sechs Fälle – hören Sie – sechs Fälle hatten wir, und dieser Fahrer – er trommelte mit den Fingern auf die Zeitung – war davon dreimal auf der entsprechenden Route. Das heißt: dreimal ist er in der zweiten Nachthälfte an den Stellen vorübergefahren, von denen die Leichen verschwunden sind.

– Und in den anderen Fällen ...? – sagte Gregory. Etwas Merkwürdiges passierte mit ihm. Er fühlte unverhofft Erleichterung und Hoffnung in sich aufsteigen, es schien ihm, als atme er jetzt leichter.

– In den anderen Fällen? Also ... über einen Fall ... Lewes ... wissen wir gar nichts. Im anderen dagegen hat der Fahrer ein Alibi.

– Ein Alibi?

– Ja. Nicht nur, daß er damals keinen Dienst hatte, sondern er war drei Tage in Schottland, das steht fest.

– Na also, dann war er es nicht! – Gregory stand auf, er mußte einfach aufstehen; durch die Erschütterung, die diese Bewegung verursachte, kam die auf dem Schreibtischrand liegende Zeitung ins Rutschen und fiel auf den Fußboden.

– Nein, er war es nicht, ganz sicher nicht, es sei denn, daß wir diesen Fall als isolierte Einzeltat klassifizieren.

Der Inspektor sah Gregory gelassen an, dessen Gesicht von einer zornigen Grimasse entstellt war. – Aber wenn wir das nicht annehmen, wenn selbst dieser Mailer es nicht war – Mailers Fahrer natürlich –, so gibt es doch noch genügend andere Verkehrsmittel, die nachts ihre Runden drehen, Postwagen, Ambulanzwagen, Streifenwagen, technische Dienste, Vorortbahnen, Autobusse ... es gibt eine Menge von Phänomenen, die durch ihre Überschneidung die gesuchte Regelmäßigkeit ergeben.

– Wollen Sie sich über mich lustig machen?

– Aber nein, ich gebe mir nur Mühe, Ihnen zu helfen!

– Danke.

Gregory bückte sich und hob die Zeitung vom Fußboden auf.

– Dieser Fahrer war also, das heißt, er sollte es angeblich sein – verbesserte er sich – ein Paranoiker, ein Kranker, der auf der Grundlage folgender Formel handelte: Nebel x Frost x Wahnsinn ... – er blickte Sheppard mit einem eigentümlichen Lächeln an.

– Hätte er nun bei den übrigen Malen eine andere Marschroute gehabt – durch Zufall, durch reinen Zufall –, dann wäre er der Sündenbock geworden ...

Mit einem spöttischen Lächeln ging er im Zimmer auf und ab.

– Ich muß wissen – sagte er – natürlich ... Augenblick!

Er nahm die Zeitung wieder in die Hand und klappte sie auseinander.

– Die erste Seite fehlt, die mit dem Datum – bemerkte Sheppard – aber das kann ich Ihnen geben. Die Zeitung ist von gestern.

– Aha!

Nein, ich habe mir das nicht alles nur mal eben so ausgedacht. Das, was ich erwähnt habe, wurde gestern alles überprüft, im Laufe des ganzen Tages. Von der dortigen Polizei und Farquart, der nach Schottland geflogen ist, wenn Sie das interessiert.

– Nein, nein, aber ... ich möchte gern wissen, weshalb Sie das getan haben?

– Na ja, so nebenbei arbeite ich ja auch noch bei Scotland Yard – sagte Sheppard.

Gregory tat, als habe er diese Antwort nicht gehört, ging erregt im Zimmer auf und ab und sah sich das Photo an.

– Wissen Sie, woran ich denke ...? Das käme uns wirklich gelegen, sehr, sehr gelegen ... das wäre außerordentlich günstig! Wir haben einen Täter, aber der lebt nicht mehr. Folglich kann man ihn nicht einmal mehr verhören, geschweige denn untersuchen ... noch dazu eine sehr humane Lösung, ein Justizirrtum ist ausgeschlossen, niemand wird darunter zu leiden haben ... Haben Sie ihn in Verdacht gehabt? Haben Sie auch ... wollten Sie nur die Elemente zusammenfügen, die zur Disposition standen, die uns zum Handeln zwangen, um diese Unordnung unter dem Anschein der Ordnung umzugestalten, um diesen offenen Fall abzuschließen, einfach aus einem Gefühl für Ordnung heraus? Darum geht es.

– Ich sehe keine Alternative – sagte Sheppard widerwillig. Er schien von diesem Gespräch genug zu haben. Er sah Gregory nicht mehr an, der stehenblieb, bewegt von einem neuen Gedanken.

– So geht es auch – sagte er. – Natürlich. Ich weiß, ich glaube, daß Sie mir helfen wollten. Man konnte ja nichts mehr tun, überhaupt nichts, jetzt geht es wieder. Man kann die Alibis in Frage stellen. Oder diesen einen Fall aus der Serie ausschließen, oder die anderen ebenfalls, zusammen mit ihm, und die Untersuchung ist endlich über den toten Punkt hinweg! Auf jeden Fall liegt eine Chance – in der Krankheit! Krankheit kann die merkwürdigsten Dinge erklären, sogar Visionen und Stigmata, sogar ... sogar Wunder! Sie kennen doch sicher die Arbeiten von Guggenheimer, Holpay und Wintershield? Die haben Sie doch sicher gelesen, obwohl wir sie nicht in unserem Archiv haben ...

– Diese Psychiater? Die haben viele Arbeiten geschrieben. An welche denken Sie?

– An die, in denen Sie auf der Grundlage einer Analyse des Evangeliums zu beweisen versuchen, daß Jesus wahnsinnig war. Seinerzeit hat das viel Aufsehen erregt. Die psychiatrische Analyse der Texte, auf die sich die Hypothese der Paranoia ...

– Wenn ich Ihnen einen Rat geben darf, bemerkte Sheppard – möchte ich Sie bitten, lieber auf biblische Analogien zu verzichten, denn das führt zu nichts. So etwas konnte man sich im Anfangsstadium des Falls erlauben, als eine Prise Salz, die das Problem verschärfte, sehr wohl angebracht war ... aber jetzt, wo wir nur noch den handwerklichen Teil der Untersuchung vor uns haben ...

– Meinen Sie? – fragte Gregory leise.

– Ja. Denn ich habe die Hoffnung, nein, ich bin überzeugt, daß Sie nicht den einsamen Rufer in der Wüste spielen wollen ...

– Also, was soll ich tun? – fragte Gregory mit leicht übertriebenem Diensteifer, reckte sich und betrachtete den alten Mann, der aus seinem Sessel aufstand.

– Wir müssen bestimmte Richtlinien für die Zukunft festlegen. Für die allernächste Zukunft. Ich erwarte Sie morgen früh im Yard.

– Wie das letztemal, um zehn? – ein Anflug von verborgener Heiterkeit lag in seiner Stimme.

– Ja. Werden Sie kommen? – warf er leichthin ein. Stehend sahen sie einander an. Gregorys Mund begann zu zittern, aber er sagte nichts. Er ging zur Tür, stand mit dem Rücken zu Sheppard, legte die Hand auf die Klinke und spürte immer noch dessen unerschütterlich ruhigen Blick auf sich.

Während er schon die Tür öffnete, gab er kurz über die Schulter zurück:

– Ich komme.

April 57 – Januar 58

Von Stanisław Lem
erschienen im Suhrkamp Verlag

Robotermärchen. *Bibliothek Suhrkamp* Band 366. 1973
Das Hohe Schloß. Prosa. *Bibliothek Suhrkamp* Band 405. 1974
Solaris. Roman. *suhrkamp taschenbuch* Band 226. 1975
Die Jagd. Neue Geschichten des Piloten Pirx. *suhrkamp taschenbuch* Band 302. 1976
Transfer. Roman. *suhrkamp taschenbuch* Band 324. 1976
Nacht und Schimmel. Erzählungen. *suhrkamp taschenbuch* Band 356. 1976
Der futurologische Kongreß. *Bibliothek Suhrkamp* Band 477. 1976
Die Maske. Herr F. Zwei Erzählungen. *Bibliothek Suhrkamp* Band 561. 1977
Die Untersuchung. Kriminalroman. *suhrkamp taschenbuch* Band 435. 1978
Die Astronauten. *suhrkamp taschenbuch* Band 441. 1978
Golem XIV und andere Prosa. *Bibliothek Suhrkamp* Band 603. 1978

Von Stanisław Lem
erschienen im Insel Verlag

Die vollkommene Leere. 15 fiktive Rezensionen. 1973
Sterntagebücher. 1973
Memoiren, gefunden in der Badewanne. 1974
Das Hospital der Verklärung. *Roman.* 1975
Der Unbesiegbare. *Roman.* 1976
Summa technologiae. 1976
Imaginäre Größe. 1976
Der Schnupfen. *Kriminalroman.* 1977
Phantastik und Futurologie I. 1977
Mondnacht. Hör- und Fernsehspiele. 1977
Eden. Roman einer außerirdischen Zivilisation. 1978

In Anthologien:
Die Ratte im Labyrinth. 1971
Polaris I. *insel taschenbuch* 30. 1973

Pfade ins Unendliche. Insel Almanach auf das Jahr 1972
Stanisław Lem. Der dialektische Weise aus Kraków. Insel Almanach auf das Jahr 1976

Phantastische Bibliothek
in den suhrkamp taschenbüchern

Violetter Umschlag kennzeichnet die Bände der »Phantastischen Bibliothek« innerhalb der *suhrkamp taschenbücher*

Band 1 Stanisław Lem, Nacht und Schimmel. Erzählungen. Aus dem Polnischen von I. Zimmermann-Göllheim. st 356

Band 2 H. P. Lovecraft, Das Ding auf der Schwelle. Unheimliche Geschichten. Deutsch von Rudolf Hermstein. st 357

Band 3 Herbert W. Franke, Ypsilon minus. st 358

Band 4 Blick vom anderen Ufer. Europäische Science-fiction. Herausgegeben von Franz Rottensteiner. st 359

Band 5 Gore Vidal, Messias. Roman. Deutsch von Helga und Peter von Tramin. st 390

Band 6 Ambrose Bierce, Das Spukhaus. Gespenstergeschichten. Deutsch von Gisela Günther, Anneliese Strauß und K. B. Leder. st 365

Band 7 Stanisław Lem, Transfer. Roman. Deutsch von Maria Kurecka. st 324

Band 8 H. P. Lovecraft, Der Fall Charles Dexter Ward. Zwei Horrorgeschichten. Aus dem Amerikanischen von Rudolf Hermstein. st 391

Band 9 Herbert W. Franke, Zarathustra kehrt zurück. st 410

Band 10 Algernon Blackwood, Besuch von Drüben. Gruselgeschichten. Aus dem Englischen von Friedrich Polakovics. st 411

Band 11 Stanisław Lem, Solaris. Roman. Aus dem Polnischen von I. Zimmermann-Göllheim. st 226

Band 12 Algernon Blackwood, Das leere Haus. Phantastische Geschichten. Deutsch von Friedrich Polakovics. st 30

Band 13 A. und B. Strugatzki, Die Schnecke am Hang. Aus dem Russischen von H. Földeak. Mit einem Nachwort von Darko Suvin. st 434

Band 14 Stanisław Lem, Die Untersuchung. Kriminalroman. Aus dem Polnischen von Jens Reuter und Hans Jürgen Mayer. st 435

Band 15 Philip K. Dick, UBIK. Science-fiction-Roman. Aus dem Amekanischen von Renate Laux. st 440

Band 16 Stanisław Lem, Die Astronauten. Utopischer Roman. Aus dem Polnischen von Rudolf Pabel. st 441

Band 17 Phaïcon 3. Almanach der phantastischen Literatur. Herausgegeben von Rein A. Zondergeld. st 443

Band 18 Stanisław Lem, Die Jagd. Neue Geschichten des Piloten Pirx. Aus dem Polnischen von Roswitha Buschmann, Kurt Kelm, Barbara Sparing. st 302

Band 19 H. P. Lovecraft, Cthulhu. Geistergeschichten. Deutsch von H. C. Artmann. Vorwort von Giorgio Manganelli. st 29

Band 20 Stanisław Lem, Sterntagebücher. Aus dem Polnischen von Caesar Rymarowicz. Mit Zeichnungen des Autors. st 459

Band 21 Polaris 4. Ein Science-fiction-Almanach von Franz Rottensteiner. st 460

Band 22 Das unsichtbare Auge. Eine Sammlung von Phantomen und anderen unheimlichen Erscheinungen. Erzählungen. Herausgegeben von Kalju Kirde. st 477 (erscheint im 2. Hj. 1979)

Band 23 Stefan Grabiński, Das Abstellgleis und andere Erzählungen. Mit einem Nachwort von Stanisław Lem. Aus dem Polnischen von Klaus Staemmler. st 478

Band 24 H. P. Lovecraft, Berge des Wahnsinns. Zwei Horrorgeschichten. Deutsch von Rudolf Hermstein. st 220

Band 25 Stanisław Lem, Memoiren, gefunden in der Badewanne. Aus dem Polnischen von Walter Tiel. Mit einem Nachwort des Autors. st 508

Band 26 Gerd Maximović, Die Erforschung des Omega-Planeten. Eine Erzählung. st 509

Band 27 Edgar Allan Poe, Der Fall des Hauses Ascher. Aus dem Amerikanischen von Arno Schmidt und Hans Wollschläger. st 517 (erscheint im April 1979)

Band 28 Algernon Blackwood, Der Griff aus dem Dunkel. Gespenstergeschichten. Deutsch von Friedrich Polakovics. st 518 (erscheint im April 1979)

Band 29 Stanisław Lem, Der futurologische Kongreß. Aus dem Polnischen von I. Zimmermann-Göllheim. st 534 (erscheint im Juni 1979)

Band 30 Herbert W. Franke, Sirius Transit. Roman. st 535 (erscheint im Juni 1979)

Band 31 Darko Suvin, Poetik der Science-fiction. Zur Theorie und Geschichte einer literarischen Gattung. Deutsch von Franz Rottensteiner. st 539 (erscheint im Juli 1979)

Band 32 M. R. James, Der Schatz des Abtes Thomas. Zehn Geistergeschichten. Aus dem Englischen von Friedrich Polakovics. st 540 (erscheint im Juli 1979)

st 479 Es gab keinen besseren Bruder
Novelle von Maksud Ibragimbekow
Aus dem Russischen von Charlotte Kossuth
112 Seiten
Die Erzählung des aserbeidschanischen Schriftstellers Ibragimbekow ist mit allen Feinheiten, mit Verständnis und ironischer Distanz ausgezeichnet, wenn er das psychologische Porträt eines Bürgers zeichnet, dessen Leben in Enge erstarrt und der nur in seinen erotischen Träumen die Sehnsucht nach Ausbruch und Erfüllung verrät. Es ist ein Buch unserer Zeit.

st 480 Hans Mayer, Richard Wagner in Bayreuth 1876–1976
Mit Abbildungen
216 Seiten
»... verläßlich recherchiert, hat diese Geschichte Bayreuths allen anderen eines voraus: Ein kaum noch überbietbares Maß an Objektivität, das sich aus Distanz und Leidenschaft ergibt ... ein solide gearbeitetes, jederzeit zitierfähiges Buch.« *Süddeutsche Zeitung*

st 481 Walter Hinck, Von Heine zu Brecht
Lyrik im Geschichtsprozeß
156 Seiten
Inhalt: Ironie im Zeitgedicht Heines. Exil als Zuflucht der Resignation. Epigonendichtung und Nationalidee. Metamorphosen eines Volkslieds. Alle Macht den Lesern, Zur Lyrik Brechts. Das lyrische Subjekt im geschichtlichen Prozeß oder Der umgewendete Hegel.

st 483 Über Robert Walser, Band 1
st 484 Über Robert Walser, Band 2
Herausgegeben von Katharina Kerr
Band 1: 218 Seiten
Band 2: 488 Seiten
Mit dem Erscheinen der Werkausgabe Robert Walsers und seiner Briefe ist, verbunden mit einem allgemeinen neuen Interesse an der Literatur des ersten Jahrhundertdrittels, das Interesse am Werk Robert Walsers gestiegen. Von ihm gehen heute Anregungen auf ein breiteres Publikum aus. *Über Robert Walser 1* bringt wichtige Arbeiten der frühen kritischen Walser-Rezeption, *Über Robert Walser 2* neuere, z. T. noch unveröffentlichte Arbeiten aus jüngerer Zeit.

st 485 Hansgerd Schulte (Hrsg.), Spiele und Vorspiele
Spielelemente in Literatur, Wissenschaft und Philosophie
138 Seiten
Pierre Bertaux, der französische Germanist und Hölderlin-Forscher, hat sich während seines vielgestaltigen Lebens auch mit der Funktion des Spieles in Literatur, Wissenschaft und Philosophie befaßt. Er mißt dem Spieltrieb eine ebenso zentrale Funktion für den Menschen und sein Verhalten bei wie etwa Freud dem Sexualtrieb. Bertaux' 70. Geburtstag schien ein reizvoller Anlaß, einige seiner Freunde und namhafte Wissenschaftler um einen Beitrag zu dem Spielthema zu bitten – jeweils aus ihrer Sicht und im Zusammenhang mit den eigenen Forschungsinteressen. Mit Aufsätzen von Hellmut Becker, Walter Höllerer, Robert Jungk, Golo Mann, Hans Mayer, Georg Picht, Peter Wapnewski.

st 486 Molière, Drei Stücke. Deutsch von Tankred Dorst
178 Seiten
»Diese Übersetzungen und Bearbeitungen sind entstanden auf der Suche nach einem neuen Molière: nicht dem zierlichen, den es schon gab, nicht dem charmanten, nicht dem literarischen Molière. Ich wollte die vitale Kraft wiederentdecken, die einmal in ihm gesteckt haben muß, denn wie sonst hätte er so viel Wut, Erbitterung und so viel befreiendes Gelächter hervorrufen können? *Tankred Dorst*
Inhalt: Der Geizige. Der eingebildet Kranke. George Dandin.

st 487 Christiane Rochefort, Kinder unserer Zeit
Roman
164 Seiten
Ein kleines Mädchen erzählt seine Geschichte. Es wächst auf in einer Kinderreichen-Siedlung am Stadtrand von Paris, in einer uniformen, kleinbürgerlich geregelten, staatlich subventionierten Welt. Es empört sich gegen den dumpfen Schematismus einer Lebensplanung, die nichts anderes kennt als das Denken an einen Standard der Eisschränke und Fernsehapparate in der Atmosphäre des Sozialen Wohnungsbaus, in der Kinder dazu dienen, die Teilhabe am Komfort der Neuzeit zu finanzieren.
»Ein knapp erzähltes Buch, bitter in seiner Anschaulichkeit und Illusionslosigkeit, eine einzige unsentimentale, satirisch gefärbte Anklage – ein Zeichen der Zeit.«
Neue Zürcher Zeitung

st 489 Karin Struck, Die Mutter
Roman
386 Seiten
»In diesem Buch werden Mutter und Mütterlichkeit ..., wenn auch mit vielen schwermütigen Reserven, gepriesen; und auch noch Heimat, sogar Volk und außerdem noch die Erde. ... Karin Struck holt etwas nach und auf, ... das ihr und ihrer Generation in der auf bloße Reflexe reduzierten Rechts-Links-Auseinandersetzung zwischen demagogischer Heimatvertriebenenpolitik und Heimatverachtung vorenthalten wurde.« *Heinrich Böll*

st 490 Max Brod, Tycho Brahes Weg zu Gott
Roman
Mit einem Vorwort von Stefan Zweig
276 Seiten
»Nichts ist bloß Einfall, dekoratives Detail in diesen Romanen, zufällig aufgelesener, aus Büchern gelesener Stoff, der koloristisch verlockt, sondern aus einer Notwendigkeit der Aussagen und des Bekennens stellt nun der Dichter seine Gestalten gegen die Welt, um sich selbst in ihnen und sich die Welt durch sie zu erklären.« *Stefan Zweig*

st 491 Christiaan L. Hart Nibbrig
Ästhetik
Materialien zu ihrer Geschichte. Ein Lesebuch
344 Seiten
Dieses Lese- und Arbeitsbuch versammelt im Sinne einer historischen Collage Gedanken zum Phänomen der Schönheit und der Kunst von der Antike bis in unsere Tage. Kurze Stichworte umreißen jeweils einleitend Ansatz und Position von mehr als hundert Autoren, die hier zu Wort kommen. Sie vertreten nicht nur den Bereich der Theorie, sondern auch der Literatur, der bildenden Kunst und der Musik.

st 492 György Konrád, Der Besucher
Roman
Aus dem Ungarischen von Mario Szenessy
Mit einem Nachwort von Walter Jens
208 Seiten
»Konrád hat ein uraltes Motiv gewählt: Ein König, vom Herrschen angewidert und gelangweilt, verspürt plötzlich Lust, sich unter seine Landeskinder zu mischen. ... Nur ist diesmal der ›Herrscher‹ ein Fürsorgebeamter. Seinen Reden – einem Sturzbach von beruflichen Erlebnissen, von Betrachtungen, Episoden aus dem Leben der Ausgestoßenen –, den Reden des Helden entnimmt man allmählich, daß er eine Veränderung seiner Situation herbeisehnt.« *Frankfurter Rundschau*

st 494 Machado de Assis
Postume Erinnerungen des Brás Cubas
Nachträge zu einem verfehlten Leben
Roman
Aus dem Brasilianischen übersetzt von Erhard Engler
286 Seiten
Was Brás Cubas uns von jenseits des Grabes mitteilt, ist nichts weniger als ein Bildungsroman. Es sind die Erlebnisse, Erfahrungen und Einsichten eines Müßiggängers und der Handvoll Personen seines Umkreises. Lange, kurze, kürzeste und blankgelassene Kapitel vermitteln uns seine häufig – stets zu unserem innigen Vergnügen – durch Reflexionen, Vertraulichkeiten, Apropos, Anekdoten, Bonmots unterbrochene Lebensbeichte.

st 496 Dieter Kühn, Stanislaw der Schweiger
Roman
168 Seiten
Stanislaw der Schweiger spielt im 19. Jahrhundert in den unheimlichen Karpaten, wo, wie man weiß, die Vampire zu Hause sind. Doch Graf Stanislaw ist kein gieriger Blutsauger. Er, der nie ein Wort sagt, ist ein Wort-Vampir: er saugt Wörter und Geräusche in sich auf, ist ein »akustischer Allesfresser«.
». . . ein toller Spaß, der sich nicht selten ins Unheimliche, Beklemmende steigert.« *Günter Blöcker*

st 498 H. C. Artmann, ein lilienweißer brief aus lincolnshire
Gedichte aus 21 Jahren
herausgegeben und mit einem Nachwort von Gerald Bisinger
mit einem Porträt H. C. Artmanns von Konrad Bayer
528 Seiten
Dieser umfangreiche Band vereinigt über 450 Gedichte von Artmann und bringt zudem in einem Anhang die Gedichte, die Hannes Schneider aufgefunden hat, nachdem diese Sammlung 1969 erstmals erschienen war. »Wir haben meines Wissens zur Zeit im deutschen Sprachraum keinen Verwandlungskünstler ähnlichen Ausmaßes und verwandter Gescheitheit wie H. C. Artmann.«
Karl Krolow

st 520 Fritz J. Raddatz, ZEIT-Gespräche
Zehn Dialoge mit Günter Grass, Rolf Hochhuth, Thomas Brasch, Joseph Breitbach, Alfred Grosser, Alberto Moravia, Leszek Kolakowski, Susan Sontag, James Baldwin, Hans Mayer
162 Seiten
Im Mittelpunkt dieser zehn Dialoge steht die Frage nach der Verantwortlichkeit des Schriftstellers in dieser Zeit.

st 521 Hans Carossa, Ungleiche Welten
Lebensbericht
230 Seiten
Dieser in den Jahren 1944–1950 niedergeschriebene autobiographische Rückblick ist eines der aktuellsten Bücher

Carossas und darüber hinaus ein kulturpolitisches Quellenwerk ersten Ranges. Es rekapituliert die Verflechtungen der deutschen Kultur mit den politischen Ereignissen seit dem Ende des Ersten Weltkriegs und schildert die Genese und die Praktiken des Nationalsozialismus nicht aus der distanzierten Perspektive des Exils, sondern aus dem Erlebnis eines unmittelbar Betroffenen.

st 522 Walter Scheel/Hans Apel
Die Bundeswehr und wir
Zwei Reden
74 Seiten
Zur Diskussion gestellt werden in diesem Band zwei Reden, die Walter Scheel und Hans Apel vor den Kommandeuren der Bundeswehr gehalten haben: *Über die sittlichen Grundlagen von Verteidigungsbereitschaft und demokratischem Bewußtsein* und *Kontinuität in der Sicherheits- und Verteidigungspolitik der Bundesrepublik Deutschland.*

st 523 Christiane Rochefort
Zum Glück gehts dem Sommer entgegen
Roman
Aus dem Französischen von Eugen Helmlé
222 Seiten
»*Zum Glück gehts dem Sommer entgegen* ist eine Warnung an die Erwachsenen, an Eltern, Lehrer und Erzieher, ihre Kinder ernst zu nehmen und es niemals bei erzieherischer Routine bewenden zu lassen.«
Franz Rappmannsberger

st 524 Ernst Claes, Flachskopf
Aus dem Flämischen von Peter Mertens
Mit einem Vorwort und mit Bildern
von Felix Timmermans
232 Seiten
Dieser Roman, 1930 erstmals deutsch erschienen, erzählt Episoden aus der Kindheit von Lodewijk Verheyden, den man in seinem flämischen Heimatdorf wegen seiner blonden Haare nur »Flachskopf« nennt. Es ist, nach Felix Timmermans, »die Geschichte einer sieghaften Jugend, in der der Geist des Reineke Fuchs und Eulenspiegels lebt«.